卿本娘子漢

1

鴻映雪 著

風文創 606

風 文創 606

目錄

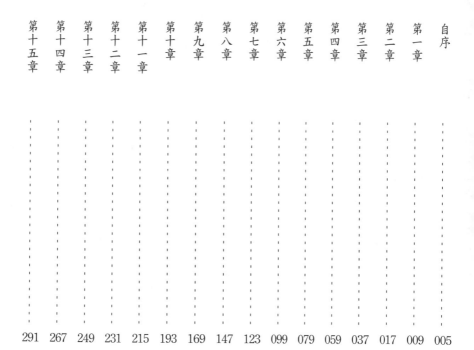

自序

鴻映雪

人人心中一本書，書上寫滿白日夢。

我是一個喜歡天馬行空幻想的人，每次看到新聞裡那些渣男賤女，就特別希望世上能有正義之劍。當然啦，困於生活，多半都是念頭一劃而過就算了。

後來，偶然看到一本重生小說，覺得這創意真是太棒了！要是每個人都能重生，那些應該下地獄的人，一定會得到應有的懲罰。因緣際會下，電視重播了《封神榜》，我看到姜王后被紂王、妲己這對渣男賤女給挖眼烙手，最後慘死。我就想，如果姜王后重生了，那商朝的歷史會是怎麼樣的走向？她會反敗為勝、將紂王、妲己踩在腳下嗎？

基於書中展現的姜王后的家教和性格，我仔細思考，很遺憾地給自己答案——她不能！不是姜王后才智平庸、實力不足，好歹她父親也是一方諸侯，她既然能以賢慧名聞天下，也不會是笨蛋；但是她自小所接受的忠君教育，注定她不敢反抗紂王，最多也就是阻止妲己入宮或殺了吧？

於是，我想寫一個不一樣的「姜王后」——顏寧。

當然，作為女主角，她是光芒萬丈的。她長於民風開放又彪悍的北地，自小跟著父兄熟讀兵書，接觸的都是軍中熱血之人，心中有善惡是非，但沒有太多的禮教束縛。

敢愛敢恨的顏寧，坐擁再光明的人生，卻也敵不過眼瞎——女人，總是會為愛迷失。

而理智全無的迷失，結局也就注定不會太美妙了。

前世她死在周邊人的算計下，這樣的顏寧，重生後會怎麼樣？自然是必定會向渣男賤女復仇。

復仇，應該是重生文常見的套路。重生多好啊，人生開掛了，自此以後，見到壞人往死裡踩，見到危險把渣男賤女堵上去，前後幾十年的事盡在掌握中。虐渣男賤女，嫁個高富帥，走上白富美的巔峰人生，簡直無敵了有沒有？

可是，重生了，真能一帆風順嗎？

作為一個現實、凡事喜歡講求邏輯的人，我只能很無奈地回答：重生之人，未必百戰百勝。

重生了，顏寧的做法和前世不同了，因為她的改變，必然會帶來其他事情的改變！按照蝴蝶效應，顏寧的改變，必然帶動時局、身邊人命運乃至天下的改變。所以，重生並不是一勞永逸，反而意味新的危機產生。

基於這個想法，我筆下的顏寧不夠萬能。她不能預知所有陷阱，也沒法猜到所有變數，再加上性格還是敢愛敢恨，自然無法凡事處理得盡善盡美。另外，她重生了，她的家人卻沒有。父親顏明德的忠厚，二哥顏烈的衝動，還是會和前世一樣，注定他們會遇到困境。

而反派楚昭業呢？他狠毒、不擇手段、虛偽不堪……在我構思這個人物時，我覺得楚昭業是一個梟雄，這樣的人，不會為了兒女情長放棄自己對皇位的追求，對他來說，得不到皇位，毋寧死。

前世的楚昭業，為了皇位不擇手段，算計天下人心，唯一一次如火的感情，來自一個傻傻的姑娘。女主角對他飛蛾撲火般的感情令他動容，但他不會為了感情放棄理智。於他而言，最渴望的是權勢，感情等等都是退居其次的東西。

在劇情中，他和女主角一再過招，會為了共同利益聯手對敵，但最終，他們還是會站在敵對的你死我活的那一刻。尤其，當他站在戰場上，面對苦苦追求的皇位無望後，他會作出什麼選擇？

在寫這本書時，我揣摩最多的就是楚昭業，不想只是臉譜化地讓他留下一個額頭刻著「反派」或「渣男」兩字的印象。

我希望大家看完後能和我的初衷一樣，喜歡不完美的顏寧，欣賞顏家人的熱血愛國，看到一個複雜的楚昭業，同情身不由己的太子楚昭恒……

每個人時時都會面臨無奈，但可以選擇心懷美好負重前行，這，就是我對重生的希冀吧。

第一章

洪武四年臘月十一，黃道吉日。

洪武帝楚昭業立新后的日子。

如今的新后是原本的林妃，洪武帝的表妹。

宮中一片喜氣洋洋，張燈結綵，連地上的白雪在燈光照耀下，好像都泛著紅光。

在新后命令下，皇宮西邊的長春宮門口也應景地掛上紅燈，只是宮內還是一片死寂。畢竟是冷宮，再如何妝點還是透出死氣，除了門口守門的兩個太監，再無人走動。

到了子時，卻有四盞宮燈慢慢靠近。

那兩個太監一看，原來是林皇后身邊的太監總管順公公，帶著三個太監，後面還拖了個人，兩人連忙迎接。「順總管，大冷天的，您老怎麼會到這裡來啊？」

「沒辦法，皇后娘娘派的差事總得做啊。」

「那是、那是，誰讓皇后娘娘身邊您最得力呢，這宮裡誰不知道，皇后娘娘就信您。」

「行了，今日大好日子，拿去喝杯酒，這也是皇后娘娘的恩典。」順總管丟了個錢袋給年長的太監，年長的太監連忙奉承道，年輕的太監也連連點頭。

兩個太監。「把門打開，皇后娘娘恩典，給裡面的罪奴也賜了杯酒。」

「謝皇后娘娘恩典，皇后娘娘就是仁慈啊。」兩個太監說著，哈著腰把門推開了。

長春宮裡，如今也只關了一個人——廢后顏氏，不過皇后娘娘身邊的人認為稱廢后都算是抬舉她，所以都稱之為罪奴。

門一打開，露出一院破敗，順公公一行人熟門熟路地走進去。

「王公公，皇后娘娘怎麼想到要賜裡面那人喝酒啊？」年輕的太監輕聲問道。他入宮沒多久就被扔到冷宮來，冷宮清苦，好處是他再沒啥機會得罪貴人們。

「你小子，到現在還不知道啊！宮裡的酒可不是那麼好喝的，估計是送她上路的酒，你把嘴巴閉緊點，當自己是瞎子、聾子，才能活得長點，明白不？」

年輕的太監驚訝地張了張嘴，又嘆了口氣。「唉，早點上路也好，看她活著也受罪。」

年老的太監啪地一下拍了他的頭。「剛說了管好自己的嘴，胡說什麼？在宮裡，生死都是恩典。」

年輕的太監摸著頭，連連點頭，兩人又和剛剛一樣，靠著門口坐下來烤火了。

順公公一路進去，走到倒數第二間房，對後面一個太監努努嘴，那太監上前，「吱呀」一聲推開房門，一股惡臭湧出來。

順公公嫌棄地用手搧了搧。「你們兩個，去把人拖出來。」

有兩個太監把宮燈掛在房門上照亮，忍著惡臭走進房裡，房間最裡面的角落裡，地上擱了塊木板，上面一堆看不出顏色的破布和棉絮，兩個人看了一下，才在破布下找到一叢頭髮，直接拖了頭髮拉出來，頭髮的主人痛得哼哼一聲，然後再無聲息。

順公公聽到哼哼聲，放心了。沒死就行。

兩人直接把人拖出來丟到院中積雪上，順公公走近兩步，實在忍受不了那股惡臭，嫌惡地又退開來，道：「顏氏，妳的恩典來了。今日是聖上冊立皇后的大喜日子，皇后娘娘看妳活得辛苦，賜妳一杯喜酒。」

地上那人聽到冊立皇后時，微微抬頭看過來，又再無聲息。

「對了，皇后娘娘說妳好歹也尊貴過，怎能沒個人陪著上路呢？妳看那個奴才，還認識不？」順公公指著被帶著一起拖進來的人。「那是對妳最忠心的綠衣喔。她那麼忠心，天天跑來給妳送藥、送吃的，皇后娘娘憐惜她，讓她跟幾個公公結成對食。可她沒那麼大福氣啊，居然傻了，皇后娘娘想著還是送還給妳，一起去吧。來啊，讓她認認人，可別說娘娘沒把綠衣送過來。」

地上的廢后顏氏聽到綠衣，拚命撐著抬起頭，看到自己前面二、三十步遠的地方，跪坐著一個宮人，在兩盞宮燈的映照下，只看到她垂著頭披頭散髮，一身衣物已不能蔽體，露出的胸部上都是針刺刀割的痕跡。

「啊！啊！」一直默不作聲的顏氏，忽然發狂一樣叫著，向綠衣爬去。

「急什麼，都說了讓妳們一起上路呢！嘿嘿，說起來，綠衣比妳像個人樣多了。」順公公說著走到綠衣旁邊，猥瑣地伸手捏了捏綠衣的胸部，綠衣瑟縮一下，不動也不叫，好像死人一樣。

顏氏爬得更急了，只是她那手腳以一種不正常的狀態扭曲著，明顯用不出力來，看似拚命在爬，卻實際上連兩步路都沒爬出。

順公公像看耍猴戲一樣目視著她慘叫地爬著，看了半天後，覺得欣賞夠了，下令道：「好了，妳也見了人。快點，餵她們喝酒，皇后娘娘說了，趁早好扔出宮去。」

有人立即拿著一壺酒上來，倒了兩杯酒，一人灌了一杯下去。

酒中的毒藥讓人痛得恍如腸穿肚爛，顏氏慘叫著，卻還是向綠衣爬去，那名叫綠衣的宮人被劇痛刺激得終於清醒過來，看到向自己爬來的人，叫了一聲「姑娘」，也向那人爬去。

終於，顏氏的手碰到綠衣的衣裙，她慢慢爬過去，一把抱住了綠衣。

終於，綠衣身前裸露的肌膚再也沒人看到了。顏氏死死地抱著她，好像要把自己化成一件衣服，為她遮風蔽體。

「姑娘！綠衣來了！」綠衣喃喃一聲，也伸手抱住顏氏，兩人再無聲息。

順公公嗤笑一聲，讓人上前探了兩人鼻息。「你們兩個把她們拖到西角門去，讓運屍的給丟到荒山去。走，我們回去覆命了。」

順公公說著便帶人離開，留下的兩人想一人拖一個出去，卻發現那顏氏居然抱得死緊，怎麼也分不開。兩人又叫守門的年輕太監一起來幫忙，三個人卻還是分不開。

「要不把手給剁掉？」其中一個問道。

「算了，就當做做好事，讓她們一起吧。」守門的年輕太監不忍道。

其餘兩人似笑非笑地看他一眼，這時一陣寒風吹過，讓人冷得有點寒毛直豎。「好吧，那就這麼拖吧。」

那兩人答應著，三人一起將兩具屍體拖到門外。

顏寧知道自己死了。她忽然發現自己身上不痛了，手腳又是完好的模樣，自己居然穿著當年未出嫁時的衣裳，低頭便看到自己的屍體，也看到綠衣的屍體。

轉頭四顧，她沒看到其他魂魄。

怎麼沒看到綠衣的魂魄呢？難道鬼魂之間也是互相看不到嗎？還是綠衣的鬼魂已經飄走了，只有自己還不能走？

是了，綠衣又沒有錯，她的鬼魂應該很快就入輪迴轉世，她那麼善良，還很膽小，從來不敢得罪人，這麼好的人，老天若有眼，再投胎一定會是福壽雙全的；而自己這般罪孽深重的人，才應該在這世間飄著，做孤魂野鬼啊。

顏寧跟著運屍車到了京城外的這座荒山。

她在京城這麼多年，從來不知道城郊還有這麼一座荒山，山不高，但足夠荒涼。

屍體被丟到荒山後，天空昏暗，沒一會兒又開始下起雪來。

顏寧站在自己的屍體旁不能離開，只能看著雪飄飄灑灑地落著，慢慢將屍體掩蓋。

有幾隻野狗，不知從哪裡竄出來，牠們好像看到顏寧的鬼魂了，嗚嗚地繞著屍體打轉，慢慢地靠近，其中，一隻大膽的野狗開始伸爪子刨起積雪來。

「你們要吃，就吃我的屍體，不要吃綠衣的。」顏寧大聲喊著，只是無法發出聲音，只有風吹過邊上矮灌木叢的聲音。

忽然，山腳下傳來一陣馬蹄聲，很快就有十幾騎順著荒山小徑跑上來。

顏寧想著，他們難道不知這裡是亂葬崗嗎？

看到領頭的那人，她變得面目猙獰起來，恨不能撲上去咬下他一塊肉，可是，她還是不能動彈，只能站著，看著他們慢慢接近，然後下馬。

野狗聽到有馬蹄聲靠近，還不等他們上山，就一下子散開，逃進灌木叢中躲起來。

雪雖然蓋住了屍體，但是十來枝火把照亮下，又有野狗刨過的痕跡，很快就找到她和綠衣的屍身。

領頭的人竟然是洪武帝楚昭業，他跑過來，只看到兩具屍體緊緊抱著。

一個侍衛上前，不知怎麼弄了一下，居然硬是把兩具屍體分開了。

仰面朝天的那具屍體，只能勉強知道是個人，一身衣物髒黑，仔細看，能認出她身上穿著一身低等宮女的服飾。

楚昭業伸出手去，拂開另一具屍體頭上的亂髮，即使是見慣死人的他，也忍不住抽了口涼氣。

那具屍體瞪大眼睛，右半邊臉不知被什麼東西燙過，焦黑一塊，只有眼睛還完好；左半邊臉倒是沒傷痕，眼睛卻已經被剜去，只剩下一個黑窟窿。嘴巴大張著，保持死前大叫的樣子，卻沒有了舌頭，嘴邊還有血跡，那血跡甚至還將一小塊雪染紅。那人手筋腳筋都被挑斷，雙手是上過夾棍後的扭曲樣子，手指奇異地垂著，髒污一片，指甲很長；而腿上露出的小腿肉明顯腐爛了，要不是天寒地凍，也許都能看到蛆蟲在爬，傷口明顯沒有任何處理，有些地方都露出腿骨了，腳上沒有鞋襪……

楚昭業伸手想去摸，卻發現這具屍體上，好像都找不到自己熟悉的影子了。

他解下黑色披風慢慢蓋住屍身後，又伸出手想要替她把眼睛合上，卻怎麼也合不起來。他甚至用兩根手指捏住她上下眼皮，但手一拿開，那眼睛又睜開了。

誰都知道，這人死不瞑目！

「寧兒！」他低聲喚著，伸手將屍身抱在懷裡，大喊道：「顏寧！」

顏寧站在邊上冷笑著，伸出手想去掐他的脖子，可是鬼魂沒有實體，一次次看著自己的手穿過他的脖子，卻無法掐死他。

荒野裡，北風呼呼吹著，吹起飛雪打到站著的人身上，好像一個憤怒的人正抓起雪砸過來。

「顏寧！顏寧！」楚昭業只是喃喃地抱著屍首喊著。

遠遠的又是幾個人跑過來，為首的是個年輕人，沒有穿官服。他跑過來看到楚昭業蹲在地上，連忙上前低聲道：「聖上，您讓屬下好找，快要早朝了，您要注意龍體啊！」

顏寧認出他，是楚昭業的左膀右臂——封平，因他是罪臣之身而無法做官，只能在幕後做個布衣卿相。

封平看到屍體露在外面的手，臉上也是一陣不忍，說道：「廢后已死，您讓她快點入土為安吧。」

楚昭業抬頭看到封平。「永均，她真的死了！現在沒有後患了，她真的死了！」說著說著，卻有淚流下，掉落到蓋著屍體的披風上，留下一點水跡，可很快就被雪融合，一點也看不出那裡是一滴淚痕。

「聖上，您快去早朝吧，這裡交給屬下來處理，屬下給她選個好一點的墓穴安葬吧。」

封平又低聲勸道。

楚昭業慢慢放開手中的屍體。

顏寧恨恨地瞪著，心想，你憑什麼來見我的屍身？

她想要叫罵、想要撲打，卻感到一股吸力將她往後拖去，好像要拖進虛無中……

第二章

「啊！」顏寧不自覺叫了一下，就像睡夢中夢到從高空掉下的感覺，腳下本來沒有著落又忽然腳踏實地，那種空落落的感覺還消散不去。

她睜開眼睛，看到頭頂的金魚戲水帳子，慢慢轉頭，再看了一眼房間，居然是小時候家中閨房的陳設。

難道人死後到地府裡，會看到自己最想見的地方嗎？

窗外傳來灑掃的聲音，掃帚掃過地面的沙沙聲，一縷晨光透過雲紗窗照在她床前。

地府裡還能看到日光？

門輕輕地被推開，虹霓端著水走進來，腳步輕盈無聲，放下水盆，撩起紗帳。「哎呀，姑娘，您醒了也不出聲，嚇死奴婢了！現在離練武的時辰還早，姑娘是要再躺一會兒還是先起來啊？」

「虹霓？」顏寧不確定地叫了一聲。

「奴婢在，姑娘。」虹霓答應一聲。

平時生龍活虎的姑娘，今日的聲音聽著怎麼這麼脆弱？仔細看，沒有不舒服的樣子啊。

「虹霓！虹霓——」顏寧忽然撲上去抱住虹霓，淚流滿面。

外面綠衣聽到虹霓的說話聲，進來伺候時，看到顏寧死死抱著虹霓，嚇了一跳。「虹霓，姑娘怎麼啦？」

「剛才還好好的，我也不知道啊。」虹霓也感到不明所以，拍著顏寧的背。「姑娘怎麼啦？奴婢在啊，是不是作惡夢啦？」

「綠衣——」顏寧靠在虹霓懷裡，向綠衣伸出手。

綠衣連忙拉住，探了探額頭。沒事啊。

顏寧從小跟著哥哥們習武，手勁也大，把綠衣抓得手掌生疼，但是她不管，死死地一手摟著虹霓的腰，一手抓著綠衣的手。這兩人是從小伴她長大的丫鬟，亦是為她慘死的丫鬟，她要抓緊她們，再不鬆開。

虹霓和綠衣不知她出了什麼事，不敢驚動，只好任她抱著、拉著，兩人面面相覷。

默默地哭了好一會兒，顏寧慢慢回過神，聽著綠衣輕聲細語，手上感受到她們溫熱的體溫。

溫熱？

她鬆開手，低頭看自己，手也小了幾分。她從床上跳下來，衝到梳妝鏡前，看到的是一張熟悉稚嫩的臉，鏡中的自己，容顏已可見幾分美麗，一雙眼睛瞪得圓溜溜的。

「虹霓、綠衣，我幾歲啦？」她轉過頭，看著兩個丫鬟問道。

虹霓噗哧一聲笑起來。「我的好姑娘，您今年十二歲，要是您還嚷著要長大，那奴婢說您十六歲也行。」

十二歲啊，那些記憶是真實發生過的，還是南柯一夢？若說只是夢，那種慘痛真的只是夢嗎？自己要證實一下，一定要證實一下！

虹霓和綠衣都是從小伺候的丫鬟，兩人比她大兩歲。虹霓性子比較潑辣，說話爽利；綠衣溫柔膽小，說話也是輕聲細語，兩人性子一剛一柔，對自己都很忠心。

綠衣看她又哭又笑的，像中邪一樣。「姑娘，夫人昨日交代說讓您今日早點去正廳，吃完飯一起去城外接將軍呢，您要是不舒服，奴婢去跟夫人稟告一下，讓您在家休息？」

「父親回來？是從玉陽關因傷回來嗎？」顏寧搜索一下記憶，對於綠衣口中的事有點模糊，循著夢中記憶問道。

「是啊，昨日夫人不是還說，不過是舊傷，您不用擔心呢！」綠衣說著，扶顏寧坐下，給她梳頭。

虹霓也絞乾面巾，給顏寧淨面擦手。

顏寧仔細地回憶著。夢中父親顏明德在自己十二歲時，因傷從玉陽關回來，留下大哥顏煦鎮守玉陽關。父親回來時，還送了自己一匹小棗紅馬，那可是大哥在玉陽關馴服的野馬所產下的，為此二哥還抱怨好幾次說大哥偏心。

去迎接父親時，自己穿的是什麼衣裳？好像……好像是……

「姑娘，夫人昨晚送來了新衣裳，要不就穿這件吧？」虹霓拿出一套衣裙展示。

顏寧如遭雷擊，夢中的自己好像就是穿著這件大紅石榴裙，梳著雙平髻。

換好衣服，顏寧連鏡子都不敢照，拎起裙襬就向正院跑去，虹霓對綠衣說了一句「我先跟著去」，連忙就追上去。

顏家占地極廣，聽說這宅子是前朝一個實權王爺的府邸，楚國建立後，開國太祖分封開國功臣，就把這個府邸指給了顏家。

顏寧奔到正院時，將軍夫人秦氏還在梳妝，看女兒跑得氣喘吁吁的，笑道：「急什麼？妳父親要中午才到京呢，髮髻都鬆了，哪有女孩子的樣子？」

秦氏身邊的王嬤嬤連忙拉顏寧坐下。「老奴幫姑娘攏攏頭髮。」

王嬤嬤原本是秦氏身邊的大丫鬟，嫁給顏府裡的家將，還是顏寧的奶娘，只是顏家的孩子不許嬌養，過了九歲都不許奶娘跟著。男孩子身邊帶小廝，女孩子身邊配丫鬟，王嬤嬤不做顏寧的奶娘後，就回到秦氏身邊伺候，可看到顏寧還是特別親暱。

顏寧站在門口，呆呆地看著秦氏，故作鎮定地叫了一聲：「母親、嬤嬤！」

夢中的母親是自盡而死的，王嬤嬤也跟著慘死。她想安慰自己那只是夢，但是那種失去的痛還是讓她忍不住撲上去，也不管秦氏還在梳妝，撲到她懷裡，軟軟地又叫了一聲「母親，我好想您」。她埋頭聞著母親身上那淡雅的香味，空落落的心有了歸依處。

「這孩子，越大越像孩子了。」秦氏聽著顏寧一聲聲叫喚，嘴裡抱怨，手已經摟住女兒。

「姑娘這是有孝心呢。」王嬤嬤說。「姑娘，快點讓夫人梳好頭，等下該吃飯了。」

顏寧坐起來，任王嬤嬤幫自己整理頭髮，虹霓跑進來看她無事，在邊上幫王嬤嬤打下手。

秦氏梳妝完帶著顏寧到正廳，顏烈已經等得不耐煩，一看到她們就嚷道：「母親，妳們今日好晚，我都餓死了！」說完，轉向顏寧打量一下。「寧兒，妳今日沒去練武場，病了？」

「不是呢，只是今日不想練，想陪母親。」

顏烈知道她不是病了，便很老成地說：「果然是黃毛丫頭長不大。冬練三九夏練三伏，練功一日都不能廢。」

「是是是，知道啦。」顏寧皺了皺鼻子回道。

顏烈比她大兩歲，人如其名，性如烈火，勇武但少謀，性格還有點急躁，可說是拳頭比腦子動得快。兄妹兩人從小一起長大，感情很好。因大哥顏煦比她年長六歲，自小顏寧都是和顏烈一起玩的。

秦氏跟顏烈說：「妹妹是女孩子，又不上戰場，少練一天也沒事，快吃飯吧。」

顏烈不說了，看到顏寧笑著看他，便默默地低頭吃飯。

秦氏生了兩子一女，顏寧是么女，又是秦氏三十來歲才生下，在顏家，顏寧是第一得寵的。

三人吃好飯，秦氏就吩咐套車，帶著顏烈和顏寧去城門前迎接顏明德。

顏寧難得沒騎馬，跟著秦氏坐車，秦氏和顏烈都奇怪她怎麼轉性了？

王嬤嬤倒是高興地直誇她。「姑娘還是坐車好，京城裡的大家閨秀都是坐車的。」

顏寧笑著坐上馬車，靠在秦氏身邊坐好；顏烈則上了馬，護在馬車邊上，一行人往城外行去。

一路上顏寧不停地掀起車簾一角，看外面的街景。秦氏當她是這幾天在家悶了，也不約束她。

顏家乃武將世家，不論男女都會騎馬。小時候，顏寧跟著父母在玉陽關，戰況危急時，秦氏都曾站上城樓。

顏寧從小跟二哥顏烈一樣，三歲時就習文練武，晨起紮馬步，白日讀書啟蒙，細讀兵書。她自小也喜歡，日日苦練不輟，家傳槍法和箭法都練得不錯，在玉陽關時，顏烈的箭法還不如她呢。

大楚的大家閨秀出門都是坐車坐轎，但是作為顏大將軍的嫡女，一向特立獨行，騎馬過街也是常事，楚元帝知道後還誇她是巾幗不讓鬚眉。有皇帝的誇獎，那些官員們和夫人小姐們再有非議也只敢私下嘀咕。

顏寧九歲時，京中祖母過世，父親帶著母親、二哥和她回京治喪。祖母靈柩返鄉後，留下母親帶著二哥和她住在京城，父親又回玉陽關去了。

鎮守邊關的武將，尤其是顏家這樣掌著三十萬精兵的世家，是不能舉家在外的。治喪完後，父親和大哥在玉陽關，母親就得留京裡了。

顏寧不喜歡京城，九歲回到京城，跟著母親到很多人家家裡作客，那些女孩們總是矯揉造作，比如看到一隻飛蟲都要叫上半天。剛在京城住下時，有一次她聽二哥要去打獵，高興地換上騎裝拿著弓箭跟去。結果到了獵場，只有自己一個姑娘家下場狩獵，最糟的是，除了二哥顏烈，就數她打到的獵物多，那四家的公子們覺得沒面子，還背後笑話她「粗魯無禮」，二哥知道後把那四個人揍得鼻青臉腫。

母親只好一一去賠禮，幾家長輩嘴裡說著小孩子玩鬧當不得真，背後可沒少說閒話。

「寧兒，前日林家姑娘下帖子說下月她生辰，妳不是一直叫著要備禮物，等下要是看到好的，不如買了帶回去？」秦氏看女兒上車後就看著街景不說話，找個話題問道。

「我還沒想好送她什麼呢，等我想想。」

林家女兒，那就是林意柔了，在這京城貴女裡，一直對她表現得很親近善意。

馬車出城駛過城隍廟，那裡是京城乞丐最多的地方。

顏寧看到城隍廟那邊，十幾個乞丐散布在門口，向往來行人乞討，可在左邊靠牆處，有個乞丐正靠牆而坐，一頭亂髮披散遮擋住臉，面前放著個破碗，也不見他乞討。照理說亂哄哄的人群裡，這人是很不起眼的，可是顏寧還是一眼就看到了他，而且認出這人是誰。

秦氏跟著看了一眼。「原來是他啊。王嬤嬤，妳讓人過去，拿一吊錢給封家的七哥兒吧。」

「夫人就是心善，每次看到都要給他錢，聽說他傻了，除了吃喝拉撒睡，什麼都不知道，連話都不會說。」王嬤嬤嘮叨著，探頭到車外叫來小廝交代，又拿出一吊錢給小廝。

「這封平也是個可憐人，年紀輕輕的，不知大赦的時候能赦免否？」秦氏看著那個乞丐感慨道。

封家是楚元帝御筆親口抄家的，又說出封家三代不得入仕的話。錢給多了，這麼一個無依無靠的孩子也守不住，反而害了他，所以每次都是見到就給一點，也算盡盡心意。

顏寧盯著外面，看到那小廝跑過去，把錢扔進破碗裡，不等別人有反應，就跑回來。

那乞丐等小廝跑出一段路後，才驚醒過來一樣，看了這邊一眼，伸手去抓破碗，沒想到斜刺裡一個看著就很強壯的乞丐伸手就抓了他的破碗，其他乞丐也衝上來。

封平，這名字京城裡的人都不陌生。

封家乃世襲定國公，掌管天下鹽政。開元六年，被舉報貪墨抄家，家產全部充入國庫，定國公處斬，成年男子流放，嫡系子孫三代以內不許入仕。這個封平當時只有十一歲，楚元帝開恩饒了他，家族被滅，身無分文，他除了在京城行乞也沒別的出路了。

今年他十九歲，按夢裡記憶，再過三年他將投入楚昭業門下，此後才幹逐漸顯現，直到楚昭業登基，他不入仕，卻是帝王身邊的第一謀臣，當年封家滅族一事上「出過力」的人，紛紛付出了代價。

也不知這人是不是真像夢裡那樣多謀善斷呢？

馬車很快轉過路口再看不到，顏寧還想伸出頭去看，被王嬤嬤拉住。「姑娘，可不能探出頭去啊。」

「妳今日怎麼了？」秦氏也覺得不對勁。往日出門顏寧也喜歡看街景，卻從未這麼沈默寡言，難道是聽說顏明德今日到家，又想起玉陽關的時候了？

「寧兒，玉陽關有玉陽關的好，京城也有京城的好，妳該多看看其他人家的姑娘。說起來都怪妳爹，不讓妳學針線女紅，一定要學什麼刀槍棍棒，還看什麼兵書。」秦氏說著說著就忍不住抱怨。自己一心要嬌養的女兒，老爺那架勢，不知道的還以為他要教出一個女將軍呢。

「母親，那些針線女紅我就是不喜歡嘛！」

「妳今日是怎麼了？一早上就像心裡有事一樣，是不是擔心林家的生辰宴上，那些姑娘們不喜歡妳？」

「沒有啦，那個我才不在乎呢，反正我也不喜歡她們。」

「夫人，王家的三姑娘很無禮呢，上次還說我們姑娘像野丫頭。」虹霓跟在車上伺候，聽到顏寧這話，想起前幾日聚會上姑娘被人說話，忍不住告狀。

「王家？」

「就是那個世安侯王家嘛！」虹霓提醒道。「還說我們姑娘穿得寒酸。」

「理她呢，她那副暴發戶的樣子，不知道的以為是金樓裡的首飾架子呢。」王嬤嬤最聽不得人說自己帶大的姑娘不好，一聽虹霓的話，忍不住說道。

「嬤嬤——」秦氏哭笑不得地喊道，顏寧也噗哧一下笑出聲來。王嬤嬤這話說得太精闢了。

王家和顏家同樣是開國功臣，原本是世襲世安侯，可惜前一輩鬧出兄弟爭爵的醜事，先皇一怒之下革了他們的世襲，讓長房嫡孫王思進承爵。沒了世襲，王思進要是死了，王家就要從侯爵降為伯爵了。

生怕人家不知道自家現在還是侯爵，王家人總是喜歡高調顯擺，穿戴上尤其珠光寶氣，而且這一輩的王家子女還都以貝字命名，更是財氣外露。

虹霓說的王家三姑娘是王思進的嫡女王貽，年紀不大，每次出門頭上那首飾壓得很沈，顏寧看她笑，就替她擔心頭上的簪子、釵會掉下來。

「老奴又踰矩了。」王嬤嬤被秦氏一叫，醒悟過來，訕訕地道。

顏家伺候的這些人，都是跟著從玉陽關回來的，性子多多少少都染上點關外的特點——直性子，潑辣。

幾個人在車上說說笑笑，很快就到了北城外。

「母親，父親好像到了呢。」顏烈看到官道遠處有二十幾人打馬往這邊來，連忙告訴母親。

王嬤嬤挑起車簾，秦氏和顏寧一看外面，果然是顏家人。

「又不是作客，接什麼接啊。」顏明德看一家人都出來迎接，嘴裡嗔怪著，那笑卻藏都藏不住。

顏明德，一看長相就是武將的樣子，長得五大三粗，臉型方正，皮膚黝黑，一對濃眉，笑起來聲音洪亮。他十六歲起鎮守玉陽關，大大小小幾十仗，戰功赫赫。前年與北燕對戰時被流箭射中胸部，在邊關養了近一年，還是沒好全。軍醫說是被箭傷了肺部，楚元帝知道後下令讓他回京休養，顏煦暫代顏明德的職務，又命王賢到玉陽關任監軍協助。

「父親，您身體都好了嗎？」顏寧看到父親，高興地從車裡探出身。

「自然是好了，妳看我現在騎馬都沒事。」顏明德大聲道：「寧兒，快出來，看看妳大哥給妳的禮。」

「什麼禮物啊？」顏寧緊張地問道。

「妳看——」顏明德指著後面一個家將拉上來的棗紅小馬說道。「這馬兒可是妳大哥抓了關外的野馬，馴服後生下的小馬駒。」

「父親，那我的呢？大哥沒讓你也給我帶匹馬來？」顏烈一看這馬兒，叫道。

「今年就下了一匹馬駒，你大哥說先給妹妹，等明年再生了歸你。給你準備了一把弓，你不是信裡念叨過幾次說家裡的弓不稱手？」

「偏心！妹妹一個女孩子，有馬也騎不了幾次。」顏烈嘀咕著去車上打算翻禮物去。

「臭小子，跟妹妹還爭！」顏明德一巴掌拍在兒子頭上。「翻什麼翻，回家再翻，多大了，一點也沒個沈穩樣。寧兒，要不要現在來騎一下？」

別看顏明德長得粗獷，可一向是疼閨女出名的。

顏寧卻什麼都聽不見了，看著那匹棗紅馬，夢裡的事一遍遍在腦子裡翻滾。

是真的！真的！那就是自己真的重生了，早上醒過來時，她騙自己那些全是夢，現在該醒了，那些全是真的！顏家會覆滅，父親慘死，二哥慘死……還有楚昭業！

沒事的，沒事的，我還活著，我現在活著了，那些都不會發生的！

她一遍遍告訴自己，回過神時，看到父親、母親、二哥、王嬤嬤等人都看著她，一臉擔心。

「寧兒，妳怎麼了？快點告訴母親啊。」秦氏急得一迭連聲問著。

「母親，我沒事，只是看到父親太高興了。」她輕聲說道。

高興？能高興得臉色慘白一身冷汗？這話說得也太假了。

顏明德疑惑地看著夫人，秦氏向他搖搖頭，表明自己也不知情。

「先回家吧，一路上也累了。」

幾人心裡都有疑問，但她不肯說，也不再追問。

顏明德就催著趕緊回家去，決定等回家後先請太醫給顏寧看看。

「母親，我昨晚沒睡好，人有點累才會這樣的。都怪父親啦，不早點到家。」顏寧強笑著說，手縮進袖中，使勁掐著自己。

「好好好，都是為父的錯，等回家去，妳先去歇一下。」顏明德說著上馬，和顏烈一起騎馬回家。

顏寧回到家後，一覺睡下，半夜就發起高燒。

顏寧自小習武，身子強健，不像那些嬌滴滴的閨秀，連個頭痛腦熱都很少，這樣發燒說胡話，把一家人嚇個半死，連夜請太醫，還一連換了三個太醫。

當顏寧再次醒來，王嬤嬤正靠在她床邊睡著，眼下明顯是沒睡好的烏青。

能活著真好，能天天看到家人真好！

顏寧心裡感嘆著，人還是一動不動。她要好好想一想，若自己記憶中的一切都是以後會真實發生的……那個廢后顏寧死了，十二歲的顏寧帶著廢后的記憶活著，自己這一世重生，該怎麼做才能不讓悲劇重演？

楚昭業、林意柔，我不再是那個傻子了，信著虛假的情意，傻乎乎地任由事情發生，還

相信楚昭業是看重顏家、看重自己的。

今年她十二歲，開元十四年，在位的還是楚昭業的父皇楚元帝，皇后顏明心是她的親姑姑，太子楚昭恒也還活著，現在，還是顏家的鼎盛之時。

作為楚國開國功臣之一，顏家也和封家一樣是世襲功臣。顏家是世襲大將軍，鎮守玉陽關，憑手中虎符可調動北部五十萬兵馬，楚國總共也才一百萬精兵，顏家的虎符就可以調動一半，太祖臨終時還留下遺旨，不許繼任的帝王動顏家的兵權。

楚國世家很多，有世襲爵位的也不少，但是唯有顏家是兵權在握的。

顏明德娶了秦氏為妻，秦家也是有名的武將之家，秦氏兩個哥哥，二哥死於南方戰事，大哥現在是南州州牧。

作為皇后娘家，太子的外祖家，顏家和秦家的實力，大家都說顏家是大楚的頂梁柱，是第一世家。

聽起來如此顯赫，又有誰想到，不過十年，顏家就灰飛煙滅，這一切是怎麼發生的？

九歲的時候，她跟著母親回到京城，參加了幾次京中貴女聚會，與林意柔交好，後來是一次宴會上與人起了爭執，林意柔說她們背後說自己的壞話，自己也越來越看不慣她們的矯揉造作。打獵風波後，二哥與那些人打了一架，自己與其他千金們的交往也漸漸少了。

十歲那年，見到三皇子楚昭業，從那以後，顏家大姑娘與三皇子就是大家不變的話題。慢慢長大，自己好像也一直覺得應該非三皇子不嫁，如今想想，十歲的女孩子哪有什麼非君不嫁的想法？這種流言，其心可誅。

上。

十三歲，太子哥哥楚昭恒去世。太子活著時，幾個皇子暗中爭儲，太子死後就擺到明面

十五歲的她嫁給楚昭業成為三皇子妃，姑姑和父親都覺得楚昭業對她專情，又是出名的禮賢下士、才幹過人，順理成章地扶持他，加上林家的支持，楚昭業成了太子。

沒想到，他當上太子沒多久，顏家的惡夢開始了。北燕犯邊，大哥顏煦戰死，後來二哥慘死，父親被俘，朝野上下說父親通敵叛國，姑姑以死明志，楚元帝下令嚴查，卻又將母親、大嫂和小姪子他們收監。

楚元帝駕崩後，她喘了口氣，以為楚昭業會幫顏家洗清冤屈，畢竟他登基後就冊封她為后了，不是嗎？

誰想到，隨著林文裕打退北燕，說是找到顏家通敵罪證。顏家滿門抄斬，她這個皇后被廢，受盡酷刑，而她藏下的姪子顏文彥還是被發現了，然後就是林意柔封后，她則慘死，棄屍荒野。

當年覺得楚昭業有情有義，現在想來他當時留著她，一是為了穩住軍中顏、秦兩家的故舊，二是為了斬草除根找到文彥。

想到這些，顏寧覺得自己心痛得縮成一團。她拚命地呼吸並告訴自己，如今還來得及，還來得及！

顏寧的呼吸聲驚醒了王嬤嬤，她看到顏寧睜開眼睛，驚喜地叫了一聲。「姑娘，妳醒啦？」

「嬤嬤，辛苦妳了，我沒事了。」燒了三天，顏寧的嗓子都沙啞了。

「不辛苦、不辛苦。綠衣，快去稟告夫人姑娘醒了；虹霓，快讓廚房送些清粥來。」王嬤嬤一迭連聲地吩咐。「您病著這幾日，將軍和夫人都急壞了，換了三個太醫，宮裡也都來幾次探問。您身子骨一直都很好，這一病可把大家嚇壞，還好醒了，醒了就好，就沒事了……」

王嬤嬤倒了杯水，扶顏寧坐起來餵她喝下，嘴巴是一點也沒空著，人也像個陀螺一樣轉個不停。

「姑娘，夫人來了。」房外響起虹霓的聲音。

秦氏還沒進屋，聲音已經傳進來。「寧兒，現在感覺怎麼樣啊？」秦氏顯然是匆忙而來，穿著一身家常舊衣，走路急，頭髮都有點鬆散。

「母親，我沒事啦，我身子好著呢，您別擔心。」顏寧安慰道。

「平時好著，病起來嚇死人。」秦氏走到床邊摸摸她的額頭，感覺熱度退下去，才安心了點。

「姑娘，林家的大姑娘來探望您了。」虹霓又進來稟道。

林意柔來了？

林意柔是楚昭業的表妹，父親是兵部尚書林文裕。林家，在豪門世家眼中只能算是新貴，這能貴多久，還不知道呢。

有次參加宴會，她和林意柔在花園漫步時，聽到幾個小姐談論。「要不是有個林妃，有個三皇子，誰知道這林家是哪根蔥啊？」

當時林意柔委屈地紅了眼眶，她衝出去叱責那幾個人。林意柔比她大一歲，說話、做事體貼，顏寧當她是閨中密友，見不得她受委屈。

現在想想，實在可笑，那時的顏寧在林意柔眼裡，就是一隻傻乎乎的忠犬吧？

秦氏曾勸她遇事還是要先分清對錯曲直，可她都聽不進去，認為林意柔這麼溫柔的人怎麼會錯？肯定是別人欺負她。

有一次安國公家的嫡女李錦娘指著林意柔罵她狐假虎威，她又忍不住和對方吵。

事後綠衣拉著她說：「姑娘，李姑娘可能是對的，您看她說林姑娘時，林姑娘自己都不敢出聲。」

那時，她說：「柔姊姊性子溫和，不會吵架，妳看她，被人說了只敢偷偷地哭，肯定是那個李錦娘欺負人。」

綠衣一直不太喜歡林意柔，每每她要為林意柔出頭時，綠衣總會勸著她、攔住她，可是她就是不聽勸，甘願做林意柔的馬前卒。

要是林意柔想參加什麼聚會，若是沒獲邀，就會在她面前感慨京中人勢利眼，而她總會同情她，然後憤而拒絕那些邀請；或者是在她相勸之下，接受了邀請，再帶她一起參加。

「顏寧，妳這種粗俗無禮的人，居然以為真能得到我表哥的喜愛？還以為我真的會喜歡和妳一起玩？妳知道跟妳說話我得忍受多少無趣啊，還得被人嘲笑，妳這麼有眼無珠，妳這隻眼睛還是不要了吧。」在冷宮時，林意柔笑著說，然後讓人剜了她一隻眼睛。

「我還病著，虹霓，妳讓林大姑娘先回去吧，就說還在病中恐過了病氣給她，等我病好了再邀她來玩。」還不到撕破臉的時候，可現在，自己不想見她。

「這林姑娘倒也有心，妳病著這三天，她來看過妳兩次了呢。」秦氏想讓女兒高興一下。

「是啊，她真有心。」顏寧贊同地說。

前廳裡，林意柔聽顏寧怕自己病氣過人，婉拒自己的探望，拉著虹霓說：「妳家姑娘太見外了，自家姊妹，怕什麼病氣啊，我是不忌諱這些的。」

林意柔一身藍色衣裙，眉眼彎彎，笑起來露出一個小酒窩，長相甜美，對顏寧的兩個大丫鬟從沒什麼架子。

虹霓說：「我家姑娘聽說林姑娘您來看她，很高興呢，就是還下不了床。大夫也說發熱剛退，得防著病氣過人，要不然，她肯定要出來迎您。」

「寧兒就是體貼，那我過兩日再來看她。對了，還要恭喜她，顏伯父回來，她高興壞了吧？」林意柔溫柔地道。

「是呢，姑娘念叨好幾天，老爺這一回來，姑娘要不是病著，肯定天天要纏著老爺。當初在玉陽關，我們姑娘就喜歡纏著老爺聽戰場上的事呢。」

「她好一點我就放心了，我先回去，過兩日再來看她。」林意柔說著，想起什麼，又回頭問：「對了，聽說晉陽大長公主要辦賞花會，妳們姑娘接到請帖了嗎？」

「接到啦，不過姑娘現在這樣，不知道去不去呢？」

「接到了啊。」林意柔輕聲說道，低頭用手絹擦了一下嘴角，也擦去了差點掩不住的嫉恨。「那讓寧兒好好玩喔，聽說這次賞花會很熱鬧，回來讓她說給我聽聽。」

虹霓回到顏寧院子裡時，秦氏已經帶人離開了。

「姑娘，林姑娘回去了，說過幾日再來看您。她聽說姑娘接到晉陽大長公主的請帖，讓姑娘回來告訴她有多熱鬧呢。林姑娘原來沒接到請帖啊。」

虹霓拿著林意柔送的禮物進來。「姑娘，林姑娘還送了盆牡丹，她說送給您賞玩。對了，林姑娘還出主意，說晉陽大長公主既然辦了賞花會，您可以拿這盆牡丹當禮物，既雅致又應景。」

「這花放外面廊下吧，我現在屋裡還有藥味，跟花香混著，聞起來難受。」顏寧看著那盆牡丹說道。

這盆首案紅，前世她也見過。賞花會上，她送了這盆首案紅，晉陽大長公主看花開得好，連連稱讚，她這直性子的人不肯貪功，實話實說提了是林意柔送她，且提議要她拿來送給大長公主的。

林意柔人沒到，可這份心意和知趣讓大長公主記住了她，後來再辦宴會時邀她參加，讓林意柔在京中閨秀中脫穎而出。現在，她可不會讓林意柔有這機會了。

「虹霓，把這盆首案紅送到花房去，讓人好好照料著。對了，讓花房的人再去找一盆香玉或海黃牡丹。好事成雙，等賞花宴的時候，這的確是個好禮物呢。」

林意柔不知道，可她記得，大長公主最喜歡的牡丹是香玉和海黃。

「姑娘，您居然認識這花啊，奴婢只知道這是牡丹。」虹霓讚嘆地說。

「在宮裡的時候見過，不然我哪會記得。」

前世的顏寧對這些花花草草可沒下過工夫，就像虹霓說的，能分清這是牡丹，不認成月月紅已經不錯，只好拿宮裡搪塞。

第三章

顏寧退燒後，很快地就到了晉陽公主的賞花會。

三月十二日，好久沒出門的顏寧一早就叫人備車赴會。

「姑娘今日還是不騎馬啊？」

「虹霓，以後除非是跟著哥哥出城遛馬或打獵，其他時候我出門都安排馬車或轎子吧。」顏寧吩咐道。

「好的，奴婢記下了。」

難得自家姑娘肯像其他閨閣千金那樣坐車、坐轎子，虹霓連忙去正院跟秦氏稟告，惹得一家人吃早膳時，秦氏和顏烈頻頻打量她。

「母親，我臉上長花啦？」

「沒長花，是我要看看，太陽是不是從西邊出來了。」顏烈在邊上插嘴。「寧兒，妳燒真的退了？」

「二哥，本來我還想著，以後我騎馬少了，父親送我的那匹馬——」

「寧兒，妳真是長大了、明白了。坐車好，騎馬風吹日曬，都要曬黑了，妳坐車裡，更有運籌帷幄的氣勢。」一聽是關係到那匹棗紅馬，顏烈立即諂媚道。

「哼！看二哥這麼明白事理，那匹馬先借你騎了，等你調教好了還給我。」

秦氏一看顏寧很不優雅地翻白眼，教訓了一句，又問道：「快點吃吧，今兒個到公主府，林家姑娘不去啊？」

「嗯，她沒接到請帖。」

她與林意柔交好，在家人心裡根深柢固，就像家人也覺得她喜歡三皇子楚昭業一樣，顏寧不想一下子毫無理由推翻他們的想法，轉變得太快，家人是不會如何，但是她還不想驚動其他人。

在二門坐上馬車，顏寧帶著虹霓和綠衣，秦氏又指了幾個僕婦跟著，兩輛馬車慢慢地離府。

馬車才到巷子口，就被攔住了。

「是顏姑娘在車裡嗎？」一個清脆的聲音在外面響起。這聲音，顏寧一聽就知道是林意柔身邊的如意，後來跟著進宮做了林妃身邊的第一女官。

綠衣掀開車簾招呼道：「如意姊姊，我們姑娘在呢。」

「寧兒，妳身子終於好啦。」林家的馬車湊近，林意柔娉婷地走到顏寧馬車前，柔聲問候。

林意柔雖然比顏寧大一歲，但是身量小巧，今日穿著一身緋紅衣裙，梳著飛仙髻，將她的六分甜美足足襯到十分，看到顏寧探出頭來，她開心地道：「果然好了，臉色都紅潤了，這段日子讓我擔心死了。」嘴裡說著話，非常自然地靠到顏家馬車的車門前。

「柔姊姊，謝謝妳掛念，我身子全好啦！」顏寧在車簾掀開前深深吸了口氣，雖然說話聲音還有點僵硬，但臉上仍掛上笑意。「柔姊姊，妳今日穿得好漂亮，要去哪裡啊？」

記憶裡沒有這一幕，還是有過這一幕但是自己忘了？她可不信林意柔會忘了今日是什麼日子，自家這條巷子又不是大路口，也沒什麼人會路過。

林意柔聽到顏寧的問話，有點意外。什麼時候顏寧會誇人穿戴了？

「我沒什麼事，又不能找妳玩，隨便出門逛逛，妳是要去哪裡啊？」

「今日是晉陽大長公主的賞花宴，我身子好了，母親一定要我去，不能失禮，所以一早就催我出門呢。」

「賞花宴啊，一定很熱鬧，可惜我沒接到請帖。」林意柔嚮往地感慨著。

「姑娘別傷心，顏姑娘和您情同姊妹，她去了不就等於您去了嘛。」如意在邊上勸慰，一雙眼熱切地看過來。

是在等著她這傻子邀她們同行吧？

「是啊，如意說得對，柔姊姊，妳知道的，我對花草都不懂，去了也就是看個熱鬧，等我回來，把熱鬧說給妳聽。」顏寧笑嘻嘻地應道。

「嗯，好啊，還是妳最好。京城裡的人不是都像寧兒這樣沒架子的，畢竟，我們林家門楣低了些。」林意柔落寞地嘆了口氣，沒了甜美的笑容，那分黯淡，好像被人欺負一樣。

「姑娘又來了。顏姑娘，您別生氣，我們姑娘沒別的意思，上次您帶她去參加安國公府小姐的聚會，她回家直嘆氣說自己帶累您。」

「如意，多嘴！寧兒好不容易出門玩，妳好好去玩吧，我明兒來看妳。」林意柔訓斥如意一句，又溫柔地看著顏寧。「妳今日這身衣服好看，去宴會上一定出色。」

這主僕倆一搭一唱，倒是有默契，要是以前的顏寧，肯定拉著她們上馬車。

「我也覺得這衣裳好看呢，我姑母知道我要去參加大長公主的賞花會，特意讓人送來的布料。柔姊姊，大長公主府邸還有點路，我先走了，回頭再來找妳玩。」顏寧一副很炫耀的口氣說著布料，果然看到林意柔盯著她身上的衣裳，眼神又熱切了幾分。「如意，妳要幫我勸著柔姊姊，那次安國公府的聚會不關她的事，讓她不要老記著。」

「是的，奴婢記著了。」如意只好應了一聲。

「柔姊姊，那我先走啦。」顏寧說著，往後靠著坐回車裡，虹霓和綠衣放下車簾。

「對了，妳禮物帶了沒？」林意柔讓開，想到自己送的那盆花，又問道。

「帶啦，謝謝柔姊姊上次提醒，我選了兩盆花做禮物。」顏寧很高興地回道。

林意柔不好再攔在車前，悶悶地回到自己的馬車上，臨上車前，又回頭看了一眼。這顏寧，是不是哪裡不對勁？往日如意把話說到這分兒上，她應該拍著胸脯立即拉自己上車，帶自己一起去赴宴才是。

「如意，妳看顏寧是不是和以前不一樣了？」

「沒什麼不一樣啊，聽綠衣說，上次在安國公家她和李姑娘吵架後，被顏夫人罰了。」

「嗯，可能是我操之過急了。」

「姑娘不用擔心，這顏寧，姑娘還不知道她什麼性子啊？過兩日忘了教訓，又是老樣子了。」如意對自家姑娘的手段很佩服。

「也是，反正她到底是帶著我送的花去做禮物了。」林意柔覺得自己也沒白忙活。

另一廂，顏寧若無其事地靠在車上養神，虹霓和綠衣面面相覷。

剛剛如意那麼說時，她們以為姑娘又會和上次一樣，帶林家這位姑娘去赴大長公主的賞花會。

顏寧睜開眼，看她們兩個欲言又止的樣子。「妳們有什麼就說吧。」

綠衣忍了又忍，還是開口道：「姑娘，您這次做得對，到底是大長公主府上，貿然帶人去不太好。奴婢覺得，如意說的那些話，太冒失了，姑娘……」

綠衣知悉自家姑娘這性子，對人好就是掏心掏肺的好，不能聽人說那人一個字不好，想著又把話嚥回去。

「虹霓，妳覺得呢？」顏寧又問虹霓。

「姑娘，奴婢說不出來，覺得綠衣說的對呢。」

「妳們說得是，以往是我任性了。剛剛聽那如意的言語，分明是挑唆我呢，我聽不出來，可柔姊姊那麼細緻的人，居然也不約束她嗎？」顏寧也不直說，只是提了自己的疑問。

「以後妳們也幫我留心些吧，柔姊姊到底是林妃娘娘的姪女，三皇子的親表妹，咱們家有太子哥哥，我和她來往多了，萬一落在有心人眼裡總是不好。」

「是。」虹霓和綠衣答應著，難掩驚訝。

「以往我想得太少，這次病了幾天，想了不少事，才覺得以前母親和妳們提醒得是。柔姊姊若真心和我交好，上次沒接到安國公家請帖，我說帶她去，她卻連衣裳都不用換就跟我去了。我看她出門見客的衣裳打扮，和平日遊玩的打扮可不一樣。」

「姑娘能留心到這些，夫人知道了，一定高興。」綠衣覺得自家姑娘一發燒後，開竅了。「姑娘既然覺得林姑娘這人不地道，以後我們就遠著她些。」

「不，我們還是要待她如常。父親和林文裕有嫌隙，林家為什麼會縱容柔姊姊和我交好呢？我現在想來，有點不安，還是先待她如常，等我下次進宮問問太子哥哥，他比我們聰明，讓他幫我想想。」

「好，還是姑娘思慮周全。」綠衣答應著。

林文裕多年前曾經做過玉陽關監軍，一次北燕進犯，他貪功冒進，差點造成玉陽關失守，幸好父親及時回援才倖免。父親怒不可遏，向楚元帝上摺，林文裕被調回京城，熬了這幾年才坐上兵部尚書的位置，若說林妃和林家不記恨父親，這怎麼都說不過去。

虹霓和綠衣都是從小跟著顏寧長大的，這舊事她們自然也知道，這也是秦氏當初聽說顏寧和林意柔交好時不太贊成的原因，只是顏寧一意孤行。如今顏寧提起這事，又提到要找太子楚昭恒問問，兩個丫鬟都是贊同。

太子楚昭恒，是顏寧姑母所生，萬沒有害顏家姑娘的理。

顏寧提到楚昭恒，其實也只是拿他當擋箭牌。自己行事改變太大肯定瞞不過虹霓和綠衣，但是有了今日這話，以後自己對林意柔態度轉變，可以推到太子身上去。

三人說了一陣子，已到了大長公主府門外。

顏寧才下馬車，大長公主身邊一個嬤嬤迎出來。「是顏家姑娘來了吧？公主命老奴代她迎客呢。」

「嬤嬤有禮了，這可怎麼敢當。」

兩個婆子抱著兩盆花，花上特意用紗罩罩著，跟在虹霓和綠衣身後。

顏寧指了指那兩盆花，笑道：「小女有幸，受到大長公主賞花盛會之邀，想著帶別的俗物為禮，都襯不上這雅事，特意挑了兩盆牡丹應景。」

「顏姑娘真是有心了，公主殿下一定喜歡。」那嬤嬤聽到是兩盆花，心裡卻有點納罕，不露痕跡地打量顏寧一眼。

顏家這位姑娘在京城裡也算名聲赫赫，不過都是說她粗俗無禮、無才無貌、囂張跋扈等等，今日一見，至少無貌這話是造謠了，這樣的容貌也算上等。看她梳著丫髻，頭上珠花點綴，眼睛黑亮有神，就是雙眉修長帶出一股英氣，不像其他千金眉如柳葉，透著女孩子特有的嬌柔。

剛剛那一句客套話，內容柔和謙遜，聲音清亮不拖泥帶水，透出一股颯爽。

這嬤嬤回過神來，看顏寧落落大方地站著。「看老奴這雙眼，看到姑娘這樣的美人兒就看傻了，姑娘，這邊走。」

「得嬤嬤這句稱讚，小女今日可算來著啦！」顏寧玩笑地說。

這嬤嬤既然能代大長公主迎客，自然是得用的。她帶著顏寧來到公主府正殿，晉陽大長公主正和幾個婦人閒聊，這嬤嬤走到公主旁邊，悄聲稟報。

「好孩子，倒是有心，快讓她過來。」晉陽大長公主顯然聽到顏寧帶花為禮的事，笑著說。

顏寧讓兩個婆子把花上的紗罩除了，跟著進去後，向主座上的大長公主行禮問好。「小女顏寧見過大長公主。」

「顏寧是吧？快來讓我仔細瞧瞧。妳們看，顏大將軍這女兒長得標緻，肯定是像妳母親多些。」

其他幾個婦人湊趣地都說是，其中一個說道：「秦家那丫頭長得標緻，顏寧是像她多些，若像她父親那還得了啊。」

顏寧抬頭看，原來是武德將軍府的老太君余氏；再看看其他三個婦人，也是幾家府裡的老封君。

余氏和顏寧的祖母交好，武德將軍和顏家都是武將，平時往來也多，可家中小輩裡都是男丁，所以余氏平時也很疼她。

「伯祖母，您今日也來啦。」

「妳這丫頭，好久都不來看我，要不是託大長公主的面子，都見不著妳。」余老太君嗔怪地說著，拉著顏寧不放手。

晉陽大長公主知道余老太君和顏家的交情，眼神閃爍一下，對顏寧說：「別老膩著妳伯祖母，過來，讓我好好看看。」

顏寧笑著走到晉陽大長公主身邊，隨侍公主身邊的人都是人精，看自家主子的神色，連忙送上一個托盤，大長公主拿起來看了看，笑道：「這孩子看著就可親，今日第一次見，還白受了妳的禮，這個給妳拿著玩吧。」

顏寧看到是一只壓裙白玉環，一看玉質就是不凡，笑道：「長者賜，不敢辭，我今兒可賺啦，兩盆花換了這麼好的禮物，大長公主可虧了呢。」

「哈哈，這孩子的嘴喲。」余老太君在邊上笑道。

晉陽大長公主也是呵呵一笑。「妳那兩盆花可是難得的應景，花了心思的，東西有價，難得的是這份心思。」

若話題圍繞著花，像前世那樣問起她如何想起送首案紅，就又要說到林意柔了。顏寧不屑說謊，又不想讓林意柔占這個便宜，故意轉了話頭。

在座的幾位看顏寧說笑自如，落落大方，頭次見到，少不得一一給了見面禮。

「年輕姑娘家，可不耐煩聽我們這些老人講古，來人，帶顏姑娘到後園去吧，跟大家一起玩去。」晉陽大長公主說道。

「去吧、去吧，不過可不許淘氣。」余老太君叮囑一句。

「伯祖母亂說，人家哪有淘氣啊。」顏寧不依地說了一句，便帶著虹霓和綠衣到後面去了。

余老太君，前世裡開元十四年過世，這個慈祥的老人，把顏寧當親孫女一樣。

同一年楚昭業離宮開府，她不顧人言經常去三皇子府，多少人背後笑話她。這個老人，人後叱責自己不該昏了頭不顧閨譽，人前聽到有人笑話顏寧卻是厲聲叱責人家。

對余老太君來說，只不過幾日沒見，可顏寧再見她卻已是隔世了。

大長公主府是新修繕的，和前世一樣，進了園子，沒有公主府的人跟著，姑娘們在園內隨意遊玩。

晉陽大長公主是楚元帝的姑母，她嫁給原武安侯次子宋景芳，婚後原本夫妻還算和睦，偏偏宋駙馬短命，沒幾年就死了，連一兒半女也未留下，晉陽大長公主傷心之下，到京外碧霞觀避世修行。去年宋家犯事被抄家，晉陽大長公主出面求情，收養了宋家偏支一個四歲的孩子，宋家不至於斷根，大長公主也有了孩子養老送終。

楚元帝對這姑母還是比較禮遇的，大長公主有了養子，不能再住碧霞觀，宋家被抄家後房屋都沒了，就讓內務司撥錢修繕公主府。

今年二月，晉陽大長公主才帶著孩子住進公主府，如今三月舉辦賞花宴，邀請京中名門閨秀到公主府賞花遊園。

「宋家好歹是大長公主的夫家，您說她怎麼不再求求情，好歹多救幾個人啊？」虹霓走在花園裡，想起去年被抄家的宋家嫡支，也和封家一樣死光了，大長公主既然能救下一個孩子，為什麼不多救幾個人呢？

「那些人大長公主救不了，就是現在活下來的那個孩子，也不算是大長公主救的。」顏寧輕聲回道。

楚國到元帝手裡是第四代了，楚元帝雖然沒有和太祖一樣馬上打天下，但若論鐵血手腕，一點也不比太祖當年差。開國功勛之家，在他手裡抄家滅族的就有幾家了。

開元六年以貪墨之名抄了封家，開元十三年以欺君罪名抄了宋家。

但是他又不想讓人說自己太無情，大長公主只是看準時機出來得個人情，順便在大家心裡樹立起一個印象——自己這個大長公主，在皇帝面前還是說得上話的。這樣，也不至於真的在道觀裡清苦地過一輩子，還能得個孩子送終，何樂而不為呢？

楚元帝對姑母的識相也很滿意，也樂於成全她的面子，還能在世人心中留下尊敬長輩、有人情味的形象。

「姑娘說話，奴婢怎麼忽然聽不懂了？不是大長公主救的，那是誰救的？」

「當然是聖上救的啦，除了聖上，誰能救下人啊？」

正說著時看到前面有人影，三人連忙噤聲不再談論，顏寧也不再說話，心裡卻想到，若是以前的她肯定也和虹霓同樣的想法。

若不是前世嫁給楚昭業做太子妃時，他說她的性子太過剛直，拿這些陳年舊事舉例，教她如何看透人情世故，如何在楚元帝面前說話進退。要不是他這師傅教得好，她哪會想到這些？世事洞明皆學問，想想顏家，哪怕是在戰場上以多智善謀出名的大哥，玩起心眼來也遠不如這些人。

武將的謀算都用在沙場上，她雖然也讀了兵書，卻從未想過對身邊人動心眼，一門傻子，被人害了怪得了誰呢？但是現在不一樣，前世他以有心算無心，當然無往不利，今世的她，不再迷惑於他裝出的柔情，眼睛就不會受蒙蔽。

想起這人，竟然好像就在眼前呢。

「姑娘、姑娘，是三殿下！」虹霓看自己發愣，提醒道。

原來真的是他！

十五歲的楚昭業，看著還是少年人的模樣，但是他表情嚴肅冷漠，不苟言笑，看著就像二十歲。印象裡，她一直覺得這人沈穩可靠，不論遇到何事，好像看到他就安心了，當年她曾笑說他是軍師，她就是衝鋒陷陣的將軍，有他坐鎮後方，她就什麼都不怕。可惜，將軍面對敵人，卻忘了後背也是要防護的。

楚昭業看到顏寧，笑了一下，向她走來，而這一笑，也讓他臉上的線條都柔和下來。

「三弟，你這笑臉可難得啊。」旁邊一個聲音響起。

「二哥。」楚昭業淡淡叫了一聲。

二皇子楚昭暉乃柳貴妃所生，身材高大，皮膚黝黑，性格急躁。因為太子楚昭恒身體一直不好，他一向覺得自己生母位分高，若是楚昭恒死了，自己最有希望做太子，所以經常不經意間就流露出高高在上的氣勢。

「我說誰能得你一張笑臉呢，原來是顏家姑娘啊。」楚昭暉看到門口三個女子走過來，輕聲評論。「往日覺得是個黃毛丫頭，今日一看，這顏寧不說不動的話，還真看不出粗魯。」

「二哥，她本就不粗魯，你以訛傳訛了。」楚昭業回了一句，向顏寧走近，心裡卻覺得有點奇怪。

往日顏寧看到自己，總是笑著向自己快步走來，今日卻站在那裡，躊躇不前？

顏寧看到楚昭業，壓制的恨意翻滾起來。她恨楚昭業，比恨林意柔更甚。

就是這樣的差別，看到別人都是冷冷的，但是看到自己就會露出笑容，這樣的蠱惑，讓她深信自己在他心中是不同的。成親前百般關心，成親後千般呵護，一層層的柔情磨平了自己所有稜角。

顏家被收監時，她驚慌失措，他那時已經是太子了，打破素日的公正嚴明，跪在金鑾殿前為顏家求情，一跪就是四個時辰，雖然楚元帝沒有心軟，但她對他卻是感激的。後來想想，他種種作態，可能就是為了顏家那塊虎符吧。

「寧兒，聽說妳病了，身子好了吧？我讓人給妳送的東西，還喜歡嗎？」楚昭業不知道顏寧看自己的眼神裡，為什麼會有恨意？

對於顏寧，他分不清自己到底有多少真心、有多少假意，但是他很清楚，太子楚昭恒病懨懨的卻儲位穩固，離不開顏家的支持。父皇忌憚顏家手裡的精兵和虎符，哪怕顏家一直表現得還算忠君，父皇也不敢動搖皇后和太子的地位。

太子肯定會病死的，他若是能娶到這個顏家的掌上明珠，那顏家自然就會支持他了，這個籌碼不能錯過。何況顏寧本身也是個美人啊，只是大家都先入為主，被那些粗魯無禮的傳言蒙蔽了。

「謝謝三殿下送的禮……」

「寧兒，妳居然來啦。」左邊忽然傳來太子楚昭恒的聲音。

大家轉頭，看到一個穿著淡黃罩衣的少年，臉色稍嫌蒼白少了血色，但是笑容溫和，看著就覺得親切。每個人看到他，只覺春風拂面，忘了這是個身有沈痾的人。

楚昭恒小時候冬日不小心掉入御花園中的池子，救起來後留下病根，就算夏日也是畏寒，如果著涼就更是凶險。今日陽光溫和，走快了還會微微出汗，可楚昭恒卻還穿著夾棉外袍。

顏寧不願再和楚昭業虛與委蛇，高興地快步向左邊走去。「太子哥哥，你居然也來啦！」

「晉陽姑祖母說今日也權充她喬遷之喜，她老人家不想驚動別人，父皇就讓我們幾個來湊個熱鬧。我今日感覺還好，也來走走。」

楚昭恒三言兩語回了顏寧的問題，又提醒她今日幾位皇子們都在。

「難得離宮，你們逛吧。寧兒，走，陪我去那邊坐一會兒。」楚昭恒對大家說道。

「臣弟先告退，大哥不要太累。」楚昭業告退前，看了顏寧一眼。以前她不分場合、不看人情，對他總是全神關注，他覺得太黏人，今日她不黏了，又覺得有點失落。

楚昭暉則漫不經心地拱手一禮，曖昧地看了三人一眼，自顧自地走了。

顏寧心想，難怪太子哥哥和姑母都對楚昭業印象很好。這人在任何時候，禮節上一絲不錯，對太子哥哥關懷備至，也對姑母恭敬有禮，對外人一副公事公辦的冷臉，明面上也不會刻意結交朝臣，林妃在宮裡，也表現得唯皇后馬首是瞻。

幾位皇子裡，大家覺得楚昭業有才幹、沒野心，從不培養自己的勢力，雖然總是一副冷臉但又有情有義，所以當姑母和顏家失去楚昭恒時，似乎最好的選擇就是扶持楚昭業。

他如今暗中應該籠絡了一些朝臣吧？太子哥哥知道嗎？

「看心上人看呆啦？人都走沒影了。」楚昭恒瞧顏寧看著人家背影發呆，打趣說。

「太子哥哥，你今兒怎麼會出來啊？走得累不累？」顏寧看他呼吸略微急促，轉頭示意虹霓和綠衣找地方坐坐。

「總是待在宮裡，有點煩了，想換地方散散心。妳身子都好了？」

「我全好了，這幾天見到人就問我這話，我耳朵都聽出繭子了。」顏寧放慢腳步，跟著楚昭恒走到石桌邊坐下；虹霓、綠衣和伺候楚昭恒的招福、招壽俐落地收拾好，擺上茶點。

「從不生病的人一下病了，大家自然關注得多。」楚昭恒笑道。

「太子哥哥，你今日看著精神還好。」

開元十五年，就是明年，楚昭恒真的會死嗎？他這寒疾每年發作，但也沒聽說逐年加重啊。

「我是寒氣入體傷了肺，才難調理，所以妳也不要拿身子不當回事，真病了後悔都來不及。對了，今日這賞花會上來了不少閨秀，妳要不要展示一下才藝，洗清流言啊？」

「才藝？難道讓我舞劍嗎？」

「不要舞刀弄槍的，等會兒跟我走，我們去那邊對弈一局。」

顏寧看到楚昭恒難得孩子氣地對她眨眨眼，知道他是一片好心。京城女眷裡，都說她無才無貌、粗魯不文，他是想幫自己扭轉形象呢。

其實，除了下棋，自己還擅長一樣不為外人道的才藝，說起來，也和楚昭業有關。

想到這兒，她也學楚昭恒眨眨眼。「太子哥哥，你要真想幫我，不要下棋了，等會兒不如借一下你的潘安貌？」

「好啊，不過要是犧牲了本太子的翩翩風姿，妳卻沒展現什麼才藝的話……哼，得罰！」楚昭恒看她今日終於不再纏著楚昭業，鬆了口氣。

招福和招壽看主子高興，心裡也高興。

楚昭恒的身體，太醫說忌大喜大悲，他平時總是雲淡風輕，對人有禮，看著脾氣很好的樣子，但從不與人親近，就算是面對皇帝，也是防備著的，只有顏家這個姑娘，打破了太子殿下樹起的藩籬。顏寧九歲第一次進宮，看太子躺在榻上，就拖著要教太子釣魚、爬樹、掏鳥窩，冬日裡一進宮就拉他堆雪人、捕鳥。

兩人看楚昭恒說要罰什麼，也湊趣出主意該罰顏寧些什麼東西？虹霓和綠衣自然不依，六個人說得熱鬧。

沒多久晉陽大長公主派人來請大家一起賞花。

楚昭恒帶著顏寧來到花園中央，這裡原來有個攢尖頂式的八角亭，亭子左邊是一片桃林，桃花開得正好，亭子外簷下放著一盆盆各個品種的牡丹，花團錦簇。

晉陽大長公主看到楚昭恒，連忙讓著請他坐主桌。

「今日是家宴，有姑祖母在，我們只論家禮。」楚昭恒堅決推辭。

最後晉陽大長公主和幾個老封君坐了一張大桌，四位皇子殿下坐在左邊，顏寧走到右邊，坐到李錦娘的下首，旁邊是世安侯家的兩個姑娘，還有濟安伯等幾家有爵位人家的女兒。

幸虧這八角亭夠大，不然二十多個人，再加上往來伺候的奴婢和婆子，地方不夠大肯定轉不開。

顏寧看到李錦娘，點頭示意。李錦娘哼了一聲，對她視而不見。

坐她下首的世安侯王家的兩位姑娘，還是一如既往的珠光寶氣，想到王嬤嬤首飾架子的評語，顏寧越看越覺得貼切。

「今日園裡花開得正好，我們年紀大了，就喜歡看年輕人高興……」座上，晉陽大長公主正在說話。

這些話顏寧已經聽過一遍，開場寒暄後，就該邀請姑娘們展現才藝了。

晉陽大長公主的賞花會，今年是第一次，以後每年都會舉辦，逐步變成京城閨閣名媛們身分的代表，記得楚昭業登基時，京城各家千金小姐們，都以是否得到晉陽大長公主賞花會的請帖來判斷身分和才藝。一張請帖，議親時身價都能高一層。

「姑娘！」綠衣看顏寧眼睛直瞪瞪地看著對面，連忙推了推她，她的對面恰好是楚昭業。其他閨秀們看了竊竊私語，以為她又要發花癡，綠衣輕聲叫了一聲沒反應，只好輕輕推了推。

這動作落入李錦娘的眼裡。「妳這丫鬟不懂事，妳家姑娘難得能見到，居然還不讓她多看幾眼。」她玩笑似地說，聲音響得剛好夠左右和對面的人都能聽到。

楚昭業看顏寧又一直看著自己這方向，煩惱該給她個冷臉讓她收斂，還是該對她笑一笑？

他還沒拿定主意，李錦娘的話音落下，顏寧回神笑道：「這麼多的牡丹花，我是難得見到呢。李姊姊，妳看那兩盆，」顏寧指著楚昭業身後的花。「這兩盆長得好像，是不是同一種啊？」

李錦娘對顏寧原本非常不滿，但今日在座有大長公主等長輩，又有皇子殿下們，顏寧這個問題真是送她一個表現機會，她自然不會錯過。「那兩盆呢，一盆是晶玉，一盆是御衣黃，遠看都有白色，妳等下走近看它們的花蕊，各有不同呢。」

「原來是這樣啊，李姊姊懂得真多，我看這些花都好看，可要我說出名字真是頭暈了。」顏寧坦率地說，又拿起桌上的果酒。「謝謝李姊姊為我解惑，我敬姊姊一杯，以前行事魯莽之處，一併謝罪。」

顏寧態度真誠，黑白分明的眼睛，清澈無塵，讓人看著就心生好感。

李錦娘也沒太多城府，不然哪會看不起林意柔拿顏寧做幌子的做法，當面指責。當時說林意柔時，她其實也是氣顏寧這種甘願被利用的傻子，如今看顏寧說得真誠，又平白送自己一個表現機會，倒不好一直冷著臉，端起桌上的果酒喝了一口，僵硬一笑。

顏寧也不再多說。自己和李錦娘吵了一架，要是馬上就熱情以對，人家也未必領情，今日緩和點關係，以後遇到，自然會好了。再說，李錦娘是安國公嫡女，也算是才女，人緣不錯，與她交好，總比交惡好。

其他姑娘們看李錦娘與顏寧說話，再看顏寧時，眼神裡除了好奇的打量外，惡意也少了。她們與顏寧沒來往過，以往聚會上，顏寧從不理人，只和林意柔玩在一起，若聽到有人說林意柔壞話，她就會衝出來護著，大家私底下都笑顏寧空有顏家嫡女的身分，實際卻被林意柔牽著鼻子走。又有傳言說她只會騎馬射箭、行事粗魯無禮，一言不合還會打架，大家更不敢與她多說。

今日看顏寧一身大紅色繡粉藍牡丹花的袍子，剛剛走進亭子時，身姿楚楚，身量高䠷，臉如朗月，尤其一雙眼睛黑亮，雙眉修長，顧盼神飛。行路倒是有武人的影子，步伐略大，但看她行禮問安，分明是個大家閨秀，且也可算是美人兒，傳言果然不太可信。

大家這邊打量著，那邊晉陽大長公主已經說完話，正讓人拿出一個托盤放在亭中几案上。「既然是一展才藝，這盤裡的就是彩頭了。」

顏寧仔細看那托盤裡，東珠做的珠花，紅珊瑚雕的簪子，一串一看就上了年頭的沉香手串，樣樣精緻且價值不菲。

除了有彩頭，還有這個賞花會名次的大彩頭。

別人還能等待，王家的兩位姑娘可坐不住了，大姑娘王貞彈琴，三姑娘王貽起舞。王家兩位姑娘表演完，王貽曾與顏寧有過口角，她示威似地抬了抬下巴，又以嬌羞的眼波流轉著看了皇子們一眼，自然，太子楚昭恒被她的眼波忽視了。

晉陽大長公主鼓掌稱讚道：「王三姑娘的舞技高超，真如花中仙子一般。」

這算是較高的讚譽了，王貽得意一笑，王貞未被點到，臉色有些黯然。

有了帶頭的，其他姑娘們都躍躍欲試。想寫詩、作畫的都一一要求紙筆，一時大家都不再坐在几案前，三三兩兩或觀人畫畫，或互相談論幾句。

李錦娘長於書法，濟安伯家的劉琴擅詩詞，兩人商量著劉琴寫詩，由李錦娘謄寫。

李錦娘轉頭看到顏寧還坐在案前，想她從未表現過什麼才藝，今日賞花會，大家都有所展現，若只她沒有的話，只怕難堪，憐憫心起，走過來邀請道：「顏姑娘，妳會聯句嗎？不如除了劉妹妹作的詩，我們兩人一起聯句也湊一首詩，到時兩首一起呈上？」

顏寧知道她是好意，李錦娘自己也不擅詩詞，她拉自己聯句作詩，若詩不好，大家也不會笑她一個人。

原本是領了楚昭恒的好意想要一試，但顏寧看到楚昭業看著自己的目光，忽然就想全力一試。明知前世他娶她，不是因為什麼才藝，但是她忽然想讓他知道，顏寧除了對他一片癡心，還有其他才能。

或許，自己是想讓前世的他後悔吧，明知他沒有那些記憶。

「謝謝李姊姊好意，我不拖累姊姊了。今日大家興致都這麼高，等下我也畫畫給大家看，要是畫得不好，姊姊讓大家不要笑我喔。」顏寧感激地對李錦娘道。

李錦娘話說出口後，擔心她不識好人心，現在看她明白自己的心意，雖然被拒絕了，也不見怪，開玩笑說：「承妳叫一聲姊姊，我一定不會笑妳的。」

顏寧要了筆墨，跑到皇子們這邊，拉起楚昭恒，讓他坐到一盆號稱花王的姚黃牡丹前，拿起筆唰唰作畫。幾個皇子看她拉著太子作畫，都走過來圍觀。

二皇子楚昭暉對楚昭業說：「三弟，果然還是太子更勝一籌。」

四皇子楚昭鈺也笑道：「往日都只見三哥，如今看來，顏家人還是顏家人啊。」

楚昭業對幾人的話語充耳不聞，只盯著顏寧的筆下。他從不知顏寧居然會作畫，嚴格說來那樣子也不算作畫，有誰畫畫是落筆成線的？又不像簡筆寫意，她這到底是畫牡丹還是畫人？

其他姑娘們寫完字、繪完畫的，也過來圍觀。

虹霓和綠衣在邊上幫著磨墨壓紙，想著姑娘原本藏了一疊三皇子的畫像，病好後都拿出來燒了。

顏寧也不管別人怎麼看，只管看著楚昭恒畫下去。

「咦？她畫的大哥好像真人。」四皇子楚昭鈺叫道。

的確，顏寧的畫法根本不像是作畫，倒像是在刻印一樣。

她會學畫是因為在玉陽關時，看到父親桌上的輿圖，真山真水一目了然，聽說輿圖在行兵布陣時非常有用，她便跟著軍中的師爺學了。那師爺除了畫輿圖，還擅畫影圖形，聽人描繪長相，寥寥幾筆就能抓住人的神韻，曾經畫了一個北燕奸細，掛出沒兩天那奸細就被人抓出來了，據說一看就知道是畫上的人。

她覺得這技能好玩，倒是下了一番苦功學習，雖然沒有那位師爺那樣聽人口述就可入畫，但畫出個大致的影來還是可以的。她從小最大的願望是跟著父兄馳騁沙場，武學、兵法、下棋、畫畫……所學技能全與打仗相關。

顏寧起筆晚但畫得很快，沒多久就畫完了。

「拿來給我看看，還沒人給我作畫過呢。」楚昭恒笑著站起來，拿過那張畫，看到一個少年坐倚亭欄，臉上帶笑，對著那畫就像照鏡子一樣，他甚至覺得自己周身那分落寞躍然紙上。

顏寧看了一眼，覺得比預想的好多了，就是沒什麼背景。「這個畫得不好，我要好好再學學，等你生辰的時候我再幫你畫一張。」

「不，畫得很好，這畫我得收著，等妳畫更好的，再換下來。宮中畫師所作的畫也未必有妳這幅傳神呢。」楚昭恒說著，示意招福收起來。

有了他的捧場，顏寧的畫就算只有八分好，也變成十分了。

楚昭業震驚地看著這幅畫，又看看顏寧。怎麼自己好像不認識這人了？

「這種畫法，和我看過的畫師畫法都不一樣呢。」李錦娘讚嘆地道。

「這其實不是畫畫，是衙門裡的畫影圖形畫法呢。」顏寧直言相告。「我自幼在邊關長大，學的東西，除了舞刀弄槍就是這些了，讓大家見笑啦。」

她說得落落大方，大家驚嘆顏寧原來還會這種神技，聽她如此說，更有好感了。

一場賞花會，辦得熱鬧有趣。

最後，劉琴得了魁首，倒是不負她一貫才女之名；李錦娘也得了彩頭。顏寧雖然沒拿到彩頭，但是她的目的也達到了。

今日之後，顏寧再不是無才無貌、粗魯不文，她將逐漸融入京城的名門閨秀之中。

前世，她任由林意柔踩著自己登天，今日開始，她會一點一點重塑自己的形象，林意柔再沒這機會了。

第四章

賞花會散，各人相繼離開，楚昭業走近顏寧。「寧兒，我送妳回去吧？」

「不勞三皇子了，我等下還想逛逛呢。」

面對顏寧的不領情，楚昭業依然很有風度，也很會找臺階下。「哦，是了，下月阿柔生辰，妳接到請帖了吧？」

「接到了，如此良機，柔姊姊怎麼會忘了我呢？」

阿柔？原來他們如此親密啊，自己真是瞎子。

楚昭業看了顏寧一眼，這話聽著怪異。難道她懷疑阿柔與她交好的心思？她一向沒什麼心機，怎麼會懷疑這些？

看著顏寧走向楚昭恒，笑靨如花地說著什麼。太子一向不出門，這幾年身子難道養好了？

「小喜子，你去一趟林府，請舅舅有時間的話，就向我父皇提提太子的事，另外問一下顏家。」他叫來一個太監吩咐道。

幾位皇子都沒離宮開府，雖然都是回宮，卻是各自找了個事由離開。

太子楚昭恒問顏寧。「妳後日想進宮來玩？」

「是啊，你讓姑母召見我喔。太子哥哥，你身子肯定會越來越好的。」

太子哥哥一定要養好身體，不然，顏家怎麼辦？

楚昭恒不接話，登上馬車，親暱地揉了揉顏寧的丫髻。「要不要我送妳回家？」

「不用啦，我還要逛一下。對了，虹霓，讓侍衛們護著太子哥哥回宮。」雖然從沒有楚昭恒在外遇刺的記憶，但小心總是好的。

自己這病懨懨的太子，遲早會病死，其他皇子們連刺客都懶得派吧？難得這心思單純的丫頭會想到這種防備，他也就不駁她好意了。

顏寧乘上馬車，轉過兩個路口下了馬車，已經換上男子裝束。

顏寧騎馬逛街經常穿男裝，府中下人們都習慣了。跟車的僕婦出門得了吩咐，也不敢多問。

顏寧帶著綠衣和兩個侍衛，走進一條巷子，在巷子轉角處，已經停著一輛租來的馬車。虹霓看顏寧走過來，連忙探頭招呼她和綠衣上車。

三人坐進馬車，兩個侍衛孟良、孟秀跟著。

「老伯，我們去城隍廟啊。」虹霓吩咐道。

「好嘞！坐好啦。」趕車的老人家催馬走起來。

一行人來到城隍廟，見到好多個乞丐在轉悠，卻沒看到封平。

虹霓下車去打聽，沒一會兒急急忙忙跑回來。「姑娘，那個封平剛剛去攔王家的馬車，被打成重傷了。」

王家？聽說封平和王家的王貞曾訂過親，不過封家被抄家後，這婚約應該遺忘了吧？

真是不走運，怎麼自己剛想來找人，就碰上他被打成重傷呢？

顏寧心裡嘀咕著，還是下了馬車，一起來到城隍廟偏殿。

虹霓、綠衣和兩個侍衛都感到奇怪，自家姑娘怎麼忽然想到要來找封平？往日從不相識啊。

顏寧對他們說，聽母親說起過此人，覺得這人可憐，想幫他一二。

這四人都不是多嘴的人，覺得夫人心善，姑娘有此想法也是肖母。

孟良、孟秀兄弟倆，前世衛護二哥慘死，顏寧確定重生後，第一件事就是把府裡記憶中忠心可靠的人，都梳理出來待用。

孟良不反對救人，就提醒顏寧，封家抄家是御筆欽定的，被人發現恐為顏家帶來麻煩。現在看顏寧又是換裝又是換車，不禁佩服姑娘想得周到。

一行人走進偏殿，看到角落裡立著的判官像腳下，蜷縮著一個人。

孟秀上前查看半晌。「姑娘，人昏迷了，傷得很重，骨頭好像斷了兩根，看不出有無內傷？」

顏寧想上前看看，綠衣拉住她。「姑……少爺，您別過去了，到底……不好。」綠衣想起現在都是男裝，改了稱呼。男女大防還是避忌一下，再說傷得這麼重，姑娘嚇到可怎麼辦。

「沒事，我就看看。」顏寧慢慢走上前。

孟秀已經把封平臉上的頭髮拂開。

這張臉，記憶裡一直是冷漠但乾淨整齊，現在卻是青青紫紫，還有沒擦乾淨的血跡，五官還是記憶中的五官，年輕了點。

顏寧前世被廢后，顏家要被抄家滅族時，這個人提議楚昭業把她和顏家人一起處斬。別人覺得這是為了斬草除根，可她很感激他，當時自己只想和家人死在一起；當她被打入冷宮時，也是這人開口為綠衣求過情。

就為了這些，她也應該幫他。

「帶他上醫館吧。」

「姑娘，被人看到了不好吧？」這裡孟良年紀最大，提醒道。

顏寧沈吟片刻。「這樣吧，孟秀你帶他到城隍廟後門，那裡往來人少。我們回前面，坐車到後門接你。」

孟良也沒更好的辦法，說不管他又說不出口。

他們兄弟倆也曾如此狼狽，若不是將軍回京途經那破廟，看他們又病又傷，收留下來，如今哪還有他們？現在看著封平，只覺得看到當初的自己一般。

搬到車上時，可能碰到傷處，封平痛得叫了一聲，睜開眼看到不相識的幾人，想說話，又死咬住嘴不想呼痛，話都未說又暈了過去。

孟秀說這種傷痛難忍，痛暈過去居然也沒出聲，這人倒是硬骨頭。

他們不知道，前腳他們剛帶人離開，後腳那個偏殿又進來幾人，找一個叫封平的乞丐。

這幾人走進偏殿，沒找到人。

「頭兒，門口那乞丐說，剛剛有幾人也來找封平，會不會被帶走了？」
「可沒說那小少爺把人帶走，說他們進來一會兒就走了。」另一人說道。
領頭的想了一下。「分兩批，我們去查剛剛那行人往哪兒走了？你們幾個守在附近，向附近的人打聽打聽。」
「頭兒，那車上沒徽記，恐怕不好找。」
「不好找也得找，上面交代下來，一定要把封平帶回去。」領頭的自然也知道租來的馬車沒標記，趕車的又沒人認識，找起來像大海撈針一樣。
顏寧一行人帶著封平來到看骨科的醫館。
「大夫，舍弟不小心打傷了這乞丐，他傷得重，丟棄不管的話有違天和，我實在於心不安，勞您給看一下吧。」孟良按顏寧授意的說道。
老大夫讓他們把人抬到後面去。「誰下手的啊？這下手太沒輕重了。看看、看看，肋骨斷了兩根；還有這兒，手脫臼了；還有這兒……」
孟良轉頭瞪著孟秀。「下手沒輕沒重，還好沒出人命，回去跪瓦片去。」
「啊？」孟秀一愣神，等他明白過來他哥話裡的意思，只見那老大夫已經怒視著他。
「那個……不……」
他想說不是我幹的，可孟良那威逼的眼神下，他再看看身後站著顏寧和兩個丫鬟。老哥不地道啊，這黑鍋扣他頭上了。

「樹大有枯枝啊，你當哥哥得好好教訓教訓他，如今欺負乞丐，將來就敢打父母。」老大夫嘀咕著。

我想打也沒父母給我打啊，再說憑什麼說乞丐就是被欺負的，人家丐頭可威風著呢。孟秀心裡嘀咕，嘴上卻不能說，五大三粗的個子，一副委屈的小媳婦樣子，實在好笑。

老大夫倒是一點也不嫌棄封平髒污，他接骨技巧不錯，沒半個時辰就包紮好了。「好了！傷筋動骨一百天，這人骨頭要長好，至少得養三個來月啊。」

「大夫，出了這事，家裡還不知道，能否麻煩讓這人在您的醫館先養兩天，待我們歸家商量好安置的地方，再來接人？」孟良又問道。

「這個……老朽這醫館狹小，地方不大……」老大夫有點為難。

「不用多久，最多兩、三天我們就會接走安置，總是舍弟闖的禍，我們肯定會安置他的，就借您這兒待個兩、三天，順便您也好隨時給他再看看。這是診金，多的就算他這幾日的食宿錢，您看可行？」孟良說著，拿了二十兩銀子出來。

「這太多了，莫說兩、三天，一個月都夠了。」老大夫一看這麼多銀兩，吃驚道。

「總是麻煩了您，我們也不懂，這人傷勢穩定後再給他安置也方便些，如今若是搬動，怕骨頭又移位。」

「說得也是。這樣吧，讓他在我這兒待個十天，待傷勢穩定你們再來接走。」

「那就更方便了。麻煩大夫，那我們先告辭了，一切有勞。」

「好說好說。」老大夫收了二十兩銀子，想著就算過個十天他們不來接人，自己也沒什麼損失。

幾人告辭後坐上那馬車回到朱雀街，結算租車的銀錢後下了馬車。

顏寧慢慢走了一會兒，有點不放心。「孟良，你明日在城裡看看能不能租個房子？房子小點也行，回頭安置封平。」

「姑娘，那小子還真走運，您還真幫他租房子安家啊？」孟秀感嘆道。

「姑娘，您給他看傷還好說，這租房子的事若被老爺知道了……」孟良比孟秀想得多些。他們被老爺收留，又讓人教授武藝，安排在顏府做侍衛，他們的主子是顏明德，顏寧只是顏家的姑娘。救人是好事，就算老爺知道也無妨，但若是租房安置，就是大事了。

首先封家是當今皇帝親口定的罪，收留封平，往大了說就是同情封家，同情封家不就是覺得皇帝判刑重了？這要傳出去，就算是顏家，估計也要受到牽連。

其次，封平可是個大男人，姑娘是千金小姐，好吧，雖然自家姑娘不是大門不出、二門不邁的小姐，但男女授受不親，男女大防還是要守的。若是傳出顏家姑娘收留外男，還租房安置，這算什麼事？若被老爺、夫人知道，姑娘最多就是被罵一頓，自己這幾個從犯可沒這麼好過關。

退一萬步說，就算老爺、夫人不怪罪，自己兄弟兩個深受顏家大恩，看姑娘可能犯錯，總是要提醒一二的。

顏寧知道孟良是好意，心裡盤算一下，說：「你說得有理。租房安置封平不能讓人發現是我做的，找房子時你就先用自己的名義吧。我父親那裡，回去我會告訴他，不會讓你們為難的。」

「小的不是怕自己為難……」孟良急了。

「我知道你是好意，但我們要是不管封平，他就得在街頭等死了。見死不救總不行，我父親肯定也不會做這樣的事，你們放心。不過這事得做得隱密，所以你們兩個要謹慎些，千萬莫被人發現了。」

「姑娘放心，我們曉得。」顏寧都這麼說了，孟良不再規勸，畢竟救人一命總是好事。

「今晚就辛苦孟良在這裡看護一下吧，若有什麼事，及時回府來告訴我。對了，若來得及，就看看能不能租個房子？」她示意綠衣拿些銀子交給孟良。

顏寧從楚昭業身上學到的一點——凡事豫則立，不豫則廢。

第二日晨起，顏寧照例到家中後園的演武場，練武半個時辰。

自從顏家在京城安家後，這演武場就跟著建起來。演武場分為東、西兩處，東邊為男子練武處，西邊則專供女子，中間以一排矮樹區隔，不論主子、僕婦，都可來此習武強身。

每年家裡還有比武大會，若奴才裡有人得勝，男子可入軍中掙軍功搏出身，女子可成為管事娘子或嫁給家將，且都可免除奴籍。若有意願的，還可直接改姓顏，成為顏家族人。

大楚軍中有不少出身顏家家奴的將領，前世楚昭業留著她的皇后之位，為的就是排除這些將領，怕顏家造反吧。有她這個皇后安慰著，讓他們以為顏家會被平反，卯足勁請命殺敵想要救出顏明德，結果……說起來也是她自己看不清，當年若直接傳信出去，或許家人不會落得滿門抄斬的境地。

顏家的正經主子不多，除了因為年年打仗戰死沙場外，還因為顏家男子有不納妾的傳統。這傳統據說是第一代家主的妻子文武雙全，為了阻止丈夫納妾，直接動手把丈夫給揍得鼻青臉腫，還立下家規：「凡顏家男子不許納妾，若沒有後代就收養族人的孩子。」

顏家第一代家主的拳頭沒有妻子硬，只好「屈服」了。自此以後，顏家男子不納妾，當然每代忙於打仗，也沒什麼機會花天酒地、拈花惹草，好處是顏家男子是很多人家心目中的佳婿人選，壞處就是顏家人丁一直不旺。

這演武場上，除了顏明德、顏烈和顏寧外，還有府中的家將和侍衛。

顏寧走到演武場上，卻看到孟秀在那兒張望，一看到自己就連忙走近。

「出了何事？」顏寧急問道。難道封平傷重不治？

「姑娘，孟良剛剛回來說，那封平昨晚醒來後就不吃藥、不進食，好像……好像一心求死。」孟秀不明白這封平好端端的幹麼要死啊？

要照他的意思，人家都不想活，就讓他去死好了，可姑娘昨日明顯是看重這人的。他好說歹說，封平還是不聽勸，身上骨頭又沒長好，總不能下手硬灌。

顏寧沒想到是這事。封平難道對王貞一往情深，被打了就不想活？前世沒聽說他們兩人有多深情呀。

「我去看看再說吧。」

她跟孟秀說完，讓人去跟秦氏稟告要外出，便坐了馬車出門。一路上都在想著封平為何會絕食，她又該怎麼勸他？

跟動腦相比，其實顏寧和顏烈一樣，更喜歡動手。前世楚昭業教了她那麼久，才讓她學會察言觀色、應對人心詭譎，如今倒是有機會實踐了。

街頭沒多少行人，馬車行駛得還算快。

到了醫館時，孟良正在門口急著走來走去，一看到她下車，連忙迎上來，低聲說：「姑娘，昨日還有一撥人也到城隍廟找封平了。今日一早我想先去馬行街找牙人看房，正好邊上有個醫館，裡面兩個夥計閒聊，說昨日有人打聽有沒有個約莫二十歲的乞丐去看傷？我留心著問了，應該就是找封平的，可不知是什麼身分？」

「這裡有人來打聽過嗎？」

「現在還沒有，馬行街離城隍廟近，估計那些人是由近至遠打聽的。」

顏寧第一個想到找封平的人——楚昭業。但如今楚昭業就知道封平了？

前世封平是什麼時候到楚昭業身邊，她苦苦回憶卻無所得，第一次看到封平時，她已經是楚昭業的太子妃。

聽到這邊沒有人來打聽過，顏寧放心了些，跟著孟良走進醫館。

看得出老大夫倒是盡心盡力，孟良也照顧得很好。今日的封平，衣著乾淨整齊，那衣裳一看就是新買來的，頭髮也是打理過的樣子，臉上的青紫褪下去，露出原本英俊的容顏，就是神色冷漠了些。

封平躺在醫館中的木板床上，聽到有人進來也沒什麼動作，不看不動，一副隨你折騰的樣子。雖然沒進食，封平的氣色比起昨日還是好了很多。

顏寧慢慢走近床邊，綠衣想攔又不敢攔，只好和虹霓一起緊緊跟在身後，孟良和孟秀則站在門口，自覺守起門來。

虹霓看自家姑娘看了那麼久也不說話，怕她累了，索性找了張凳子，擦拭一下，搬過來讓顏寧坐下。

封平聽到有人進來，以為是王家來人，他們當眾打傷自己，又送自己到醫館。他等著對方開口，卻半天沒有聲音，轉頭，看到是一個十來歲的小公子坐在床前，倒是意外了。

他設想過救自己的人，卻沒想到是這麼一個小孩子，印象裡也從未見過。再仔細一看，還有耳洞。居然是個姑娘？他見過王家的三個姑娘，而且王家應該也不會讓一個女孩來和他談。

顏寧看到他神色驚訝，問道：「是不是很奇怪，我們素昧平生，我卻救了你啊？」

封平挑了挑眉，沒有開口解釋。

「我救你來是有目的的，可你現在都不想活了。我就好奇問個問題，你回答了，就當你還了我墊付的診金，好不好？」

「妳先問。」封平沒想到這姑娘居然說了這麼一句話。問個問題？這麼點年紀，不可能知道什麼，難道是她家中長輩讓她出面的？

「封家全家處斬時你都沒死，為什麼現在要死啊？」顏寧一臉好奇地問道。

虹霓和綠衣聽了這話，就看到封平臉上有了一絲怒意，不禁站得離姑娘近了點。

這問題，實在欠揍，根本是傷口上撒鹽。若是以前的姑娘，心直口快，問出這問題不奇怪，可最近姑娘越來越沈穩了啊。

「關妳何事？」封平覺得這人是在消遣自己，怒聲回道。

「本來是不關我的事，可我昨日看你躺在那兒等死，想著你苟延殘喘活了八年，應該還不想死的，所以帶你來看傷。你現在不想活了，又窮得一個銅板也沒有，我為你墊付了看病的診金，等你死了可能還得墊付個棺材錢。」顏寧慢條斯理地說著。「我總得知道一下，你為什麼這麼糟蹋我的錢吧？」

「我又沒求妳救我。」封平近二十歲的人，聽著這死小孩的話，怎麼那麼可氣呢！忍不住負氣回了一句。

常人救人，不都是要勸人活的嗎，難道她就不在乎他真的死了？

「那這樣吧，你要給我解了這個疑惑，我就把你送到封家人埋葬的地方去等死，好不好？」顏寧以一副為人著想的口氣說。「到時候你父母一定很開心能見到你，你也很開心能死在他們的墳前，怎麼樣？只要你回答我剛剛那個問題，我就送佛送到西喔。」

封平聽到「你父母一定很開心能見到你」時，心中一慟。幾年來他忍辱負重地活著，無數次想一死了之，可每次都想起當年父親對自己說「永均，封家只有你一條根了，你一定要活下去」。

這次，他轉頭認真地看了顏寧很久。這年紀很輕的姑娘，眼中居然帶著一絲明瞭，彷彿她知道他活得有多辛苦，有這麼一雙眼睛的人，至少是個心地善良的人。「小姑娘，妳是誰？」

「你吃了藥我就告訴你。」顏寧略抬了下巴，不經意間倒露出幾絲俏皮。

封平看她一臉認真的樣子，忍不住笑了一下。「我只是想知道妳是哪家的姑娘？妳告訴我妳是誰，再說說妳救我的目的，我就不死了，怎麼樣？」

虹霓忍不住翻了個白眼。這話就是套用姑娘剛剛的話嘛，這人是不是太無恥了點？

「我是顏家的顏寧。」

封平想過會來找自己的人，卻沒想到是顏家。「顏家不是一向忠君？」

從未聽說顏家違背過聖意，就像顏夫人，她同情自己，每次顏家女眷的車駕經過時，都會讓人送銀錢過來，有一次可能知道他被人打傷，還讓人送了一瓶傷藥。

這八年來，漠視他、作踐他的人很多，只有顏夫人對他釋出善意。他無緣得見這夫人的面，卻一直對她心懷感激，沒想到，今日居然是顏家的姑娘救了他，難道她不怕他帶來麻煩？

「所以救你的是我，顏寧，顏家的姑娘。」顏寧強調。「聽說你小時候有神童之稱，我救你，然後想請你幫我做事，十年為限。」

「妳有什麼事，不會找妳父兄幫忙嗎？」封平雖沒和顏寧打過交道，但作為乞丐，也是聽過一些傳聞。顏寧是顏家的掌上明珠，估計只要不作奸犯科，她想要的一切她父兄都會找來，連不顧閨譽倒追三皇子的事都能容忍。

「總有事是要自己做的啊，何況我也不想老是讓父兄擔心。」想起前世，顏寧感慨地說。「怎麼樣？你答應嗎？」

「我會給顏家帶來麻煩的。」封平提醒說。

「嗯，我知道。不然像王貞那樣的人，怎麼可能只打傷你，不乾脆把你打死呢？」顏寧很實事求是地說。「你死了，對她來說才是一了百了嘛。」

這姑娘說話真實誠，能不能別老提醒自己這些事！

封平忍不住磨了磨牙，對她印象倒是有點改觀了。顏家的顏寧也不像傳聞般那樣沒腦子。

「我猜，應該是聖上保你活著吧？是你藏了什麼東西，還是封家藏了什麼東西？」

「妳救了我的事，也許聖上已經知道了；也許，很快就要來傳召妳了。」封平不答，只是提醒她。

「嗯，我知道。」原本她是不知情的，可昨日聽說王家姊妹把他打成重傷後，她一直奇怪，悔婚這名義可不好聽，王家也不是善男信女。現在，她確定了，封平手裡有皇帝想要的東西。

「那妳怎麼確定我能幫妳做事十年？皇帝會答應嗎？」封平直接問道。

「其實我現在還沒把握，但是總要試試對吧？你答應我的條件，到時我要是沒能力留下你，那是我無能，對你也不吃虧。」

封平一陣無語。他收回剛剛的評價，這顏寧果然是莽撞沒腦子。

「你怕什麼，大不了我讓我太子哥哥收了你啊。」顏寧滿不在乎地說。

太子？收了他？

這話聽著，還是不對味，他忍不住諷刺地說：「太子能大過皇帝？」

「當然不能，但要是送給我太子哥哥一個弄臣，你說是不是好主意？」

封平覺得自己有點忍不住怒意了。這個顏寧，到底會不會說話啊？

「顏姑娘，妳覺得……」

「封先生，我覺得你若想為封家正名，就該好好活下去。忍辱負重街頭乞討，只能讓你活著，但是誰能幫你？太子是國之儲君，你能找到更能幫你的人嗎？」其實是有的，比如三皇子楚昭業，不過顏寧要讓封平絕望。

「妳都猜到我肯定有什麼東西，那只要我願意，其他皇子們也能留我。太子現在雖然是太子，但是聽說太子的身子可一直不好。」封平自然不會一直居於下風。他其實一直在等人找上門談條件，可若一直沒人找上來，他也可以選個目標。

「會好的，我太子哥哥的病一定會好！」顏寧肯定地道。「你選別人，怎麼知道別人不會拿了東西殺人滅口？諸皇子裡，太子既宅心仁厚，又才華過人，還禮賢下士。」

「沒聽說太子殿下有什麼禮賢下士的事，倒是三皇子，聽人稱讚賢明。」封平試探地說。「顏姑娘，京中都說妳對三皇子很仰慕，可是真的？」

「這個麼……你覺得呢？」顏寧也反問道。

看這樣子，可沒什麼仰慕的意思，難道是作假？顏家，不對，應該是這姑娘，為什麼要花幾年時間來糟蹋自己的閨譽？

「俗話說知己知彼，百戰不殆，顏家一向是忠君的，但是我只是個女子。女子麼，總是心眼小的，當然是要幫自己人啦。」顏寧故意誤導封平的思路。「封先生，我剛剛的條件，你覺得如何？」

知己知彼，百戰不殆？這是暗示她只是為了瞭解三皇子才癡纏這麼多年嗎？若她說的是真的，那太子只要身子康健的話，其他皇子們想要上位是難了。

「好，成交！」封平爽快地說。

看著眼前這自信的小姑娘，他想賭一下。而且萬一她有什麼危險，他也可以幫襯，也算是對顏夫人多年善意的報答吧。

兩人這邊剛剛說妥，孟良急匆匆走進來。「姑娘！」

「綠衣，妳讓封先生喝藥吧。」顏寧吩咐一聲，走出屋子。

「姑娘，找封平的人在街頭的醫館打聽，馬上要找到這裡來了，怎麼辦？」

顏寧打量一下。這個醫館的正門是藥房和看診的地方，其後就是自己所在的院子，沒看到有其他出入的門，就算有，帶著封平也走不了。

「沒事！索性我們就到前面去看看吧。」只要來的不是楚元帝的人，其他人派來的，她倒是不懼。

這條街上總共兩個醫館，一頭一尾，顏寧走到店裡時，那群人果然已經進門，正在問老大夫是否有乞丐來看傷？

「有啊，昨日他們送了一個人過來。」老大夫看到孟良和顏寧走出來，指著他們說道。

孟良身材高大，顏寧走在後面，那些人壓根兒沒看到她。「這位兄臺請了，不知道你們救治的乞丐，是不是城隍廟那裡抬過來的？」

顏寧不開口，孟良應道：「是的，昨日我們看他傷重，帶他來這裡看傷。」

「那人現在可還在？」

「在。不知幾位為何找他？」

「我家主人與這乞丐是舊識，聽說他傷了，所以命我們來找他，接他去養傷。」

「這人我們已經收留了，養傷的事你們不用操心。」顏寧出面道。

居然是前世的熟人啊！這個領頭的劉明，將來可是楚昭業的親信之一，果然是楚昭業找封平。不過若沒有前世的記憶，現在她應該是不認識這人。

劉明顯然認識顏寧，他頓了頓，繼續對孟良說：「那只是個乞丐而已，您收留了也多有不便……」

他不敢叫破顏寧的身分，想勸說也無從下手。

「本姑娘高興，你管得著嗎？」顏寧抬高下巴，推開孟良，走到前面倨傲地說：「你管我方便不方便。」

劉明正暗暗叫苦，外面傳來一個讓他安心的聲音。「寧兒，妳怎麼在這裡？」

楚昭業在醫館門口下馬，走了進來。他一身青色衣袍，背光走進，臉上雖然沒有笑容，但是聲音和緩甚至帶著點溫柔。「誰惹到妳啦？」

「見過三殿下。」劉明等人看到楚昭業，連忙行禮問安。

「你認識他們啊？」顏寧指著這些人問道。

「是啊，劉明是父皇新指給我的侍衛，我讓他們出來辨差找人的。」楚昭業很有耐心地回道。今日的顏寧又有他往日熟悉的那種囂張了，前幾日在大長公主府見到，真不像她。

「是不是找城隍廟那個乞丐封平啊？」顏寧直接問道。

「是啊。」楚昭業接到劉明派人稟告，知道顏寧不是他們能動的，他才親自過來。原本是想秘密將人帶回去，現在被嚷開了，只好先把人帶回去再打算。

「三殿下，那人我要了，你不許和我搶！」顏寧拿出往日刁蠻的口氣。

「妳怎麼想到要收留個乞丐？封家是我父皇下旨抄家的，妳和他走近，對顏家不好。」楚昭業一副為她著想的口吻。

「王貽討厭他，我就要收留他，你難道要幫王貽嗎？」顏寧一副受傷的口氣。

「寧兒，妳不要鬧了，這人很重要。」楚昭業有點不耐煩。

任何時候，只要他要的，顏寧就會給他。今日他有點煩躁，因為顏寧居然沒有答應他的要求，這就像是一隻看到自己就搖尾巴的小狗，某一天，忽然看到自己卻齜牙了。

楚昭業覺得心裡有點失落，換為哄孩子的口氣。「寧兒，妳把這人交給我吧，妳不是一直很喜歡上次那對玉珮？回頭我送給妳？」

那對玉珮是父皇送給他的，曾笑說這玉珮留著給他和未來的皇妃。顏寧曾纏著要其中的一塊，他知道她的意思，可是他想送給表妹林意柔做生辰禮。

母妃說過他將來的皇后應該是柔兒，顏寧，只不過是利用的工具而已。現在，為了換回封平，她要就給她吧。

楚昭業想著，心裡卻隱隱有些雀躍。從大長公主府上被冷落後，他昨夜一夜難眠。

「那玉珮留著送你想送的人吧！」顏寧忽然變臉，冷聲說。「這人不會讓你帶走的！你若要硬搶，就讓他們和我較量吧。對皇子的不敬之罪，我明日進宮去請罪！」

這玉珮，前世他送給了林意柔！她被廢后之後，林意柔拿著到她面前炫耀過。

「要不是妳是顏家人，妳以為聖上會容忍妳這麼多年？他心裡的皇后一直是我，當年他送我玉珮時，親口答應我的，妳看，現在我不就是皇后了嗎？」

這些話好像又在耳邊響起，顏寧覺得心要炸開一樣！多年癡戀，一朝夢醒！

原本想要虛與委蛇，卻一下控制不住變臉了！

楚昭業沒想到她會一下變臉，臉色也不由一沈。

「三弟、寧兒，你們也在這兒啊。」楚昭恒居然來了。

看到他，楚昭業知道，今日要帶走封平是難了。「大哥，您今日又離宮啦？」

顏寧好欺哄，太子楚昭恒卻不糊塗……不過，昨日出宮參加大長公主府的賞花會，今日又出宮，太子殿下的身體似乎變好了？

「三弟，你和寧兒在說什麼？看你們那樣，倒是難得。」

「大哥，沒什麼。是因為寧兒要收留個乞丐，可那是封家的封平，臣弟覺得不太方便，怕她惹禍上身。」楚昭業一副為顏家著想的口氣。「大哥來了，剛好勸勸她，讓她別任性。」

「寧兒，妳要收留封平？」

「嗯，昨日我救下來的。我救的人，三殿下卻想搶走，表哥，你幫我！」看楚昭恒沒有太子儀駕，後頭只跟了五、六個侍衛，她改了稱呼。

「妳啊，還好今日是三弟，換了別人，可未必容妳這脾氣。」楚昭恒笑著，詢問般轉頭看著楚昭業。

「大哥說得是。寧兒，等封平治好了傷，就讓他走吧。」

「好啊，到時候他傷好了，自然去留隨意。」顏寧不在乎地說道。「表哥，你出來多久了？快點坐一會兒，等一下我們去聽濤閣吃茶點，你一定沒去吃過。」

老大夫在邊上愣神。自己這麼個小破醫館，居然來了這麼多大人物？

楚昭業看著顏寧喜笑顏開的樣子，昨日那股失落又湧上來，便拱手道別，帶著人離開。他不急，封平的秘密，應該沒幾個人知道。

再把人留下也不放心，顏寧索性讓孟良、孟秀直接把封平抬上馬車，帶回顏府去。她為了與王家姑娘鬥氣，收留了王貞曾經的未婚夫，這，就是她傳達給眾人的想法。

封平被抬出來時，看到站在醫館門口的少年，那人站在顏寧身前，身形單薄，笑容溫和，就是臉色有點蒼白，應該是個貴人。

「我也很久沒見舅舅和舅母了，難得今日出來，跟妳一起回去吧。」楚昭恒說道。他怕顏寧帶著封平回去會被顏明德夫婦責怪，有他在旁邊，至少求情比別人管用些。

舅舅、舅母？

封平知道，這應該是太子楚昭恒了，倒不像傳聞中病得要死的樣子。

第五章

楚昭業氣惱地離開後，想起顏寧的決絕，想起她對著楚昭恒時的笑語如花，失落、嫉妒、氣惱……種種情緒交纏著。

「殿下、殿下……」他將所有情緒都化為快速催馬，一旁的劉明看到林文裕的官轎，連忙提醒地叫道。

楚昭業勒住韁繩，林文裕下轎後走過來。「殿下，為何神色鬱鬱？殿下難得出宮，不如到府裡坐坐？」

「好久沒去拜望舅母了。」楚昭業吸氣，平和自己的情緒。「那我與舅舅一起回府，拜望一下舅母吧。」

於是一行人回到林府，林文裕和楚昭業來到書房。

林文裕關心地問道：「殿下為何神色鬱鬱？封平的事不順利嗎？」

王家最近對他頻頻示好，為了搭上三皇子這條船，向他透露，聖上曾暗示王家不許對封平起殺心，據王思進推斷，估計封家的財富可能都在封平手中。當年查抄封家後，國庫充盈，若是那些財富只是封家明面上的，那封家手裡得有多少銀子？

皇子們爭位，要爭聖寵聖心，也要爭臣心民心，後兩者可都需要銀子的。

林文裕立刻告訴楚昭業這個消息，兩人計議半天，覺得王思進的推斷有道理。雖說收留封平這事明面上是違背聖意，但從楚元帝對幾個皇子培養的勢頭來看，絕不會因這點事對兒子不滿，說不定把封家的財富獻上後，楚元帝還會覺得三子有膽識，不是一味懦弱聽話的人。

楚元帝雖然不是馬上皇帝，但手腕鐵血不輸父輩，這樣的人，自然不會立一個懦弱、只知道聽話的皇子做儲君。

「人被顏寧帶走，現在封平也許已經見過太子了。」楚昭業悶聲道。

「顏寧？她一個姑娘家怎麼會收留封平？殿下沒有向她要人嗎？」林文裕自然知道顏寧對外甥癡迷和種種荒唐之舉，那也就顏明德能容忍，他的女兒若敢如此不成體統，在外丟自己臉，他早就打斷她的腿了！

往常來說，楚昭業要是開口，顏寧斷沒有拒絕的道理。

「她一定要帶人走，不肯放。她說王貽討厭的人，她就要收留，我還未再勸說，太子殿下就來了。」

「原來是女孩子家鬥氣啊。」林文裕放心了。「那殿下不要急，過幾日帶些禮物去，再去接人。人在顏家就好辦，我讓柔兒去挑些顏寧喜歡的東西，回頭殿下帶過去。」

「不，舅舅！雖然顏寧是這麼說，但不知為何，我總覺得內情不是如此。顏寧好像變了個人，我擔心封平會變成太子的人。」

「太子殿下的身子，我問過太醫了，他的寒疾已經深入臟腑，加上……就算封平落入他手中，殿下也不用多慮。太子活不了多久，聖上顯然也對太子爺不抱希望，不然太子就該入住東宮，而不是還在內宮養著。」林文裕胸有成竹地道。「倒是顏寧是個變數，可惜年紀太小，不然殿下離宮開府時，就定下她做三皇子妃，顏家就是我們一大助力。」

「舅舅，我總覺得不安心。」

「我們派人打聽過了，顏家一切如常。」

「太子的身子若是好了呢？」

「殿下，你不要自亂陣腳。再說，若要太子病上加病，也不需我們動手啊。當務之急，殿下還得趕緊結交顏家。」

「舅舅，或者我先與顏寧訂親呢？」

他以前的態度，時親時疏，尤其是她生病這段時間，除了派人送過一次禮物外，再無表示，是否讓她有些不安然後生氣了？若是訂親，她應該就放心了吧？

往日想到要娶顏寧，楚昭業就覺得煩心，可是想到昨日她自信地落筆作畫，想到楚昭暉那句美人，想到她對太子笑盈盈，對他卻不假辭色，他忽然想快點把人定下來。從小到大，只有這個顏寧傻乎乎的眼裡、心裡只有他，不管場合、身分，任何時候看到他，就如飛蛾撲火一樣撲來。她的性格如火，太濃烈，但是這火不再照著自己，卻讓他忽然有點寂寞了。

「殿下也不用急，我們先靜待幾日。封平若真的握著封家的財富，他肯定是要拿去換些東西，比如為封家正名之類。聖上至今不曾讓人見過他，或許就是看幾位皇子誰有心？顏家只能庇護他一時，但是他所求的事，顏家幫不了，等他失望了，殿下再出面，或許更事半功倍。」

林文裕不愧是帝王新晉寵臣，倒是準確地把握了楚元帝的心思。前世，楚昭業收了封平後，的確讓楚元帝大為高興。

「殿下也不用急著去找顏寧。顏家一向標榜忠君中立，等太子死了，他們沒了選擇，到時聖心所向之人，就是他們效忠之人。娶顏寧，只不過是為了讓顏家以後更聽話些。」

林文裕難得看到楚昭業這樣煩躁。這個外甥是天生的帝王，小小年紀冷靜自持，一直知道自己要什麼，但到底年紀還小，今日受挫，讓他急躁了。

「殿下要是不放心，也可以透過娘娘，從顏皇后那邊入手，將顏寧給定下來。」

這邊兩人在計議著，另一邊楚昭恒進了顏府，也在問顏寧為何執意要收留封平？

「太子哥哥，我也說不清楚，但是三皇子要找他，說明他肯定有用。你就把封平收留了吧？」

現在她已經確定，楚昭業找上封平，不是因為他有才能，而是因為他藏著的東西。這東西，她不想逼封平交出來，等楚昭恒讓他臣服後，讓他自願拿出來更好。

「我收留他有何用？若他真是人才，留在我身邊，不是浪費他的才華？」站在顏府書房的花園中，春日暖陽，楚昭恒身上卻透出秋日的蕭索。「寧兒，妳知道嗎，前幾天我逼問太醫，他說我寒疾已經深入臟腑，如今，不過是熬時日罷了。」

是因為覺得自己時日無多，才會頻頻離宮嗎？不能親眼看看天下的秀美山河，只好多看看京城街頭。

前世，顏寧與楚昭恒雖然親近，可一顆心都在楚昭業身上，一雙眼睛也只看得到楚昭業，她對這個太子表哥雖親近，卻沒像今日這樣仔細地看過他。

「太子哥哥，你身子一定會好的，你不要這樣想！」顏寧疾聲道。

「噓！妳得保密喔，這事我母后和舅舅他們肯定不知道。」楚昭恒比了一個噤聲的手勢。「寧兒，其實我很想像你們一樣，哪怕策馬揚鞭一次……可是，我不能。自從知道時日無多後，我天天在想，若我死了，母后該怎麼辦？皇家沒多少親情，幾個皇弟各有母妃，我不能指望他們。妳若是嫁給三弟……」

「我不會嫁給他的！」顏寧激動地打斷他的話，急著抓住他的手。「你信我！太子哥哥，我聽人說南方有神醫，你信我！我過些時日就去南方，幫你把那神醫帶回來，他一定能治好你的寒疾！你一定要活著！」

楚昭恒任由她握著自己的手，沒問那什麼神醫的事。若真有這樣的人，皇家會不知道嗎？不過顏寧這雙手可真不像個姑娘家的手，太有力了，把他的手骨都捏痛，手上還有長年練武的薄繭，雖粗糙卻很暖和。

「太子哥哥，你不放心姑母，就更應該活著！除了你，誰還會關心姑母呢？我以前做錯了、眼瞎了，以為三殿下……可我現在醒悟了，真的！我會幫你的，你一定要活著！你要是死了，姑母怎麼辦？顏家怎麼辦？」

他要她幫什麼？這丫頭不闖禍就好了，還幫自己？難道自己在親人眼裡，是個易碎的瓷娃娃，所以連個十二歲的丫頭都說要幫自己？

「妳看妳，還說長大，我只是說說而已，又不是一心求死，能活著多好啊。妳怎麼還哭了呢？」楚昭恒看到顏寧急得眼淚都留下來，連忙哄道：「我活著，一定活著，好不好？」

「太子哥哥，前不久我發燒時，作了一個夢。夢裡你死了，姑母也被人逼死，後來父親、母親、大哥、二哥……全沒了，就我一個人活著，後來被人拖到荒山拋屍了。」這些話她一直鎖在心裡，今日看到楚昭恒說出這麼喪氣的話，忍不住說了出來。

前世太荒謬，鮮花著錦的顏家，忠君報國的顏家，最後沒有死在沙場上，卻死在朝廷政事傾軋中，死在人心難測裡。重生一世，若顏家最後還是只能選一個皇子扶持，那不是笑話嗎？

只要太子哥哥活著，只要他順利登基，那麼夢裡的那些事就不會發生，太子哥哥一定要有鬥志！她從小聽父母說太子聰慧絕倫，他只要身子好了，還怕楚昭業覬覦帝位嗎？

她說是夢，可那沈痛卻是顯露在臉上，好像真的經歷過一樣。

楚昭恒也想過千百遍自己死後的情景，忍不住安慰道：「寧兒，那只是夢而已。」

「太子哥哥，你要是當皇帝了，是不是也覺得顏家尾大不掉？」

楚昭恒忍不住咳了一聲。這孩子，說話真是一點不防人，但對他的信任，又覺得很受用。

「寧兒，對皇帝來說，兵權總是喜歡握在自己手裡的。顏家歷代忠心耿耿，為國守土，但是兵權太盛會遭忌，就算顏家忠心，卻不能防止有心人中傷。不過現在，舅舅唯一能做的卻只能握緊兵權，一旦交出來，也許顏家會有滅頂之災。」楚昭恒拋開自己的太子身分，很實事求是地說。

顏寧知道他說的對。前世，她交出顏家的兵符，顏家就此萬劫不復了。

「寧兒，這些話舅舅應該心裡有數，妳以後對別人可不能說。」楚昭恒囑咐道。

「嗯，我知道。」顏寧點點頭。「那個封平，太子哥哥你要不要見見？」

「暫時先不用見了，他若真有用，現在我也沒什麼可讓他安心之處。妳留他養傷，等他傷好後若決意求去，妳也不要強留。」封平既然能艱難求生八年，就是個心性堅定之人，對這種人，強留無用。

「在醫館裡，他已經答應我留下幫我們十年喔。」顏寧想起自己的承諾來。「我答應，將來若有機會，他可以為封家正名。」

封家是以貪墨之名被查，後來更因欺君之罪，子孫三代不得入仕。封平若想重振家聲，必須得打破子孫三代不得入仕的限制才行。

「將來若真有機會，也不無可能。」

「太子哥哥答應他啦？」顏寧很高興地問道。

楚昭恒本想說自己還不知能活幾天呢，答應有什麼用？可看顏寧喜笑顏開的樣子，也就不多說了。

這個妹妹啊，也是不適合嫁入皇家，宮中有幾人跟她一樣喜怒外露，母后也少了宮中人的圓滑。想到她說夢到母后被人逼死，他心中一痛，告訴自己一定要撐久一點，至少，要撐到一個有利的時機。

「太子哥哥，你一定要振作起來，不能一心求死。」

「是，我一定會振作的。」他想著，使勁握了握顏寧的手。

至少要先將一些對母后、顏家不利的因素排除掉。

楚昭恒在顏府等了半日，顏明德還未回來，只好先告辭離去。

稍晚，顏明德回到家，看到顏寧，高興地說：「寧兒，聽說前日在大長公主府，妳可是出風頭啦。」

「父親才知道啊，女兒可露了一手喔，我給太子哥哥畫了幅畫，大家都說很像呢。」顏寧得意地炫耀。就算有了前世的記憶，可看到父母親，她一下就回到了小女兒的樣態。

顏明德一聽，女兒居然先幫太子畫了一幅很好的畫，不高興了。「妳都沒給為父畫過，居然先給太子畫了像。」

「父親，女兒得了彩頭，你還不高興啊？這下沒人笑你女兒只懂舞槍弄棍了。」

「我的女兒自然是最好的，那些嬌滴滴走路都喘的有什麼用！」顏明德說得起勁。

秦氏聽不下去了。就是這種話，讓自己的女兒不愛紅妝愛武裝，一天到晚舞刀弄劍看兵書，她咳咳地咳嗽幾聲。

「咳咳，當然，女孩子家，懂點繡花啦、畫畫啦也不錯，看你娘，她繡花就繡得很好。」顏明德連忙加上但書。

秦氏走到他身後。「老爺過獎了，妾身的女紅實在算不得什麼。」

顏寧看著母親略帶羞澀地謙虛著，父親一臉嚴肅、毫不臉紅地諂媚著，實在汗顏。

「父親，剛剛您還說嬌滴滴的女子不好。」顏烈從院門外走進來，父親那大嗓門，他站在房外就聽到了，插嘴揭穿。

「那些女子是不好啊，你看你母親，就不是那種走路都喘氣的人；還有你妹妹，這才是我顏家人嘛。」

顏烈無話可說了。母親秦氏雖然不懂武，但的確不是那種見血就暈、見蟲就尖叫的女子，當年玉陽關危急時，她還曾站上城樓守城。

「寧兒，妳什麼時候練會這絕技啦？怎麼都不先幫我畫一張？」顏烈和顏明德不愧是父子，聽到這事的反應都一樣。

「父親、母親，我……」顏寧剛想說畫畫的事，話到嘴邊，眼角餘光瞟到一個人走進來，話鋒一轉。「我今日把封平帶回來，三皇子很著急喔，他一心要帶走封平，可我偏不給。」

顏寧略低下頭，嘴角露出一絲得意的笑。她這話聲音不輕，說完就看到那人腳步放緩。

她話題換得太快，顏明德一時想不起封平是誰？

秦氏聽說楚昭業找封平，也是意外。「三皇子怎麼想到要找他？」

「聽說是王家建言的呢，我本來是想氣氣王貽才去救人，沒想到三皇子也在找他。」顏寧回道。

外院的管事顏忠走進來。「老爺，李先生他們在外面等您呢。」

「哦，對，讓他們久等了。」顏明德轉頭對顏寧說：「寧兒，等晚上我再好好聽妳說。

對了，要什麼東西回頭告訴阿忠去買。」

「姑娘前日大顯身手，小的剛剛也聽外院幾個人說得熱鬧，回頭姑娘有空，可得給小的看一眼您作的畫，好讓小的在外面可以說嘴啊。」

顏忠是跟隨顏明德的老人了，如今又是最親信的管事之一，顏家的三個小輩都叫他一聲忠叔，在府裡也算是很有體面的人，跟顏煦、顏烈和顏寧還能玩笑幾句。

「回頭我幫忠叔也畫一張好了。」顏寧笑道。

「那小的可先謝謝姑娘了。」顏忠說著，看顏明德已經走出院門，連忙行禮告退，跟上前去。

顏烈興高采烈地說著今日幾個朋友說顏寧如何畫技出眾，比他得了誇獎還高興。

晚上，吃完晚膳，顏寧看屋裡沒什麼下人，說起今日之事。

「父親、母親，昨日回來時，我聽說那封平攔王家的馬車，後來被王家的人打傷。我帶著孟良他們去看，真的傷得很重，就把他送醫館去了。」

「救人是好事。那王家也是，好歹當年還有過婚約呢，如今不結親了，怎好打人？」秦氏也知道封、王兩家的事。

「妳救人倒沒什麼，可那封平身分尷尬，不要牽扯太多的好。對了，聽說他在城隍廟一帶行乞，妳怎麼會碰上？」顏明德已經知道封平是誰。

「父親、母親，我救封平，主要是覺得他可憐，其次是因為三皇子要找他。女兒不是幫三皇子救人，而是想幫太子哥哥。」

顏寧不想騙父母，但是這封平如今只是個乞丐，自己總不能說出前世他被楚昭業重用，所以才救他吧？因此下午扯的謊，只好繼續用著。

「幫妳太子哥哥？」這話秦氏不太信。女兒這幾年對太子自然關心，可對楚昭業，那是一片癡心，跟鬼迷心竅一樣，若說幫楚昭業救人倒不意外。

「母親，是真的。女兒只是忽然明白，太子哥哥才是自家人，三皇子明面上不爭，但是父親當初不是說哪有皇子不想成龍的理？那三皇子也是皇子，他想做的肯定是對他有利的，女兒搶先把人藏了，不就等於幫太子哥哥了？」

這番話倒是讓顏家夫婦意外。顏寧居然會想到防著三皇子？

「寧兒，妳對三皇子……」顏寧對楚昭業的癡迷讓秦氏憂心又無奈，女兒今日轉性了？

「母親，以前是女兒癡傻了。」顏寧找了個理由。「要不是無意中聽到三皇子讓林家幫他籠絡朝臣，女兒還真以為他只是想做個賢王。」

「讓林家幫他籠絡朝臣？」顏明德一向信奉忠君，覺得這做法有些大逆不道。

「父親，您為了避嫌，與太子哥哥有關的事都避開。可是，您就算是出於公心，別人也不會信的。」

若信了，為什麼顏家會被忌憚？誰相信父親沒有幫過太子呢？

「寧兒，這和妳救封平是兩回事啊。」顏明德被女兒這話繞得有點暈。

「一回事啊。三皇子野心勃勃，那他找封平肯定有好處，女兒把封平藏起來，對三皇子不利的事，肯定就對太子哥哥有利。」

父親太過忠直，她不能說封平手中有皇帝要的東西。

顏明德和秦氏狐疑地對視一眼。這話是有道理，可是有野心的何止三皇子！

顏明德狐疑地問：「寧兒，那妳是要為父幫忙，把封平收留下來？」

「父親，封平的事您別插手，萬一聖上知道了不高興，您就裝不知道嘛。女兒說這些，是想您幫幫太子哥哥，不要老是忠君啊、中立啊。」

「皇后娘娘是為父的親妹妹，太子殿下是親外甥，我哪會真不幫？只是要幫也無從下手。」

「那父親也要把這心思告訴姑母和太子哥哥呀。」

「好，知道了。」

「那女兒先告退啦。對了，父親，這幾日女兒有事，能不能借我幾個斥候啊？」顏明德回來時，帶了幾個軍中的斥候。

「胡鬧！妳要斥候幹什麼？」

「父親、父親，求您了，就借幾天，女兒又不會做壞事，就幾天啊！」

顏明德被女兒一撒嬌，很沒原則地同意了。

翌日一早，顏皇后就命人來傳秦氏帶顏寧進宮。

秦氏帶著顏寧坐馬車來到皇宮，遞牌子進了內宮門後，早有皇后宮中的女官在那兒等著。

「夫人和姑娘來啦，娘娘一早就念叨，差奴婢來這裡等著呢。」

「勞惠姑姑久等了。」秦氏看到是皇后身邊的親信女官惠萍，這人還是顏皇后從顏家帶進宮的，自然分外親切。

由內宮門到皇后娘娘的鳳禧宮，距離不短。惠萍帶著秦氏和顏寧穿過御花園的前園，也好省些路途。

三人到達時，宮門外有人早早報進去，顏皇后已經走出殿門。

「皇后娘娘……」

秦氏想行禮問安，已經被顏皇后一把扶住了。「嫂嫂不要多禮，快進去坐。」

顏明心還未出嫁時，就與秦氏這嫂嫂感情甚篤，後來秦氏去了邊關，她在深宮，每年都要人不遠千里送東西到玉陽關。

秦氏帶著孩子居於京城後，顏皇后便經常召見她，因楚昭恒身子不好，她心中的惶恐和心疼也只能和這個嫂嫂說。

「姑母，還有我呢。」顏寧在邊上嬌俏地叫了一聲。

「寧兒，快讓姑母看看，病了幾天都瘦了一圈。」顏皇后摟過顏寧，仔細打量後，心疼地說。她沒有女兒，楚元帝雖然有幾個公主，但不是她所出，自然也沒什麼感情，這個姪女彌補了她沒女兒的遺憾。

顏寧被顏皇后摟在懷裡，嘻嘻笑著，跟著她們走進偏殿中。這裡比正殿小，屋內靠窗放了一個大榻几，顏皇后讓著秦氏上榻坐，她自己摟著顏寧坐她身邊。

顏寧聞著顏皇后身上的檀香味，知道一早姑母肯定又到佛堂拜佛唸經了。她這個姑姑貴為皇后，卻一生坎坷，她的幸運和不幸都在顏家。

她是顏家嫡女，嫁入皇家後先是太子妃再是皇后，楚元帝對她敬重有加。只要顏家還是顏家，她就地位無憂，生下太子後地位更是穩固。可惜前半生太過順遂，不知防人，才會讓楚昭恒被人暗害，即使救回一命，卻落下了病根。

前生楚昭恒死後，她痛不欲生，幾近避世。到顏家被人誣告，她向楚元帝據理力爭以死明志，她的死換來顏家人多活幾年，卻沒能改變顏家覆滅的命運。

姑母性格端莊，卻沒有什麼政治敏銳度，也沒有玲瓏心思。長於顏家這樣簡單的家庭中，就算有幾分心思，哪會是深宮中無事也害人的蛇蠍美人的對手呢！寂寂深宮，婦人爭鬥，帝王哪有多少心思顧及？

對楚元帝來說，可能更希望兒子們互相爭鬥逐鹿，這樣他才能選出一個合格的帝王，前世楚昭業就是這麼脫穎而出的。

可是對顏皇后來說呢？她以為帝王心裡一角總有自己，她不知道，在宮裡女人要自保，必須把權力握在手中才行。

顏寧想找個契機提醒一下姑母，收回權力，只是看著姑母正和秦氏說著楚昭恒近日的好轉，一臉欣慰的樣子，她又不知如何開口？於是，她打量一下殿中伺候的宮人和太監。這些人都是熟人，忠心可靠，可惜，忠心有餘，機變不足。

「娘娘，太子殿下聽說顏夫人帶著顏姑娘進宮來，想找顏姑娘呢。」門外進來一個太監，笑著稟報。

「這孩子，知道舅母來了也不過來。」

「娘娘，太子殿下要過來請安，是奴才們攔住，馬上到進藥時間了。」那個太監笑著解釋。「奴才們都說舅夫人不是外人，殿下進了藥再過來，也是一樣。」

「這倒也是。」顏皇后覺得有理，點點頭。

「姑母、母親，我先去看看太子哥哥。」顏寧跳下榻，就想往外衝。

「妳這孩子，跟妳說姑娘家要端莊，怎麼能跳？前幾日不是好好的，今日怎麼……」秦氏急得訓斥。

「母親，姑母又不是外人，我何必裝樣子嘛。我走啦，一會兒回來。」顏寧吐吐舌頭，奔了出去。

顏皇后笑著拍拍嫂子的手，安慰她，兩人又話起家常來。

那個太監連忙告退，出門給顏寧引路。這條路顏寧其實很熟，以前每次進宮時她都會跑去看楚昭恒，有時會讓楚昭恒掩護她到御花園或他處找楚昭業，或者偷偷地看楚昭業一眼也好。

真不知道自己十歲到十二歲這兩年，怎麼會這麼迷戀呢？

走離偏殿後，顏寧沿著花廊向右拐去。楚昭恒住在鳳禧宮東邊的華沐苑，這條花廊比較長，走出一段後就沒什麼人了。

顏寧走出一段路後，停了下來，轉身看著面前這個太監，年約二十多歲，名叫明福，如今在華沐苑管書房。

前世她做了皇后後，他是自己宮中的太監總管，就算她沒掌管宮務之權，他愣是能收服宮人，確保她這個皇后消息靈通。她被廢后時，他與綠衣一樣對她不離不棄，他處事聰明靈活，常幫她打聽宮外顏家的消息。

後來林妃承諾他只要背離廢后，就許他個總管，他卻給顏寧磕了三個頭後，痛斥林妃對廢后動用私刑，然後服毒死在林妃宮中，死在楚昭業面前。若沒有他這番行事，她哪還能等到那杯御賜美酒？

「顏姑娘——」明福猶豫地喊道，心裡納悶，這顏姑娘忽然停下不走，眼神既熱烈又沈痛地看著他，讓他有點毛骨悚然。

顏寧回過神來。「明公公，你怎麼會在鳳禧宮啊？」

「奴才當初剛剛進宮，不懂規矩，衝撞了貴人。剛好遇到皇后娘娘禮佛回宮，看奴才可憐，就讓奴才在鳳禧宮伺候了。」

其實當初他是撞破了一個美人向太監買藥，要不是皇后娘娘，他就要被殺人滅口了。

「我姑母這宮裡沒什麼外人，清苦了些吧。」顏寧知道，太監和宮人們，尤其是像明福這樣的管事，若能多接觸外命婦或宮中的貴人，那賞賜可不會少。

「娘娘和太子殿下對奴才們都很好，在鳳禧宮裡，只要奴才們不犯錯，不會無故受罰，能跟著寬厚的主子，是奴才們天大的福氣。」

「明公公，你認識景翠宮的人嗎？」

「姑娘，奴才是鳳禧宮的奴才。」明福一聽景翠宮就頭痛。那是三皇子楚昭業的母妃林妃所住的地方，顏家姑娘對楚昭業的迷戀，宮中人皆知。

「我讓你做的事，對皇后娘娘、太子殿下都有利。你也知道宮中生存不易，我想託你多留意留意景翠宮、栩寧宮的動靜。宮中人事繁雜，我姑母和太子哥哥總有留意不到的地方。」

栩寧宮則是二皇子生母柳貴妃的住處，如今的宮務由柳貴妃管著。

「姑娘，為什麼要跟奴才說這些話？」皇后娘娘身邊有惠萍姑姑和尚福總管，太子殿下身邊有招福和招壽，他只是華沐苑書房的管事，算不上多有臉的奴才。

鳳禧宮風平浪靜，就算他有一腔忠心一分心思，也沒自己的用武之地。

「看到公公，覺得親切，覺得是可託付的人。」顏寧認真地道。

明福不知道表姑娘這是玩哪一齣，怎麼忽然要監視栩寧宮和景翠宮了？他只當哄小孩子，順著答應幾句。

顏寧自然知道忽然說這些話太冒失，所以又笑道：「其實也是上次太子哥哥跟我說起過你。」

「那是太子殿下太看得起奴才了。」明福客氣著，心裡卻不信。他應該還沒能入太子的眼吧。

幾句話工夫，到了華沐苑，楚昭恒正坐在書房窗下，透過窗口看到少女娉婷而來。他一口氣喝掉手裡的藥汁，含笑招呼。「寧兒，怎麼來得這麼慢？」

「太子哥哥，你怎麼還坐在屋子裡啊？」顏寧蹦跳著走進房裡，聞到藥味，嫌棄地皺皺鼻子。

她在靠門口的一張太師椅落坐，晃著腳，清了一下嗓子，裝著老成的聲音問：「敢問太子，近日有無用功讀書啊？」

「稟先生，不敢懈怠。」楚昭恒也笑著回道。

「嗯，孺子可教。有賞——」說著掏出一個荷包扔過去。

楚昭恒打開一看，居然是兩個泥哨，一個造型古樸，刻著蓮花等祥紋；一個造型花俏，看樣子是麒麟。他拿起一個哨子一吹，聲音清亮，傳出老遠，便問：「哪裡來的？」

「我在街上買的。這可不是光給你玩的，你讓招福他們熟悉這哨音，萬一遇到什麼事，吹這個嗅人，不是比靠嗓門有用？而且這樣子我覺得挺好看的。你看這個，賣家說這蓮花八寶祥紋，保平安。」

前世，楚昭恒是因寒疾發作倒在地上，身邊沒人伺候，不能及時救治才死的。

「謝謝寧兒。」楚昭恒握緊泥哨。

顏寧靠近書桌的位置，輕聲說：「太子哥哥，那個明福，可以重用喔。」

「妳怎麼知道？」她來宮裡的次數不少，可跟自己這裡的奴才們都沒什麼接觸。

「我覺得他很機靈啊，以後有什麼對外的事，可以讓他去。」

「好，那我提拔他做我這兒的總管。」楚昭恒認真地說。

這個表妹，最近做事、說話，看著全無章法，卻不像無的放矢的樣子。反正他這華沐苑遲早要個總管，她既然說明福好，就讓明福當也無所謂。

「太子哥哥，你怎麼可以這麼隨意？這些都是你近身之人，怎麼可以不小心？」他答應得爽快，顏寧卻不依了。「你答應要振作的。」

「我知道。妳放心，明福會到華沐苑，本身就肯定是可靠的。」楚昭恒鄭重地道。「我答應過要振作，自然會努力的。只是凡事謀定而後動，如今前朝後宮一片平靜，我若貿然出頭，可不是什麼好事。」

「太子哥哥，聽說聖上要讓幾個成年皇子離宮開府。你是太子，又是大皇子，也應該離宮啊，太子應該住到東宮去。」

楚昭恒心中一動。住進東宮他這個儲君，就不再是空具名號。東宮，有東宮屬官，有專屬侍衛隊，這是他擁有自己勢力的第一步。

楚昭恒看著顏寧。這小丫頭還懂這些？

「妳啊，以前萬事不操心，現在怎麼像個小老太一樣？」他說著揉揉她的頭髮。

顏寧今日梳的是飛仙髻，粉色絲帶垂於兩側，看著特別靈動。

顏寧看他沒問自己怎麼想到的，鬆了口氣，跳起來躲開楚昭恒的魔爪。「人家好不容易梳好的頭髮，你不要動啦。我可是你的智囊！你要尊敬才是，這才叫禮賢下士。」她抬高下巴，一副高傲的樣子。

「是，多謝顏賢士賜教！那敢問顏賢士，我是等著好呢，還是上書好呢？」楚昭恒聽到她提到東宮，心中有了主張，看她一副目空一切的樣子，裝模作樣地問。

「現在麼，先讓姑母做名副其實的皇后最好。」顏寧又拋出一個意見。母后這皇后的確名不副實，宮務可都在柳貴妃手裡，可是母后若突然急著抓權，卻會惹得父皇疑心。母后一片慈母心，讓父皇對她憐惜、愧疚，要不是這樣，以父皇對皇子們培養的勢頭看，其他宮妃們可不會這麼安分。

帝王的憐惜，可以讓人在關鍵時刻得生；帝王的疑心，卻是致死的開端。

「太子哥哥，我聽說柳家和林家有些不對盤呢。」

鷸蚌相爭，漁翁得利？這下楚昭恒是真的呆住了。他這個表妹，怎麼忽然間多智至此，渾不似故人？

「太子哥哥，我自從作了那個夢後，就每天都想這些事。往日我沈迷兵書，現在發現，人若想鬥，兵書就處處可用呢。」顏寧悠悠道。

「傻丫頭！少用些腦子，有妳父兄，還有我呢！」楚昭恒看到她深沈的樣子，卻是痛惜更甚。「妳想讓他們爭，那就爭吧。」

第六章

這日，顏烈和武德將軍家的兩個公子、濟安伯家的公子一起出門，路上遇到林家小兒子林天豹，一起邀著去醉花樓喝酒。

醉花樓是京城有名的酒樓，號稱三絕：第一絕自然是醉花樓的醉花釀，酒香宜人，喝時綿軟，後勁十足，據說一醉就會三天；第二絕是樓裡每逢二、六會有變戲法，藝人技藝精湛，機變百出，據說連楚元帝都將人召進宮表演過；第三絕是這裡養的幾個歌女色藝雙絕，樓裡說她們只為了給大家助興，賣藝不賣身，但男人麼，越是這樣不可褻玩的越是趨之若鶩，所以醉花樓一向是京城權貴雲集之地。

這日恰逢初二，有戲法表演，顏烈他們要了一個雅座，點了酒菜，看著樓下大堂裡的表演。

林天豹今年十六，年紀不大，已知風流，聽到隔壁雅座傳來柔美歌聲，他想起這醉花樓的第三絕來。「光喝酒猜拳有什麼意思，戲法又看完一輪了，要不我們叫個花娘來唱歌？」

「這個……」顏烈一臉為難。「不瞞大家說，家父家母管得嚴，上酒樓從來不許我叫歌女的。」

「就叫個歌女來唱一曲有什麼關係？我們不說，出去誰知道啊？」林天豹叫道。

「就是就是，要不叫一個來唱曲吧，我還沒聽過醉花樓的曲兒呢。」武德將軍家的兩個公子也湊熱鬧。

「那……那你們可得發誓，萬一有人問起，你們就說我不曾在此啊。」

「看你那出息，放心吧，我絕不提起你。」林天豹喝了幾杯酒，正是興頭上，看到顏烈這膽小的樣子，嗤笑道：「你們顏家，上了戰場，不會也這副膿包樣吧？」

顏烈一聽，臉色沈了沈，又硬生生壓住，低頭抿了一口酒，笑道：「那我先出去一下，聽說這樓裡有個叫杏花的歌女，最是出眾。」

「那就叫這個杏花來，給你們長長見識。」林天豹說著，叫來跑堂的，點杏花來唱曲。

過沒多久，一個歌女抱著琵琶走進包廂，只見面如芙蓉，眼波流轉間嫵媚天成，朱唇輕啟，吐氣如蘭。「奴家杏花，見過幾位公子，不知公子們想聽什麼曲子啊？」

杏花一進來，其他幾人還好，而林天豹眼睛都看直了。「美人兒唱得必定好，妳選支好聽的曲子唱吧。」

「林兄，美人唱曲前，要喝一杯啊！」看到林天豹發呆的樣子，其他幾人起鬨道。

杏花被他看得低下頭，拿起琵琶，調好弦後，啟唇唱了一曲。她嗓音柔美，琵琶聲中，一詠三嘆，極是動人。

「好、好，唱得好，人更好！」林天豹原本就有三分酒意，這下變成十分了。

「林兄，你莫不是醉了？」

「哪裡是酒醉啊？分明是佳人在前，酒不醉人人自醉啊！」

「林兄要是有惜花之意，可以向醉花樓買人喔。要是別人他們會拒絕，你林兄開口，肯定是不敢拒絕的。」武德將軍家的兩位公子起鬨說。

林天豹拿起一杯酒，走到杏花面前。「美人唱了一曲，是不是渴了？來，喝杯酒吧。」

「不、不，奴家不渴。」杏花連忙拒絕。

「怎麼，不給爺面子？」

「奴家不敢，實在是不會飲酒，請公子見諒！」杏花自然知道林天豹的花名在外。「曲兒已唱完，奴家先告退了。」

「哈哈，我以為林兄的面子誰都要買帳，原來不是啊。」顏烈在邊上說了一句。

林天豹被他一激，怒了。他一把抓起杏花，就要強灌。「喝！居然敢駁小爺的面子！」

「不，奴家……」杏花還未說完，包廂門忽然哐噹一聲被人踹開，門外湧進七、八個人。

大家一看，帶頭的是戶部侍郎家的公子趙世文。

「杏花！」他推門就看到林天豹強摟住杏花灌酒的樣子，怒氣立時上來。「林天豹，你還不放開杏花！」

杏花看到他來了，掙扎著要推開林天豹。

「趙世文，你還想英雄救美啊？這是醉花樓的歌女，我又沒上你趙世文的老婆！我偏不放！」林天豹酒氣上頭，陰陽怪氣地說，硬是在杏花臉上親一口，一隻手摸上她的胸。

「不！趙郎！」杏花尖叫著。

「你……我今日要教訓你個登徒子！」趙世文上前要把杏花拉過來，他帶來的幾個下人也跟上來。

顏烈站在角落裡，往後靠了靠，一腳把腳下的凳子踢過去，剛好踢在趙世文後面的下人腿上，那兩個下人往前一撲，直直撞到林天豹身上。

「打人啦！」不知誰叫了一聲，一個酒杯自後面飛過來，正砸在林天豹的鼻子上，霎時鼻血流下來。

林家也是武將出身，林天豹雖然不成材，但好歹也是從小習武的人，他把杏花一推，立時一拳揍到趙世文臉上。

趙世文只是個書生，這一拳直接打懵了，趙家的下人在京裡也是蠻橫慣了，關鍵是趙家的主母柳氏曾經說過「把人打死了有本夫人，但公子要是被人欺負，你們就去死吧」。這下公子被人打了，這幾個下人哪管對方是誰，嘩啦一下衝了上去。

包廂裡一個小廝跑下樓，找到林天豹的幾個隨從。「快點啊，林公子被人打死了！」

那幾個隨從一聽，連忙來助拳。

「不要打了！要出人命啦！」武德將軍家的公子連忙勸架。

「快把他們拉開啊！」濟安伯家的公子也在叫著。

「林家和趙家打起來了！快看快看！」

這一下打得熱鬧，醉花樓裡炸開了鍋。幸好大理寺的人來得快，到場後拉開兩家人，林家和趙家可都不是普通的官宦人家，大理寺的人看到這兩家，一時不知該怎麼辦了。

林天豹和趙世文被人拉開，只見林天豹鼻血糊在臉上，鼻青臉腫，眼角開裂；趙世文更慘，到底是文弱書生，臉上青青紫紫，一隻胳膊掛身上，看樣子是斷了，躺在地上已經不能站立。

「兩位公子先回去看傷，你們兩個跟我回去。」大理寺的人分別點了一個林家的下人和一個趙家的下人，打算先帶回去問問。

林文裕聽到消息，從官衙趕回家中，自己的母親和妻子正在林天豹房中抹淚。

「哎喲！痛死我了！祖母，我不活了！趙世文那王八蛋，我以後是京城的笑柄了！」林天豹在床上大叫。

「住口！」林文裕氣沖沖走進房中。到家時他已經問過，知道林天豹只是皮肉傷。「你成日拈花惹草也就算了，如今居然跟人家當眾搶花娘！好大出息！」

一聽到父親的聲音，林天豹立時噤聲。在家中，他只怕父親。

「你沒看他傷成這樣？好端端的就先來罵他。三郎只是在醉花樓叫個唱曲的，趙家人闖進去，還動手打人，這不是欺負人嗎？」楊老太君一聽兒子的話，不高興了，劈頭蓋臉一頓數落。

「母親，他往日闖禍也就算了，那趙家……」

「趙家怎麼了？趙易權不過是個戶部侍郎，他家的公子就能隨便打人？」楊老太君壓根兒不聽他的話。

林家是林文裕從軍後才出頭的，到林文裕的妹妹入宮受寵成為林妃生下三皇子後，林文裕這個國舅爺被楚元帝提拔，從軍中校尉一路做到兵部尚書，林家才成為顯貴。楊老太君從一個鄉村農婦忽然成了老封君，地位上來了，見識卻沒什麼改變。

「趙家的主母是柳貴妃的姊姊。母親，就算趙世文先動手，但是他的胳膊都斷了，你看三郎，他有什麼重傷？」林文裕每次與母親說話都有種無力感。自己的母親是什麼性子的人他是知道的，可迫於孝道，又不能阻止。

「他是柳貴妃的外甥怎麼了？他們要是不道歉，我就找林妃娘娘去，讓她去跟聖上說！」楊老太君大聲說。自從女兒做了皇妃後，她不管是明面上還是私底下都喜歡叫林妃娘娘。

「母親，這事您就別管了，我會去趙家協商，您看可好？」

「你得讓他們向咱們家賠禮道歉！」

「待兒子去趙家看看再說，可好？」林文裕重重說道。「這事說小了只是小兒胡鬧，說大了要是帶累三皇子可怎麼辦？」

楊老太君一聽還關係到自己的外孫才消停，嘀咕著要兒子快去。

林文裕安撫了老母親，瞭解前因後果，細細詢問在場還有什麼人？事情是如何發生的？

林天豹老實地一一說了。

這事真說起來，自家兒子過錯是不大，醉花樓唱曲的，人人都可點招。林文裕覺得事情還好，比較起來又是人家兒子傷得重，所以吩咐管家備了些藥材，上門去了。

來到趙府，趙侍郎卻是過了大半個時辰才出來，仔細一看，脖子上還有抓痕。

「林大人，犬子無理，下官給您賠禮了。」趙侍郎出來後說話倒很客氣。

林文裕也就不計較剛才的久等，連忙回禮，道：「哪裡哪裡，小兒被家中婦人寵壞，多有失禮。」

趙家身後是二皇子，林家身後是三皇子，如今皇子們表面還是一團和氣，自然都不想為這種事撕破臉，所以你來我往越說越客氣。

「夫人！夫人……」冷不防忽然從後院傳來吵雜聲音，緊接著就是雜亂的腳步聲，往客廳這裡而來。

趙侍郎臉色都變了，說了聲「林大人稍候」就想出門看看，卻被當先一人給推開。

「姓林的，你還有臉上門？賠個禮，送點藥材就算了？我兒的手若是有個好歹，我一定要你們林天豹拿命來賠！」人未進門，怒斥聲傳來，竟然是趙夫人柳氏盛怒而來。

柳氏也是護短的性子，而且自家兒子被打成這樣，剛剛要不是趙侍郎安撫，她就想衝出來了。現在大夫給趙世文看完傷，居然說手可能落下後遺症，她是再也壓不住火了。

「林大人，賤內傷心孩子，有點過激了，等改日我再登門向大人致歉。」趙侍郎連忙跟上，將夫人拉到身後，拱手道。

林文裕看柳氏如此憤怒，心驚難道趙世文的手接不好了？他此來只是想表態息事寧人，希望事情不要鬧大，兩家私下商議解決。剛剛看趙侍郎也是一樣的意思，才放心了些。

現在聽到趙侍郎的話，看柳氏還在廳中，也不想與婦人之流一般見識，留下藥材後，拱手先告辭。

柳氏被自己的夫君拉住後，也不好硬是上前，恨得要抓到趙侍郎的脖子上。「你是盼著世文不好了，好給那幾個賤人生的兒子騰地方，是吧？」

「妳這是婦人短見！我不跟妳一般見識！」趙侍郎又是躲，又是擋，又不敢下死力推開，鬧得狼狽不堪。

林文裕匆匆離開後，讓人打聽是誰給趙世文看診的？聽說是太醫院看骨最好的蔣太醫，吩咐管家去太醫院守著。

到了晚間，管家回來，打聽到蔣太醫說趙世文胳膊斷了三處，就算接好，病根肯定是要落下，陰天下雨痠痛難免。

去醉花樓打聽的人也回來稟告林文裕。原來趙世文居然早就心儀歌女杏花，一直想要買下，他今日在會文，聽一個酒樓跑堂的來報說有人輕薄杏花，才匆匆帶人趕過去，進門就看到林天豹摟住杏花，意圖輕薄。他看到自己的心上人被輕薄，哪裡忍得住，雖然是個書生，也動手了。

林家和趙家都低調地遞名帖，從大理寺衙門把自家下人帶回。

楚昭業獲知此事後，讓林妃從宮中給趙家送了斷骨接續膏。這藥柳貴妃早就送到趙府了，畢竟這也算是林家示好，趙家便謝恩收下。

趙世文當日在家發起高燒，趙夫人柳氏忙著給兒子治傷，一時也顧不上出門，兩家人暫時沈寂。

林天豹的皮肉傷兩天後好了，臉能出去見人後，就偷偷溜出來，跑到花街去取樂。他廝混了一陣子，看看時辰，估計父親就要下衙回家，連忙往家裡趕去。

林家住在城西，京城有名的花街柳巷在城南，來往兩地都要經過熱鬧的順成街。他在京城有個「林太歲」的外號，就是誰碰上誰倒楣，略有姿色的婦人或姑娘，被他調戲過的人不知凡幾。曾有苦主上大理寺告狀，結果林天豹還帶人燒了他房子，這事有御史曾上摺，楚元帝聽了林家辯解後，讓林家賠錢了事。自此，林妃受寵、林家新貴的名號更響了。

林天豹催馬在街上狂奔，閃得慢的人還被抽了馬鞭，隨從們跑著跟在後面。忽然，不知哪裡射出一枝箭，直中林天豹心口。這箭射得很準，林天豹慘叫一聲摔下馬背，他的馬受驚，拖行出三十多步才被隨從拉住。

「殺人啦！快跑啊！」

「快跑啊，林太歲被射死啦！」

隨從拉住驚馬，只看到林天豹口中吐血，進氣多出氣少，說不出話來，連忙找大夫的找大夫，抬人的抬人。

他們直接踹開街邊一家布店的門，將林天豹抬到布店裡等大夫。

「老兒這裡還要做生意啊……」布店掌櫃急得叫了一聲，被一巴掌打倒在地，兩個夥計連忙扶起掌櫃的，躲到一邊去。

大夫很快來了，看了一眼直接道：「沒救了，快抬回家吧！」

林家的隨從們都嚇呆了，一邊讓人回家去趕馬車來接，一邊嚷嚷著搜凶手。

這時，順成街左側德慶茶樓的二樓，坐著一個青衣少年，容貌竟然堪稱絕色，估計姑娘看到他都要慚愧，不過他身後站著四個高大冷峻的侍衛，一看就是非富即貴不好惹的人。

少年感覺到周圍偷窺的目光，毫不在意，只是百無聊賴地看著外面的混亂。忽然看到對面客來居客棧的二樓，有間客房慢慢推開窗子，露出兩指寬的縫隙，金屬寒光一閃，等他聽到人喊著「殺人」時，再轉頭去看，那扇窗慢慢合上了。

這少年是鎮南王世子楚謨，他這次跟著護送南方貢品的隊伍進京，今早剛到京城驛館歇下，居然就趕上這熱鬧了。

「箭法倒是不錯，不過殺個紈袴有什麼用？」

鎮南王府雖然地處南方，可楚謨對京中的人並不陌生，至少名字他都聽過，看到這乾淨俐落的手法，他倒有點好奇誰要收拾林家？

他悠閒地坐在二樓，看著客來居大門，過了一刻鐘左右，一個十多歲眉清目秀的小廝走出客來居，往右轉進一條巷子。

滿街驚慌，獨他從容。

楚謨跟隨從交代說：「你們先回驛館，我去看看熱鬧。」語畢，就下樓跟進巷子去。

這巷子很窄，左右兩邊都是小門，那個小廝走得很快，但是走著走著，小廝忽然覺得不對，轉頭卻沒看到人。他立即加快速度，穿過巷子，這巷子口停著一輛馬車，顯然是租來的，趕車的漢子看小廝進來，催動馬匹行走。

馬車慢悠悠來到三坊街停下，從車上下來三個少女，領先一人戴著冪羅，正是顏寧、虹霓和綠衣。

楚謨沒想到居然是三個姑娘家。他跟在後面仔細打量，看到顏寧腳下那雙馬靴時卻笑了。衣裳換了，鞋子沒換？這丫頭太不謹慎了，不知和林家是什麼仇怨？或許林天豹辱她姊妹？

楚謨惡意地想著，待看到顏寧三人上了顏家徽記的馬車時，真的呆住了。

顏家與林家，什麼時候結的仇？不對，若真結仇了，哪可能讓一個小姑娘動手，而且不是說顏家都是磊落性子，不會背後下刀子？

看這姑娘的年紀，楚謨想了想腦中有關顏家的記憶。十多歲女子——顏寧，顏家這代唯一的千金。

顏寧不知道自己被人盯上，心情很愉悅，要不是條件不允許，她真想親眼看一看林家人悲痛的樣子。看著親人被箭射死，這滋味怎麼樣？

虹霓和綠衣看姑娘輕鬆的笑臉。「姑娘，妳做什麼事不能帶著奴婢兩個啊？」

「保密！」顏寧笑著回了一句。

在心裡，她偷偷說道：二哥，我幫你報了一個小仇。而這一切只是開始，楚昭業、林家，前世的債，你們慢慢還回來！

回到家中，顏寧心情很好地跑到顏烈的院子，看他正無聊地倚在廊下喝茶。

「寧兒，妳不讓我出門，自己倒是去哪兒了？」

「二哥，我聽到一個大消息，林天豹被人殺了！」

跟在後面的虹霓和綠衣聽到這話，不免驚訝，姑娘什麼時候聽說的？

「是趙家人殺的？」顏烈第一反應就是趙家報復了。「上次妳讓我把林天豹帶到醉花樓找杏花，妳怎麼知道趙世文會為了杏花和林天豹打起來？」

顏烈一直看林天豹不順眼，一個欺男霸女的花花公子，要不是母親一直約束著，好幾次他都想揍這小子！

前幾日，顏寧要他想辦法把林天豹帶到醉花樓，如此這般行事，果然林天豹被揍得鼻青臉腫，他還高興了一把，主要是趙世文帶的人太膿包，要不是自己暗中幫忙，估計林天豹還不會被揍。

想到趙世文胳膊斷了，顏烈挺內疚的，可顏寧不許他出門，說林天豹馬上會有報應，沒想到今日聽到林天豹死了，再想到醉花樓的杏花，而妹妹居然是一副早知道的樣子。沒道理啊。

「我是從三皇子那裡聽說的。」顏寧毫不猶豫地回道。現在反正任何不合理的事她都這麼說，家人又不能叫楚昭業求證。

「寧兒，我們是不是害了趙世文和杏花？」顏烈雖然很想看林天豹吃癟，但想到現在還躺在床上的趙世文就覺得內疚。

「不會，我們是幫了他們呢。你想，要不是鬧這一齣，趙家人哪知道杏花這人啊！」

前世，林天豹也在醉花樓調戲杏花，當時沒人報信，杏花不堪受辱跳樓死了，趙世文這個癡情種竟然相思入骨也死了。現在，有她插手，至少兩人都活著，不是嗎？

客來居的那間客房，就是趙世文定下和杏花的相會之所。前世，趙世文死後，趙夫人柳氏也鬧上林家，最後林天豹也不過是跪一下林家祠堂了事。

因殺子之仇，趙侍郎至此鐵了心扶持二皇子，拒絕楚昭業的拉攏。他雖然懼內，但在官場上還是有一套的，給楚昭業的太子之路造成不少麻煩。

今世，我救了你兒子，你提前與林文裕對上吧！顏寧心裡對趙侍郎趙易權說。

林家和趙家的事剛平息兩天，隨著林天豹的死，再次沸騰了。

因箭矢毫無標記，大理寺只好查人，當時順成街左右一一盤查，最後查到客來居有間客房，居然是趙世文長期包下的。

獲知這一消息，林文裕再也無法冷靜。楊老太君帶著媳婦求見林妃，直哭得差點閉過氣去。

林妃沒想到趙家居然敢下殺手，哭訴到楚元帝面前；另一邊的柳貴妃獲悉也坐不住了，連忙求見楚元帝澄清。

柳貴妃帶著人到林妃的景翠宮。掌管宮務多年，她一向自視甚高，如今因為林妃哭訴，她被楚元帝叱責了幾句，這口氣如何能忍？

此時她在景翠宮外見到林妃，看到那副弱柳扶風的樣子，更是厭惡。

就是這副樣子！在聖上面前裝良善、裝柔弱，擺出這副狐媚樣子給誰看？

楚元帝不在身前，林妃看到盛怒走來的柳貴妃，可不想再示弱，直起身剛想說話，啪的一聲，柳貴妃卻是直接一巴掌揮過來。

林妃以為柳貴妃好歹也是大家出身，沒想到會是這種撒潑性子，難怪趙夫人柳氏會是這種樣子了，姊妹倆很是相似。

「妳……妳竟然敢打我？」林妃和林意柔都慣會擺出柔弱的樣子，從未當眾與人紅臉，更別提動手，這一巴掌把她打懵了。

「打的就是妳這賤婦！」柳貴妃恨得又一巴掌過去，這下被林妃身邊的兩個宮人護住了。

「姊姊就算貴為貴妃，也不能隨意打人！」林妃恨聲道。

「妳個賤婦！見到貴妃不知行禮，本宮教教妳什麼叫宮規！」柳貴妃指著林妃罵道。

「教我宮規？姊姊這副樣子，恐怕不只宮規，連閨訓都要從頭學學呢。」柳貴妃雖然掌管宮務，但是帝后俱在，她最多也只能踩踩低位妃嬪罷了，所以林妃對柳貴妃並不懼怕。

兩人對峙時，一個宮人從景翠宮很快地跑開。

正當柳貴妃命人抓住林妃時，一個暴怒的聲音傳來。「給朕住手！妳們成何體統！」已過中年但面容還是英俊的皇帝，此時正滿臉怒容地走過來，身後跟了一群內侍。

「聖上……聖上，妾身不知道柳姊姊何事發怒，要處置妾身。求聖上救命啊！」林妃一看到楚元帝，兩眼微紅，哭得梨花帶雨，撲到楚元帝腳邊跪下。

她說話時微微側頭，左臉上那個掌印赫然呈現在楚元帝面前。「聖上，求聖上幫妾身作證，妾身當日並未詆毀誰，只是妾身姪兒天豹死得慘，凶手至今未知，柳姊姊今日因此惱了妾身，妾身冤枉啊！」

「聖上……妾身與林妃爭執，是她疏狂不知禮節，見到妾身竟然沒有行禮。」柳貴妃連忙辯解。

楚元帝看著兩個女人，臉色陰沈如墨。

顏皇后這時也匆匆帶著明福等內侍和宮人趕過來。「妾身給聖上請安！」

楚元帝冷冷看了柳貴妃和林妃一眼，冷聲道：「柳氏身為貴妃行為粗鄙，林氏見到貴妃不知行禮，兩人禁足三月，好好學學宮規和女誡。宮務由……」楚元帝舌頭打了個圈，看了看顏皇后。「宮中一應事務由皇后處理！」

柳貴妃和林妃沒想到兩人鬧了這一齣，楚元帝竟然罰她們各打五十大板，兩人都被禁足。

楚元帝最煩女人吵鬧，所以兩人心裡雖委屈卻都不敢哭叫，還得領旨謝恩。

「聖上，這是怎麼了？兩個妹妹平時也都恭謹，並無過錯，是不是罰得太重了？二皇子和三皇子都快成年，怕他們面上不好看啊。」顏皇后走到楚元帝身邊，輕聲勸道。

「皇后不用求情了，妳平時好好教導教導她們，朕還有政事要處理。」楚元帝一甩袍袖，如突然而來一樣，又匆匆離去了。

等楚元帝回到勤政閣，一個少年正站在一副幅水畫前觀賞。「皇伯父，您回來啦！您政事繁忙，姪兒先告退了。」

此人正是鎮南王世子楚謨。

第一任鎮南王是太祖的親弟弟，打下江山後，他自請駐紮南邊守土。太祖感念兄弟情誼，封為鎮南王，如今過了四代，按輩分排，楚謨剛好要叫楚元帝為伯父。

從太祖時起，每代鎮南王世子滿十五歲後，都要在京城住幾年，表面上說起來是讓小輩們培養感情，其實大家都明白，這是為了觀察一下鎮南王世子的性情脾氣，方便以後的皇帝掌控而已。

楚謨今年十五歲，明年就要進京長住幾年，這次說是沒見識過如何押送貢品，跟著押送秋貢的隊伍長長見識。他今日進宮請安，剛剛在勤政閣見了楚元帝，還未說什麼話，外面傳來一個宮人叫「救命」的哭喊聲。

後宮女人的爭鬥鬧到前朝，楚元帝發怒，下令把那宮人鎖拿，交給皇后處置，他自己則是看了一齣鬧劇。

這種事被姪兒看到，讓楚元帝大失顏面，也無心再留人說話。他目送楚謨慢慢走出勤政閣。小小年紀，氣度沈穩，他心裡在盤算著，自己的幾個皇兒與楚謨相比哪個更勝一籌？

楚昭業在報恩寺聽到人急報時，已經是第二日。等他趕回京中，楚元帝對林妃和柳貴妃的禁足令早已傳開。

二皇子楚昭暉在勤政閣外跪求兩個多時辰，被楚元帝申斥駁回。楚昭暉的性子隨了柳貴妃，性格毛躁易怒，他怒氣沖沖地出宮，路上碰到林文裕的官轎，氣怒之下竟然縱馬衝上去。林文裕武將出身，沒有傷到，他跑到宮裡向楚元帝申訴二皇子的無禮。

楚元帝沒想到自己這二兒子竟如此莽撞，生氣之下也將他禁足了。

短短幾日，居然發生這麼多事情。楚昭業知道父皇正在氣頭上，此時自己若開口求情容易適得其反。

另一廂，林意柔到顏家來找顏寧，但是都無功而返。

翌日，恰逢濟安伯家千金劉琴的生辰宴。

劉琴有才，還很懂得與人交好，不僅邀了如顏寧這樣幾大世家的千金，還請了不少官員千金。

前世，顏寧拿著劉琴手寫的桃花箋，曾和林意柔一起取笑道：「估計京城裡桃花紙要賣斷貨了。」

結果這句暗諷劉琴廣發請帖、四處巴結人的話就在生辰宴上傳開來。不知這話是不是也如同前世之軌跡，早被有心人散播出去？

一早起來，綠衣問顏寧今日如何打扮？

「綠衣，聽妳的，妳給我選吧。」顏寧跑去練武場練功，丟下一句話。

回來後綠衣已經將衣裙飾品都選好，拉她坐在梳妝檯前仔細打扮。一身紅衣粉裙，髮髻垂髫，簪了東珠珠花，眉心一點星光花鈿，顯得嬌俏可愛。

虹霓看了叫道：「姑娘這樣打扮才好看。」

以前的顏寧最恨小女兒打扮，林意柔說她髮髻繁複些好看，所以她那些髮髻都是繁複異常，也虧得綠衣巧手，不然真不能見人。每次她一站林意柔邊上，反倒襯托了林意柔的清麗甜美。

現在顏寧自然知道，打扮、言談都要講究合宜，適合自己的年紀，也要適合自己的身分。

三人到了濟安伯家，劉琴帶人迎出來。「顏妹妹，妳來啦。」

以往兩人只能算點頭之交，上次在大長公主府，因為李錦娘，兩人熟絡了些。顏寧年紀比她小，劉琴熱情地叫著妹妹，親自帶著顏寧進花園。

劉家的花園不大，一灣河水，沿河兩岸可垂釣，河中可泛舟，兩岸說話聲音大點都能聽見。

「寧兒，妳來啦。」林意柔自然也接到請帖，一見到顏寧，她高興地叫著，可一看顏寧的打扮，卻沒如往日那樣拉著顏寧的手並肩而立。

顏寧驚喜地走上前，拉起她的手。「林姊姊，妳也來啦！我本來以為妳家中有事，今日不會來呢。」

這話一說，滿場鴉雀無聲。是啊，林天豹死了才幾天，林意柔居然有心思出門作客？

對岸傳來「噗哧」一聲笑聲，顯然是有人聽到這話笑了出來，後面估計又硬生生忍住了。

劉琴跟大家說過，今日劉府的宴會，河東岸都是各府千金，河西岸是各家少年公子們。

林意柔笑臉一僵。「我是想著劉姊姊生辰，不來未免不恭……」饒是她平素舌粲蓮花，這時也打結，支吾了幾聲。「寧兒，妳不是怕人多嗎？」

來了！顏寧心中冷笑，目光一掃，看到劉琴的笑臉有點僵。她知道自己那句賣斷桃花紙的話，果然被傳開了。

廣發請帖可以稱讚是人緣好，也可以嘲笑人到處巴結，端看這句話如何詮釋。

「林姊姊，妳不是知道我最喜歡人多熱鬧的？對了，劉姊姊，我上次收到妳的桃花箋，還說姊姊肯定買光京城的桃花箋才夠呢。林姊姊說不會，哪有那麼多人？今兒個一看，我覺得妳肯定買光了。姊姊的人緣真好。」

剛剛林意柔暗示顏寧說了這種不懂事的話，要劉琴不要計較，可現在顏寧直言直語說她人緣好，劉琴一下覺得有面子，來的各家姑娘們也覺得臉上有光，再一聯想到顏寧提到林意柔說的「不會，哪有那麼多人」，立時讓大家覺得酸溜溜的。

「劉姊姊人好，她過生辰，來的人自然多啦。」人群裡，不知哪個府的姑娘說道。

「那是自然，收到請帖，我可高興了。」幾個姑娘互相議論著。

「大家別給我貼金了，能請到大家來，是我之幸呢。顏妹妹，我本來擔心妳不會賞光，錦娘可等妳好久啦，可能在那邊的聽風軒，我們先去那邊坐吧。」劉琴謙虛著，拉住顏寧的手，同時招呼大家去聽風軒用茶，有意無意間，林意柔被擠到邊上。

等林意柔回過神來，發現自己居然被顏寧當成討好劉琴的墊腳石，恨不得衝上去拉住顏寧，告訴大家「那些話都是顏寧說的」。可是，她若如此做了，不就當眾與顏寧撕破臉？

想起今日目的，林意柔深吸口氣，僵硬著笑臉，跟著大家往聽風軒走去。

聽風軒裡，李錦娘等幾個人果然坐在那邊，旁邊還坐著幾位世家小姐，想來是自恃身分，不想和一些京官的女兒們混在一起。

李錦娘一看到顏寧，笑著迎出來，跟其他幾人說道：「這就是剛剛我說的顏妹妹。她那筆畫技，畫得和真人一樣呢，上次妳們在我家看的，就是她幫我畫的。」

「真的嗎？那種畫法好奇特呢。」幾個姑娘讚嘆道。

這些閨秀學的都是正統畫法，講究畫意筆法，哪裡知道畫影圖形這種地方小吏拿來混飯吃的活兒啊！

「是真的呢，而且顏妹妹還可以根據我們說的畫出人來喔。」李錦娘又誇獎道。

「李姊姊，妳別一口一個顏妹妹，叫我寧兒好了。大家別信李姊姊的，她幫我臉上貼金呢，我技法有限，口述的畫出來沒親眼見到的像。」顏寧親暱地走到李錦娘邊上，很實誠地說道。

聽風軒裡熱鬧起來，大家言笑晏晏，顏寧認真聽著大家討論誰的繡樣好看，哪家的衣服漂亮，若有人問到她，她間或說些玉陽關見過的北燕的東西，討論得好不熱鬧。

「沒想到顏姑娘還知道繡花啊，哪天讓我們看看妳的繡活，也見識一下啊。」一個尖刻的聲音響起。「不過顏姑娘心善倒是真的，收留年輕男子也不忌諱，真是女中豪傑。」

大家轉頭看去，原來是王家的王貞、王贇和王貽到了，說話的正是王貽。

顏寧收留封平的事，在座的人自然都知道，也都知道顏寧放話是為了讓王家姑娘不爽快。王貽這樣說，等於直接說顏寧不知羞，和年輕男子混在一起。

「三姑娘，我心眼直，妳這話我聽不懂呢。前段日子，我在城隍廟收留一個叫封平的乞丐，妳說的是這人嗎？他被人打成重傷，倒在破廟裡都快死了，我母親曾說吃齋唸佛不如救人一命，所以我就救了。妳剛剛說的年輕男子，是不是封平啊？」

王貞狠狠瞪了王貽一眼，不鹹不淡地說：「顏姑娘真是善心。」

「好說好說，王大姑娘過獎了。不過剛剛王三姑娘說得也對，我家與封家畢竟只是泛泛之交，聽說當年王家和封家交好，若是王家長輩肯收留他，應該不錯。」顏寧一點也沒打算給王貞留顏面。她不怕得罪王家，更不怕鬧得人盡皆知。

「寧兒，妳又莽撞了，這種事哪是我們女兒家能決定的啊。」林意柔和善溫柔地對顏寧說，又轉向王貞說：「王姑娘，寧兒是說笑的，我代她向妳賠禮。」

「林姊姊，妳覺得我剛剛的話說錯了？」顏寧傷心地看著林意柔。

「林姑娘幫她道什麼歉，誰不知道顏家姑娘豪放，追著三殿下不放的？」王貽覺得復仇的機會來了。顏寧苦戀三皇子楚昭業，是京中閨秀們皆知的事，只是從沒人當眾說出。

「以前我是覺得三殿下很好，長得好、有才幹，只是……現在才知道，是我讓林姊姊為難了。林姊姊，對不起，我姑母和母親都說我往日太過任性，以後不會啦。」顏寧誠摯地走過去，拉著林意柔說道。

她喜歡三皇子，為什麼會讓林意柔為難？這話，讓人浮想聯翩。閨閣少女，最是懷春多情，大家立刻想到，楚昭業是林意柔的表哥，是顏寧發現這兩人有私情，所以退讓？或是林意柔也苦戀三皇子，顏寧不願與好友搶郎君？

「往日是我太過任性，念在我年紀小不懂事的分上，今日當著大家的面，姊姊原諒我好不好？」顏寧又追問道，嬌俏的臉上，連眼眶都紅了，聲音軟糯顫抖。

「寧兒，妳喜歡三殿下，為什麼要跟我道歉？我聽不懂呢。」

「姊姊不喜歡三殿下？以後不會嫁給三殿下嗎？」顏寧滿臉都放光了。「姊姊要是發誓真的不喜歡的話，那我要去問問三殿下。我父親說，顏家的女兒當年都敢比武選婿，我好歹也要敢愛敢恨才是。」

顏家祖上曾有一個嫡女，不滿父母之命，自己當眾比武招親，後來嫁給了當時的狀元郎，傳為佳話。顏寧這麼一說，大家自然也想到了顏家女子可和其他閨秀不一樣，她敢直言喜歡三殿下，大家聽了雖然害羞，卻隱隱羨慕她的直率和大膽，倒是沒有往日聽見傳言後的惡感了。

發誓？發誓不嫁給三皇子？

林意柔縮在袖下的手，狠狠捏著。她不能發誓，因為她是要嫁給表哥的，姑母曾說過，表哥若是當上皇帝，一定要讓自己做皇后，她怎能發這個誓？可是，如果不說，那她該怎麼說？

林意柔一直都是溫柔知禮的形象，她不能像顏寧一樣大聲說喜歡，可是也不願當眾承諾不喜歡。

「姊姊不用說，我明白了。」顏寧留下一串淚，轉身走向劉琴。「劉姊姊，我失禮了，能不能找地方讓我梳洗一下啊？」

「喔，好、好的。妳快帶顏姑娘去暖閣那邊。」劉琴同情地看著顏寧。綠衣對林意柔福了一禮。「林姑娘，您和我們姑娘情同姊妹……奴婢還是第一次見我們姑娘這麼傷心呢。」說完，她轉身尾隨顏寧而去。

聽風軒中，所有人的目光都在林意柔身上。

以往跟顏寧在一起，林意柔都是委曲求全的形象，可現在，她被反將一軍了。原本，所有人都覺得顏寧粗俗無禮，可現在大家反而覺得她性格直率、可愛可憐。

「寧兒只是一時迷惑罷了，以後我們再也不要提起這些事吧，免得她難過。」李錦娘輕聲說。

好幾個姑娘都微微點頭。

第七章

顏寧到暖閣換了衣裳，重新上了粉，慢慢帶著綠衣走回聽風軒。

「喂，妳掐自己掐得好狠啊！」一個年輕男子的聲音，在左邊響起。

顏寧吃了一驚。她自小習武，耳聰目明，居然讓人走近而不知？

綠衣也嚇了一跳，連忙上前擋在顏寧身前。

左邊一叢藤蘿後，轉出一個身穿銀色衣裳的少年公子。

這公子的那張臉，綠衣看了後，暗暗驚嘆。這美貌讓人忘了這是個男子，簡直比聽風軒裡那些姑娘小姐們都好看！不過骨架偏大，氣度很好，所以不顯女氣，只覺得美。

顏寧看到這人，卻是大吃一驚——鎮南王世子楚謨！

他怎麼在這裡？他不是應該明年冬日才進京的嗎？他身邊帶著神醫嗎？

楚謨看眼前這兩個人，丫鬟的表情很正常，初次見到自己的人都是這副樣子——讚嘆、迷惑於自己的容貌。

可這顏寧為什麼一副見鬼的表情？他長得有這麼不堪入目嗎？

他今日也是受邀來參加這宴會，剛剛在河對岸聽到顏寧的話，忍不住笑得打顫，手裡的茶沒端好灑到衣服上。劉家的下人帶他去前院換衣裳，回來時他走著走著，走到聽風軒，躲在外面看了一場好戲。

當時顏寧側對軒窗，他很清楚地看到她那左手縮在袖子裡的動作，分明是在掐自己，再聽到她那含悲忍淚的話，不由感慨：果然是唯女子和小人難養也。這丫頭殺林天豹乾淨俐落，掐自己也掐得很用力啊。

第一次見到她時，看到的是個背影，今日在聽風軒，看到的是側臉。

他忽然很好奇，這個傳言中粗俗無禮、無才無貌的顏家女，長得是何模樣？於是聽她要去暖閣梳洗，他就等在這裡。

終於見到了樣子——一個嬌憨可愛略顯英氣的丫頭。

他忽然很想找她說說話，眼見著要走遠了，還沒想出如何招呼，心裡一急，說出的話就有問題，可是她這什麼表情？

「小女見過楚世子。」顏寧回過神，不自覺地問好。

話一出口，恨不得咬了自己舌頭。怎麼就叫出「楚世子」三個字呢？果然還是不夠穩重，三思而後行，三思而後言！她暗暗告誡自己。

「咦？妳認識本世子？」楚謨果然很好奇地問。

「聽人說鎮南王世子來京城了，容貌驚為天人，剛剛看到您，就覺得應該是了。」

楚謨覺得這話有諷刺之嫌。「好說好說。聽說顏家姑娘無才無貌，現在一見傳言誤人啊。」

「聽風軒裡都是女子，世子怎麼躲在外面偷看？」顏寧不客氣地指出他行為失當之處。

「本世子是迷路了，沒想到看到一齣好戲。妳掐自己掐那麼狠幹麼？要想裝哭，手帕裡放點胡椒就好了。」楚謨很好心地建議道。

「世子不知道胡椒味道很重嗎？」

這楚謨，前世可是楚昭業朝中的新貴將領。在她大哥和二哥身死、父親被俘後，林文裕帶兵抗敵節節敗退，就是這楚謨帶兵馳援，後來做了抗擊北燕的主帥，打敗了北燕大軍。

一個王府世子，居然還是一員將才，這樣的人，居然提出這種建議？要不是確定自己記憶無誤，顏寧真要懷疑這楚謨非那楚謨了。

被一個小姑娘用鄙視的眼神看過來，楚謨有點訕訕的。「我只是提議妳有別的辦法，苦肉計不一定要自殘。」

「謝謝楚世子的建議，下次我會考慮的。世子，您懂醫術嗎？」

「醫術？沒學過。」

「那世子認不認識什麼神醫？」

「那就更沒有了。」看到對面嬌憨的小姑娘垮下臉，楚謨忽然有點不忍。「妳要找神醫幹什麼？」

怎麼會不認識？楚元帝明年冬日犯了寒疾，就是他帶神醫進京治好的啊。是現在還沒認識吧？

對了，現在到明年冬日，還有一年半的時間呢，可是，太子哥哥明年六月就不行了啊！

「顏姑娘……顏寧！」楚謨看著她神色變幻。「喂！妳怎麼了？」

「楚世子，你什麼時候離京啊？你直接回南州嗎？」顏寧迫切地問道。

「妳打聽這個幹什麼？」

這副樣子倒符合傳說中顏寧的性格。作為女子，問陌生男子這種問題，太失禮、太冒失了，不過他自己覺得這清澈透明的性格很好。

「我……」

「顏姑娘，前面是顏姑娘嗎？」遠遠地一個丫鬟的聲音傳來。

「我們姑娘在這兒。」綠衣大聲答道。

「楚世子，你住在哪裡啊？回頭可以去拜訪你嗎？」顏寧迫切地問道，語氣裡滿是堅持。

「我跟著南州送貢品的人進京，現在住在驛館。我先走了，以後見！」料想剛剛那丫鬟快來了，楚謨擺擺手，快步離開。

「我很快會來找你的！」顏寧說道。

這話說完，就看到前面那個瀟灑的背影踉蹌了一下。

這顏寧就是這麼追三皇子的？也太不避忌了吧！本世子雖然有魅力，也不要這麼快就找上門來啊。

楚謨心裡這麼想著，臉上卻露出幾絲微笑。這麼好玩的丫頭，不適合待在京城，聽說她以前住在玉陽關，也只有邊關那種地方才能養成這樣質樸直率的性格吧？想到傳聞中都是顏家寵女兒，現在看來，肯定是寵上天了。

楚謨自我陶醉一會兒後，就清醒過來。

神醫？顏寧？那個傳聞中病弱的太子……

另一廂，顏寧看楚謨走遠，轉身繼續往前，迎上了劉琴派來尋她的丫鬟。

「顏姑娘，我們姑娘看您這麼久沒回來，擔心有什麼事，讓奴婢來看看。」

「讓劉姊姊費心了，煩勞這位姊姊啦。」顏寧有禮地道謝。

三人回到聽風軒時，林意柔已經走了。

走了就好！若讓林意柔找機會開口，她肯定會說起為林妃求情的事。現在，林意柔沒開口，回去後她怎麼跟自己的好表哥交代呢？

隨著劉琴生辰宴結束，京中閨閣小姐們傳言，顏寧為了成全好友林意柔的一片癡心，對三皇子忍痛割愛。

「她親口說是為了成全表姑娘，決定對我不再糾纏？」楚昭業問從林府回來的李貴。

「是的，奴才問了表姑娘當日的事，又問了當日在表姑娘身邊伺候的如意。」

顏寧不糾纏了？楚昭業不知自己心裡的失落從何而來。

十歲那年，顏寧進宮，初見給母后娘娘請安的他，當時她大聲說：「姑母，這位殿下看著很好啊。」

這姑娘居然沒看到他的冷臉，大聲誇獎，還跑到他面前說：「你這麼嚴肅，別的姑娘肯定怕你，以後要是沒有皇子妃的話，我嫁給你吧。」

童言稚語，惹笑了一殿的人。

宮中人說話向來只說半句，他五、六歲時都不會這樣失禮說話，哪有像她都十歲了，說出的話竟還如此傻。當時他覺得這姑娘實在無禮且很不知羞，但這是顏家的姑娘，他想要爭帝位，顏家，是他需要的！所以，他示意舅舅安排表妹林意柔與顏寧交好，瞭解她的喜好。

表妹與她交好，不過小女子心眼小，還做了種種小動作，讓顏寧在京城中名聲一落千丈。他不滿柔兒的自作主張，仔細思量卻又覺得這樣不錯。顏寧名聲不好，又人人皆知她苦戀自己，那就不會有什麼大家公子看上她。

對他來說，顏寧一直是唾手可及之人，如今，忽然說不再糾纏他了！

他知道，眼下應該考慮怎麼幫母妃求情、怎麼在父皇面前留下好印象，而不是現在這樣坐在書房聽著這些話發呆。可是，卻止不住空落落的心。

「來人，備馬！我要離宮一趟。」

「殿下，還有一個時辰宮門就要落匙了。」李貴提醒道。

「備馬！」楚昭業冷聲說道。

李貴不敢怠慢，連忙吩咐人備馬。

楚昭業急匆匆騎馬離宮，已是黃昏，正對皇宮的主街上行人稀少，他一路催馬狂奔，快到顏府大門時，急急勒住韁繩。顏府門前，停著官轎，太子楚昭恒正走出來，顏明德一路相送。

一直以來，與他有交集的都是顏寧，而不是顏家，他來顏家幹什麼？就算顏寧說不會再糾纏自己了，他這麼跑來算怎麼回事？

他調轉馬頭，如來時一樣，又催馬狂奔離去。

沒人發現三殿下曾來到顏府門前，對顏寧來說，就算知道了也不會在意。

剛剛太子哥哥說姑母已經重掌宮務，明福果然堪用。她最高興的是，經過太子哥哥的一番誇獎，父親對自己更信服了。有父親的支持，她才能做更多事啊。

二皇子楚昭暉實在不是楚昭業的對手，居然還沒開始鬥，就被禁足了？

顏寧撇撇嘴，在父親的書房裡轉悠。

「寧兒，太子殿下說的全是真的？」顏明德想到剛剛太子說的話，還是不敢相信。

他一向覺得自己女兒是千好萬好，沒有不好的地方。可是，要說他女兒上馬能殺敵，他一萬個相信，說她知人善任還擅謀……他看看跟在自己身後進門的二兒子，大兒子顏煦懂謀略還說得通，寧兒和阿烈從小就是動拳頭比動腦多的主啊。

當然，寧兒只是從小直率了些，不像二兒子從小魯莽只會闖禍。顏明德非常乾脆地用雙重標準，評價了自己的一兒一女。

顏烈看到老爹回頭嫌棄地看自己，心裡很莫名。就算妹妹很能幹，自家老爹也不必嫌棄他吧？不過現在懶得理這個。

「寧兒，太子說的是真的？妳怎麼知道趙家會殺了林天豹？」

顏寧不想告訴父親和二哥，林天豹是自己射殺的，怕他們知道了擔心。「二哥，林天豹誰殺的，連聖上都沒定論，你可不能瞎說喔。」

「對、對，你個傻小子，說話帶點腦子。」顏明德直接拍了顏烈一腦門。

「父親，我已經不如大哥和妹妹聰明，你再打，把我打傻了看你怎麼辦！」

「打傻了？你不打也傻！」顏明德又是唰一下招呼過去，這次被顏烈躲開了。

「父親、二哥，」顏寧不得不阻止。「父親，您能不能讓忠叔回一趟玉陽關啊？」

「行啊，妳有什麼事想讓妳忠叔去辦？」

「讓他給大哥送封信啊，姑母的事，也得讓大哥知道嘛。還有啊，我變得這麼厲害，您也得告訴大哥一聲，讓他給我帶些賀禮啊。」顏寧笑道。

顏明德拗不過女兒，只好讓人去把顏忠叫過來吩咐。

顏忠聽說是讓他明日一早出發去玉陽關，給大公子送家信，連忙領命。這種事，以前他也做過，熟門熟路，盤算著路上的時間，等回京時剛好是秋天。

走出書房時，顏忠看到顏寧和綠衣在垂花門外徘徊。

「姑娘，您要快點把林家大公子林天龍的事告訴老爺啊！」

「綠衣，我怕說出去，三殿下就真的要討厭我了！」顏寧猶豫的聲音響起。

「要是不說，老爺會不會生氣？」

「林天龍貪墨和私賣鐵器的事，說出去可是滅族的大罪，我要是告訴父親，他一定會上摺稟告聖上的。林家要是沒了，三殿下若知道是我說出去的，肯定再也不會見我了。」

「可是姑娘……」綠衣還想勸說。

「別說了，讓我再想想吧。走吧，我們明日再求見父親吧。」顏寧煩躁地打斷她的話。

「其實，姑娘，您說的這事奴婢都不敢信，這可是殺頭的事，林家大公子不缺錢吧？不過姑娘先不告訴老爺也好，到底是口說無憑的事。」

「怎麼會沒憑據呢？拿戶部的帳，和北大營的實發糧餉對一下，就知道了啊。賣鐵器也是真的，不過這事得查了才知道。對了，沒有我的准許，妳不許對父親多嘴！」顏寧嚴厲警告道。

「奴婢不敢多嘴。」綠衣連忙屈身行禮，保證道。

顏寧嘆了口氣，穿過垂花門，回到後院去了。

顏忠站在書房外一株大芭蕉樹後面，臉色變幻不定，最後，咬一咬牙，快步離開，往外院去了。

到了晚間，顏明德命孟良叫顏忠到書房取書信。

作為管事，顏忠在顏府家僕家將所住的地方，有個單獨的一進院子。顏忠的女兒已經出嫁，如今這院子裡，住著顏忠夫婦和他們兒子夫婦四人。

顏忠的媳婦姓李，大家稱呼李嫂，是個樸實的婦人。她本是顏家家將的後人，父親戰死沙場，她年幼無依，一直留在顏府，後來嫁給顏忠。

原本顏明德是要給他們夫妻解除奴籍，讓他們出外過活，可當時顏忠和自己媳婦合計後，卻只求留下。

聽到老爺傳叫，她奇怪地問：「栓子他爹，這麼晚老爺還找你去啊？」

「老爺讓我明天一早去邊關送家信，可能是先把家信給我。」顏忠應了一句。

「喔，那你快點去吧，明天的行李包袱我幫你收拾得差不多了。」

顏忠跟著孟良到了主書房右邊的房間，顏烈和顏寧都在。孟良看他進屋後就退出去，順手帶上門。

顏寧看到他進來，笑道：「忠叔，上次你說要看我畫畫的，我現在畫了幾張，你來看看吧。」

這話原本沒什麼，可現在顏忠聽著，卻覺得後背一陣發寒。

「謝謝姑娘賞臉，給奴才長長見識。」他笑著走上前去看。

這間小書房裡，顏明德坐在正座，顏烈站在他邊上。左邊靠窗放著一張書桌，顏寧坐在書桌旁，桌上正攤著四、五張紙。

顏忠看了一眼，臉上的笑慢慢凝固，臉色逐漸慘白。

「忠叔，你看我畫得像不像？你看這張，我自己覺得這張畫得最好。」顏寧笑著指第二張。「你看這個人，是不是很像？拿著畫像對照，一眼就能找出來吧？」

「姑……姑娘！老爺！」顏忠猛地轉向顏明德的方向，跪了下來。

顏明德站起身，走到顏寧的身後，看著書桌上那四張畫。第一張是一個宅院門口，一個滿身珠翠的婦人，一臉笑容地站在門前，婦人面前畫了一個男子的背影；第二張畫，就是顏寧說畫得最好的一張，院內一張石桌邊坐著兩個滿臉笑容的人，其中一個赫然是顏忠，顏忠的身邊站著剛剛那個美貌婦人，連那婦人嘴角的朱砂痣都畫得很清楚；第三張畫卻是另一個男人拿了幾張銀票遞給顏忠，顏忠雙手接過；第四張畫，只有那男子的背影，只見那男子站在皇宮門口，宮門兩個御林軍站在那男子面前，臉上帶笑，明顯就是認識的。

這四張畫實在普通，除了人很像之外，沒有點綴，沒有風景，連院子裡的石桌畫得都很粗糙，可在叫顏忠來之前，顏明德自己盯著這畫，看了至少半個時辰。

「顏忠，你我從小一起長大，我自問待你也不薄，你……你為何……」顏明德沈痛難當，話說到此處無法繼續。

顏忠慘白著臉，低著頭，卻是一聲不吭。

「我們好歹二、三十年的情分，你當年是個孤兒，被賣入顏府後就做了我的小廝，後來又跟著我到邊關，到今日，我只想問你要一句明白話：我顏明德可有虧待你之處？」

「老爺待我很好，是奴才沒有做好奴才的本分。」顏忠重重磕了個頭，再不說話。

「你……二皇子給了你什麼好處，讓你要背主求榮？」顏烈怒聲問道。

顏忠聽到「二皇子」三字，驚訝地抬頭。他們這麼快就知道自己是為誰做事了？

「老爺是何時讓人跟蹤奴才的？」顏忠自問做事謹慎小心，不可能露出什麼破綻。

「是寧兒發現的。」顏明德說道。「我從未懷疑過你。」

「十多日前，我到父親的書房來找書看。當日父親不在府中，這間小書房裡沒人，當時我看到忠叔從小書房裡出來，還神色倉皇地打量四周一眼，才匆匆離去。我覺得奇怪，忠叔是外院的管事，可從來不管小書房，來這裡做什麼？後來我問了當日應該留在書房看門的人，都說是被人叫走。這事太蹊蹺，我就向父親借了幾個人，讓他們跟著忠叔走。結果，他們發現忠叔在琵琶巷居然還有宅院，那個宅院裡住著一個美人和兩個伺候的下人。對了，鄰居們說那婦人丈夫是個商人，經常歸期不定。那院子裡，經常有個男子進門，據說是那婦人的娘家兄弟。若要人不知，除非己莫為，我再打聽打聽，就都知道了。」

「今日姑娘和綠衣說的話，是故意說給奴才聽的？」顏忠並不傻，馬上想到下午顏寧和綠衣在垂花門外說的話。

「我當時決定，若忠叔聽了那些話，卻沒去稟告你暗中的主子，就讓你帶著妻兒留在玉陽關，可忠叔還是去稟告了，去的速度還很快。」顏寧惋惜地說。

顏忠也算從小看著他們三兄妹長大，小時候在玉陽關時，她還曾騎在顏忠的肩上，在玉陽城裡看花燈。他在她印象裡，是個很可親的人。

前世，顏忠背主，幫二皇子傳遞消息，她嫁給楚昭業做太子妃後，他不希望顏府這塊口中肉被二皇子楚昭暉咬一口，抓出了顏府的這個內賊。

「二皇子給了你多少錢，讓你連良心都沒了？」顏烈走到顏忠面前，抓著他領子問。

「二哥，錢財不能動人心，可是美人恩重啊。一個不求名分，從玉陽關跟到京城的美人。」顏寧慢慢地說完。

顏忠已是臉如死灰。沒想到這些都知道了，他何必做無用的辯白。

小書房的門被「啪」地推開，李嫂衝進來，撲到顏忠身上，劈頭蓋臉地打過去。「你個殺千刀的，為什麼要做這種事！你怎麼對得起老爺夫人？你讓栓子和丫頭怎麼做人啊？」

顏忠被李嫂打得蹲坐在地，抬頭看到孟良站在房門外，旁邊還站著他的兒子顏栓和兒媳婦。

他怎麼就變成這樣了呢？當年跟著老爺在玉陽關，他還上過沙場，殺過北燕兵。可現在，他怎麼就變成叛主之人了？

李嫂似瘋了一樣撲打抓撓，顏寧示意顏栓和他媳婦把李嫂拉起。

前世，李嫂知道丈夫是背主求榮之人後，雖然顏寧的父母已經表示不會追究其家人，她還是覺得無顏見人。她求顏夫人的恩典脫了兒子和媳婦的奴籍，把他們趕出顏府，自己一根繩子吊死在顏忠墳前。

顏忠的女兒和女婿在玉陽關城破時，跟著死在戰火中，後來顏家被滅後，聽人說在父親的衣冠塚前，一對夫婦在那兒搭了草棚守墓，日日早晚香火供品從不間斷，明福打聽後發現是顏忠的兒子栓子和他媳婦。

顏忠有罪，可他們一家除了他，人人都可稱忠義，應該堂堂正正地活著，活得更好。

看著失魂落魄的顏忠，顏明德坐在書桌旁。

「父親，要怎麼處置這小人？」顏烈狠狠盯著他，眼睛都要噴出火來。

「老爺，求求您、求求您，」李嫂掙脫兒媳婦的手，又跪在顏明德面前。「顏忠背主，但我家女兒和兒子都不知情，他們是無辜的啊，求老爺讓他們留下啊！」

「李嫂，妳放心，這些我父親都知道的。他的罪，讓他一人承擔。」顏寧扶起李嫂，溫聲說道，再也喊不出「忠叔」這個稱呼。

「顏忠，演武場上立著顏氏立身之本——忠厚持家，忠君報國。國有國法，家有家規，顏家祠堂裡對於背主之人如何處置，條條明文寫著，你也知道。」顏明德沈聲說。「不過你有錯，你家人無錯。他們若願意，仍可留在顏家，原來做什麼現在還是做什麼；他們若要離開，我也會給他們盤纏。」

顏忠從地上爬起，重重磕了一個頭，轉身看著李嫂，又磕了一個頭。「栓子他娘，是我對不起妳！」

李嫂轉過身去，默默擦著淚水。顏栓看了他一眼，轉向顏明德行禮。「老爺，我們先送母親回家去。」和媳婦一起，一人一邊，扶著母親轉身離去。

「寧兒，幸虧妳發現得早。」顏明德嘆了口氣，拉著顏寧說話，又想到琵琶巷中住著的那個女子。「妳看琵琶巷裡那個女人，我們該怎麼處置為好？」

他終於信了太子楚昭恒的話。這個女兒有勇有謀、知人善任，她說孟良和孟秀可用，果然是辦事俐落且可靠，於是這拿不定主意的事，不自覺間就問起她的意見。

「父親，那個女人沒什麼用，只是個通風報信的角色，現在不能動她，顏忠肯定告訴她自己要去玉陽關了，就讓她在那兒等著好了。二皇子反正已經知道林天龍貪墨的事，接下來，我們先看看他會不會上報聖上吧。」

「對，不能打草驚蛇。」

「那什麼時候行家法？」

「最好等個幾日，總得讓二皇子放心去查。父親，雖然家裡的人大多數都可靠，但難保沒有心思多的。家裡各處伺候的人，還是得梳理一下。」

「嗯，這事等會兒我就和妳母親商議。」

「書房這裡放著父親的往來書信公文，得找個妥當的人專門照顧。父親，不如就讓顏栓頂了顏忠的差事，同時兼管外書房吧？還有，李嫂忠厚本分，又學過拳腳，母親身邊的王嬤嬤她們都是忠心可靠之人，但是不懂拳腳功夫，可以讓李嫂跟著母親。哥哥那院子，顏栓媳婦是個細緻人，可以讓她去管院子裡的人。」

顏忠是背主之人，處置顏忠，卻重用他的家人，顏寧這提議的確大膽，顏明德仔細思量，卻無可辯駁。

顏烈對妹妹的安排簡直是佩服得五體投地，兩眼放光，一臉自豪地看著她。

「父親，如此安排，也可讓府中人安心。父親、母親寬厚仁慈，而且用人不疑，疑人不用，連顏忠這種背主之人的家眷子女，父母都敢委以重任，那其他人自然更會安心。」顏寧總結道。

「有道理。好，就按妳說的辦。」顏明德沒想到，女兒居然有這種馭下之能。「寧兒，妳若是到軍中為將，一定是個好將領。」

「那父親就讓我到軍中做將領吧，我要做大楚第一個女將軍！」顏寧大聲說。

「呵呵，胡鬧！」顏明德笑道。

「就是，我都沒能做將軍呢，妳？閃邊去吧。」顏烈不屑地說。

「哼！二哥是笨蛋，父親是騙子！剛剛你自己還說我能做好將領的。不理你們了，我走了！」顏寧丟了個白眼給顏烈，甩手走了。

「父親，你再不管管妹妹，她就要爬你頭上去了。」顏烈抱怨地說。

「哼，那老子也樂意！你看看你，再看看你妹妹，快滾回去看兵書，明天要是背不出第一章，十天不許出門！」

「偏心，就知道說我！」顏烈嘀咕著，走了。

顏明德看著兒女走出去，欣慰地笑了笑，可轉頭看到書桌上那幾張畫，臉色又暗沈下來。

這一晚，據說顏二公子夜讀兵書，用功到天明，隔日直接睡著起不來，顏明德親自去臥室叫他起床都沒起來，那一章兵書，就這麼欠著了。

這一夜，楚昭業沒有回宮。

從顏府門前打馬離開後，他本應回宮的，卻打馬來到一間酒家，抬頭看卻是醉花樓。他要了一個雅座，叫了兩壺酒，聽著隔壁唱曲的人唱到「嬌聲俏影映軒窗，當時只道是尋常」，他忍不住將杯中酒一口喝下。

「三殿下，您怎麼獨自在這兒啊？」門外傳來一個招呼聲。

楚昭業回頭看，見對方一張絕美的臉及一身富貴公子的打扮，他認出來者是楚謨，便以他的字相稱。「致遠怎麼會來這裡？」

「閒著無聊，來這裡逛逛。剛剛看到三殿下走進來，還以為看錯了，上樓一看，果然是殿下啊。獨坐喝酒有什麼趣味，聽說醉花樓有三絕，酒有了，不如我們叫個唱曲的姑娘來？」楚謨熟稔地說。

「好啊，就叫隔壁的姑娘來吧。」楚昭業無所謂地道。

楚謨這次進京，名義上是閒著無事，跟著押送貢品的隊伍進京玩耍，但是他在京這幾日，參加京中年輕子弟的聚會，跟著國子監的監生們會文，一一拜會了幾個皇子。

楚昭業知道，他進京目的並不單純，並聯想到鎮南王府裡的情況，他應該也是想要立個從龍之功？楚謨與他和二哥、四弟都見過面，唯獨沒見過太子，而自己，應該是他首選的合作對象了。

楚謨看著眼前的楚昭業，還是那張剛正的冷臉，打扮也得體，往日見了讓他覺得氣勢凜然，現在看這人卻是有點落寞頹廢。

見過幾個皇子後，他最看好的就是這個三皇子。這人冷靜自持，沈穩聰敏，還夠冷漠無情。

楚元帝對這兒子應該也比較滿意，曾說這三兒子最像自己。對帝王來說，這個評價讓人浮想聯翩。

太子楚昭恒本來也很好，可惜，病懨懨的，都說活不久了。想到在劉府時，那個顏寧盯著自己問認不認識神醫，太子看來是不容樂觀。

很快，一個唱曲的姑娘走進來，欠身行禮後，嬌聲問道：「奴家玉容，見過兩位公子。不知公子想聽什麼曲子？」

楚謨示意她去問三皇子，這姑娘很伶俐，微微側身面向楚昭業，又行了一個福禮。

「就唱妳剛剛唱的那首吧。」楚昭業又喝下一杯酒，漫不經心地說。

他知道自己應該打起精神與楚謨周旋，盡快與他達成默契。可今夜，他不想做什麼、說什麼，只想聽著曲子喝酒。於是，他一杯接一杯喝下。

楚謨眼神一閃，也不再說話，吃著小菜，慢慢抿了一口酒。

唱曲的姑娘聽了後，告罪坐下，抱起琵琶調好弦，曼聲唱：「嬌聲俏影映軒窗，當時只道是尋常。而今只影孤，月下獨徬徨……」

嗓音柔美，聽著那琵琶聲，楚昭業彷彿看到一身紅衣的顏寧，叫著「楚昭業」，高興地跑到自己面前，拿出一樣樣她覺得好玩的禮物。她濃烈如火，接近時覺得太灼燙，可不見時，卻覺得寒冷。

「寧兒……」楚昭業呢喃一聲，手中酒杯啪嗒一聲掉落，趴倒在桌上不再動彈。

楚謨叫了兩聲，發現他竟然喝醉了，便擺手讓歌女離開。

楚昭業酒品不錯，即使喝得這樣爛醉，跟睡著時也沒什麼異樣，只是翻身時嘴裡會有呢喃的聲音。

「寧兒？顏寧？」楚謨玩味地笑了。看來傳言不實啊，哪是顏寧苦戀三皇子，這分明是三皇子苦戀人家姑娘嘛！

想起那個叫著「過幾天我來找你」的姑娘，他忽然很期待她快點來找呢！不過，他這兒打算和三皇子合作，顏寧要是喜歡自己，會不會破壞自己和三皇子的關係呢？他應該拿什麼態度對顏寧比較好？

長夜漫漫，鎮南王世子非常嚴肅地思考這個問題，直到睡著了，還是沒想出個比較妥當的態度來。

楚昭業第二天醒來，頭痛欲裂，宿醉實在痛苦。一看周遭，竟然是個陌生的地方。他一個挺身坐起，帶出了一點響聲。

床邊坐著一個丫鬟打扮的婢女，被驚醒了，連忙起身問道：「殿下醒了？殿下要先梳洗一下嗎？」

「這是哪裡？」

「這裡是城南驛館。昨晚殿下喝得有點多，我家世子爺看宮門已經落匙，就讓殿下屈就在這裡歇息了。」這婢女談吐清楚文雅，倒不同於普通婢女。「我家世子爺囑咐奴婢，若殿下醒了，伺候殿下梳洗用膳。」

「打盆水來吧。」楚昭業頭還是有點暈，吩咐道。

那丫鬟打水進來，伺候楚昭業梳理頭髮，一番梳洗後，楚昭業總算覺得自己神志清醒了。

「三殿下醒了嗎？若醒了，不如一起用早飯吧？」楚謨在門外朗聲道。

「倒是正好餓了。」楚昭業不客氣地答應了。

兩人來到廳內，丫鬟們端上清粥小菜，還有幾樣清淡的點心。「三殿下嚐嚐，我昨晚喝多了，早上起來只想吃點清粥，殿下若是要別的，再讓他們去做。」

「不用了，清粥就很好。」

兩人用完早飯，都覺得比昨日又更親近了點，據說男人的友誼是建立在一起喝過酒，一起打過架，一起打過仗。

一個有心籠絡，一個有心投靠，越說越投機。

「昨晚在宮外滯留久了，這下回宮，父皇要發火了。」楚昭業嘆道。

「皇伯父待人慈祥，哪會為這點小事發火。不過昨夜我留殿下喝酒，才會錯過宮門落匙，我去向皇伯父請罪。」楚謨很義氣地說。

有楚謨這話，楚昭業更不著急了，索性讓楚謨派人給宮裡送信，想要等楚元帝下朝後，再一起進宮去。這種小事，楚謨自然答應。

信送出去後，過了半個多時辰，李貴卻跟著送信人匆匆趕來，一見到楚昭業，匆忙磕頭道：「殿下，宮裡有急事，您快點回宮吧。」

楚昭業看他驚慌的神色，知道必定出了大事，對楚謨說：「致遠，宮中有事，我先回去看看。」

「三殿下自去忙吧，我等會兒再去見皇伯父。」楚謨識相地送他們離開驛館。

楚昭業和李貴騎馬離開驛館，看四下沒什麼人，便問道：「出了何事，如此驚慌？」

「殿下，今日早朝，趙侍郎就是趙易權上摺，奏報京畿道北大營主將林天龍貪墨軍餉，求聖上徹查。」

楚昭業一聽，宿醉後本就頭痛，差點坐不穩馬，連忙穩住心神，拉住韁繩。「父皇怎麼說？」

「聖上大為震怒，已經要派人去徹查了。」

從京城到京畿道北大營，快馬趕去只要兩個時辰就可到達。「派了誰去？」

「派了楊宏文楊御史去，舅老爺當殿請求同去，被聖上駁回了。」

大楚建朝以來，為了休養生息，從太祖到如今的元帝，都實行輕徭薄賦，所以大楚的國庫，除了查抄了封家那幾年，從來沒充裕過。

軍餉，一直是大楚戶部最大的開支，朝廷都窮成這樣了，居然有領軍將領敢貪墨！父皇不讓舅舅同去，就是不信任舅舅的表現，一旦罪證查實，父皇的震怒可想而知。

楚昭業知道，林天龍，自己這個大表哥，完了！

若派別的人去查也許還有機會，但是楊宏文——諢號楊一本——這個御史中丞，是鐵板一塊。據說楊宏文當年進京趕考時出事，遇上了顏明德。顏明德資助他順利赴考，他倒是真有才學，會試進了前五名，殿試策論被點為榜眼，父皇說他一身正氣為人耿直，就放到了御史臺。

這人進了御史臺後，拿著謝禮到顏府，拜謝顏明德的相助之恩，然後說道：「有了大將軍的資助，才有下官今日。然，為御史者只能做孤臣直臣，下官也不能免俗。這幾日下官左右思量該如何報答恩公，細細思索後，覺得以恩公今時今日的家勢聲名，下官能做的就是御史的本分。」

御史風聞奏事，他倒真是說到做到。自從做了御史後，每年只參兩本：一本參奏朝中事務，可說一參一個準，他上了摺子必然就有人會倒楣；另一本必定是參奏顏家的，小到顏家一隻狗沒拴住咬人，大到傳聞顏家擁兵自固。

他升作御史中丞，也得了個諢號叫「楊二本」。

顏明德倒是覺得這人有趣，見到了還會打趣說：「楊中丞，今年要參我何事啊？」

讓這樣的一個人去查案，林天龍本身又不乾淨，那還不是肉在砧板上，他想怎麼剴就怎麼剴。

這幾年，他要拉攏人心、籠絡人才，都少不了銀錢，可他一個皇子，還沒有封地，哪來的金銀？

楚昭業匆匆回宮，早朝居然還未散，只好先到勤政閣等候，路上想到了幾個應急之法，安排人手先去北大營送信。

楚昭業知道趙侍郎參奏林天龍的事時，顏寧也知道了。

顏明德還在朝堂上站著，自然不可能回家來告訴她，而是太子楚昭恒知道後，讓人給顏府送信，還告知說今日早朝下朝時辰肯定要遲了。

顏烈一直討厭林府的人，聽到這消息還是有點不敢置信。「林天龍不要命了嗎？」

顏寧看自己二哥那耿直的樣子，想起前世他不知防人，才會到兗州求援時輕信林家父子的話，睡夢中被捆綁後亂箭射死，今世要讓這傻哥哥有點警醒才行。

「二哥，你覺得趙侍郎參奏的事，是真的還是假的？」

「肯定是真的。」顏烈斬釘截鐵地說。

「為什麼？」

「因為是妳告訴他們的啊。」

顏寧無語地在心裡翻了個白眼。「那二哥覺得林天龍為什麼要貪墨？」

「為了錢唄。」

顏寧再次翻白眼。「他拿了那些錢，都是給自己給林家的嗎？」

「那他還能給誰？沒聽說林天龍有外室啊。」

顏寧覺得自己想循循善誘，簡直是給自己找不痛快。「二哥，你豬啊！他拿了那麼巨額的錢，當然不只是為了林家人享樂。這是要命的事，他們林家，除了為三皇子楚昭業，哪還要這麼多錢？為什麼要給三皇子錢？自然是因為三皇子要是做了皇帝，林家就是第一外戚權臣之家了。你以後小心林家人，最好見到他們就躲遠點，吃的、喝的全不要沾！」

顏寧一口氣說完，顏烈愣愣看了她半天。他生於權貴之家，歷朝歷代奪嫡爭位的事自然聽到不少。

「就算他們想幫三皇子爭位，我也不至於要這麼怕他們吧？」

「我不管！你就給我記住這句話，以後不許跟林家人來往！」顏寧懶得說了，直接霸道結案。

「這麼凶幹麼？我本來就不理他們，和那個林意柔交好的還不是妳啊。」顏烈低聲嘀咕著，看到顏寧柳眉一豎，連忙改口。「知道了、知道了，妳這麼凶，將來怎麼嫁得出去啊！」

顏寧不屑地丟了個白眼。前世的她，怎麼會覺得這哥哥可靠的？明明是個處處要自己操心的小孩。

「寧兒，那我們現在要怎麼辦？」

「要辦的事，剛剛我不是讓孟良去做了？我們等著聽孟良的回信吧。」

「妳剛剛讓孟良去做什麼啊？那麼神秘。」

「偏不告訴你！」

「寧兒，好寧兒，妳快告訴我吧！我回頭給妳買炸串吃，就買劉家胡同的那家。」

「看你這麼誠心，附耳過來。」顏寧附在顏烈耳邊一陣嘀咕。

顏烈聽得越來越驚訝，嘴越張越大。「妳這也太無恥了！哎喲！」

他忍不住叫道，然後被顏寧重重踩了一下腳背，痛得直接後跳三步。

第八章

京畿道北大營，林天龍帶兵晨練後，處理完營中事務，正在自己的主將營帳裡休息。

他今年快三十了，做了京畿道北大營主將，四品振威將軍。這裡面固然有他老子兵部尚書的功勞，但是他曾剿寇殺敵，也是流過血汗的。再說這個年紀能坐上四品，又做了一營主將，已經是年少有為，不比東大營那個韓主將，今年都快五十了。

儘管如此，林天龍仍覺得自己的命不好。私底下他和親信議論過，顏家的顏煦今年不過十八歲，已經是三品安遠將軍，如今顏明德回京養傷，居然是他在玉陽關暫代大將軍職務，估計二十多歲就能當大將軍。出身在世代將門就是不一樣，尋常人這個年紀，還是新兵蛋子，了不起是個小旗吧。身在玉陽關，打仗機會多，累積軍功升職容易，出身顏家起步就高，哪像自己南來北往，現在才是個四品。

思及此，林天龍恨恨地喝了杯酒。

哼，不過顏家也得意不了幾年了，等那個病太子一死，自己的表弟楚昭業做了太子，再登基做皇帝，那林家也能成為世代將門，搞不好自己就能撈個大將軍。

林天龍正想到得意處，外面傳來稟告。「將軍，營門外來了個人，說是京城來的，有急事求見。」

聽到是京城，林文龍不敢拖延。「快點帶進來！」

很快，一個小廝打扮的人被帶進營帳。「林將軍，奴才要急事單獨和您說。」說著，拿了一塊權杖遞上來。

他一開口，林文龍聽聲音就知道是個小太監，再一看權杖，連忙揮揮手讓親兵退下。

「林將軍，事情緊急。趙侍郎今日早朝參奏將軍貪墨軍餉，聖上已經派御史中丞楊宏文做欽差，今日就來查了，料想未時初就會到營裡。」

「什麼！來得這麼快？那怎麼辦？」林天龍一聽是來查這件事，緊張得跳起來。

「殿下讓您找個理由，將營中不可靠的兵將帶出去操練，以前準備的帳目拿出來備查，若是來不及，先派幾個親兵去路上阻撓一下。」

為了應對這種事情，一早林文裕就讓林天龍準備了兩種帳本，其中一本帳本就是為了備查的。可是戶部發送軍餉時快時慢，這麼多年都風平浪靜，林天龍對那個假帳不太上心，這話卻是無法說了。

「林將軍？」那小太監看他沒有聲音，又叫了一聲。

「我知道了，會安排的。另外你告訴殿下和我父親一聲，備查的帳目，可能做得也不是很乾淨。」事到如今，林天龍不敢隱瞞。「對了，萬一欽差來搜營的話……」

「聖上要楊中丞今日得回京，殿下說楊中丞無法在這兒久留，只要底下沒人多嘴，他查完帳目後就得先派人回京回報一下。您拖延一下，真的帳目交給奴才帶回京去安排。」

「也好。」林天龍想著也只好聽楚昭業的話。他的主意感覺也不是頂好，可倉促之間，卻也拿不出更好的主意。

「奴才要急著趕回去。對了，煩勞將軍派兩個親兵護送奴才一下。」

「好！」林天龍吩咐人拿來帳目，又叫來四個親兵，吩咐他們護送小太監回京。

京畿道有四個大營，不得無故調兵。林天龍想了半天，只好說是夏日天熱，準備移到夏營，按照慣例，先移兵一半。

北大營因為紮營在京畿邙山和荊河邊上，每年夏季會移營到荊河邊，到秋末駐紮在邙山邊上。

幾位將軍和校尉聽了，都覺得今年移營早了些，但也沒什麼話說，下去點起自己帳下的兵丁，準備移營事宜。

林天龍又叫來四個負責帳目、文書事宜的幕僚。這四個人都是林家多年培養的人，靠著林家升官發財，個人榮辱與林家綁在一起，妻兒家人也都捏在林家手裡，所以絕對可靠。

林天龍自然也不會向他們隱瞞，直接明說下午欽差就要來查帳，讓他們將那套備用的假帳拿出來，根據近幾年戶部發下的糧餉，開始一一對照。

這活兒做起來可不輕鬆，四個幕僚在營帳裡，將帳本堆得滿地都是，忙得不可開交。

「以前的別管了，先把近三年的帳核上。」

「將軍，近三年進出的細項太多了。」

「別跟老子廢話！養著你們，給你們這麼多銀子，不就是為了今日？」林天龍不耐煩地道。

說話的那個幕僚閉上嘴，低頭開始核算謄寫。

「這些弄完大概要多少時間？」

「最快也要三天。」

「三天？不行，三個時辰就得弄出來。」林天龍急得跳腳。

「將軍，您再急也沒辦法啊。戶部過來的軍餉分了春、夏、秋、冬四季軍衣營帳，然後每月糧食，咱們還得跟我們上報的兵丁數目核對……」

「行了、行了，別跟老子廢話這些，你們先揀要緊的大支出核對，那些細枝末節，到時就說沒了。」

一個幕僚聽了，腦子忽然靈光閃現。「將軍，若是我們說大營失火，帳目都被燒了……」

「這辦法好，可行！」另一個幕僚附和道。

「在這節骨眼上出了火災，會不會顯得心虛？」有老成持重的人提出異議。

「天災人禍，水火無情，碰上著火了誰有辦法？只要欽差看不到帳目，將軍最多也就認個督管不力的過錯。」

其他幾人也都紛紛讚嘆，那個老成持重的人看大家都這麼想，只好閉嘴。

林天龍聽了這主意，也覺得可行，而且這樣一來，可不用管欽差什麼時候到了，說幹就幹。「你們將這些帳目堆裡面去。嗯，你們兩個是負責管理帳目的，到時救火賣力點，等此事完結，本將不會虧待你們的。」

林天龍粗中有細，營房著火，管帳目的幕僚是有責任的，到時管的人若毫髮無損的話，就顯得不真實了。

北大營裡，一半的士兵正在整理包袱時，忽然聽到有人叫喊：「著火啦！著火啦！快救火啊！」

大家跑出一看，竟然是主帳邊上的兩個營帳燒起來了。

軍中一向小心火燭，北大營還從未有過著火這事。

士兵們呆了一下，都跟著忙碌地救火。拿水的拿水，拆營帳的拆營帳，軍裡不缺的就是人手，火勢總算沒有蔓延。

林天龍站在燒掉的兩個營帳位置，火場一片狼藉，不過，火總算撲滅了！

「將軍，鄭先生因為救火燒傷了，其餘無人傷亡，不過營帳中的帳本等物都燒沒了！」

「全燒光了？」

「是的，鄭先生發現起火，想衝進去搶帳冊時，就來不及了。」

「哦，先讓他好好養傷，等傷好了，再問他的失職之罪。」林天龍下令道，又轉身看著圍觀的兵將。「該幹什麼幹什麼去，全圍在這裡幹麼！」

眾人陸陸續續散去，巳時一刻，移營的一半人馬都收拾完畢，整裝出發了，北大營霎時空了一半。

林天龍吩咐自己的親衛營去接替站崗。營中留下的將領大多都是他一手提拔起來的親信，他將幾人叫入大營，告知今日會有欽差來核查帳目。

「一個文官來查我們的帳，弄不死他！」

「就是，理他個鬼，他要查就給查啦！」幾個人都叫起來。

林天龍喝止道：「行了，這是欽差，奉皇命來的，你們想抗旨啊！把你們這樣子收一收，下去吩咐一聲，嘴巴嚴實點，該說的說，不該說的就閉嘴！」

「知道了，將軍，您就放心吧。」幾人保證道，回去約束自己帳下的人馬去了。

欽差到得比估計的時間要早，午時二刻，楊宏文帶著人來到北大營營門外。

這北大營顯得有些空曠啊！

楊宏文摸了摸自己的鬍子，讓人去叫林天龍出來接旨。

林天龍帶著北大營的將領接旨後，將楊宏文請入大營。「楊欽差，今日上午營中不慎起了大火，將我們北大營的歷年帳冊給燒沒了，本將正打算寫摺子請罪呢，沒想到您現在來查帳，這事……您看這事可真不巧啊。」

「起火將歷年帳冊都燒光了？」楊宏文抬頭問，他人過中年，一點也沒發福，還是那副清瘦的樣子，留了一縷鬍鬚，下巴太方，一看就知道是個一板一眼的人。「那先帶本欽差去火場看看吧。」

「行，您跟我來。」林文龍很爽快地說，當下自己一馬當先帶頭過去。

楊宏文跟在他身後慢慢走著。「林將軍，按冊記錄，北大營裡有三萬多兵將，怎麼空了這麼多營帳啊？」

「哦，今日剛好是移營之際。可能就是有人收拾東西時，引發大火的。這幫小兔崽子，等本將查出是誰惹的事，非把他軍法處置了不可！您看，就是這兩個營帳，這個是放歷年帳冊的，這個是管帳冊的兩人住的地方，那邊差點也燒起來了，幸好救火救得快，現在只是燻黑了點。」

楊宏文也不理他，只是繞著火場走一圈，在兩個著火營帳之間的空地上，彎腰看了看，慢吞吞地抬頭，不陰不陽地道：「自來天災人禍最是難防，林將軍也不要太過自責了。」說完，他叫來兩個長隨。「你們兩個帶人，把這堆紙灰掃起來，還有這裡，還有這裡。」

楊宏文轉向林文龍解釋道：「林將軍請恕罪，聖上要本欽差來查看，如今帳冊沒了，只好把這些帶回去，讓聖上知道不是我辦差不盡心，您不介意吧？」

林文龍搞不清他的用意，燒都燒光了，帶一堆紙灰焦土回去就能向元帝交差？

「對了，林將軍，今日有人參奏林將軍貪墨之罪，不知有無此事啊？」

「沒有，冤枉啊！我身為朝廷命官，怎麼可能知法犯法！」林天龍大聲喊冤。「要不是歷年帳冊被燒，楊欽差只要拿我們的帳冊，和戶部的核對一下，就真相大白了。」

「嗯，有理。可記下來了？」楊宏文問身後一個拿筆記錄的師爺。

「回大人，記下了。」

「林將軍，聖上要我今日就得回去覆命，我想看看營中將士們的兵器，然後再找幾個兵士問話，您能否給個方便？」

「自然自然，楊大人奉旨查案，不敢怠慢。您看如何著手？」

「也不用多麻煩，就你們三位吧。」楊宏文隨手指了站在林文龍身後一個五大三粗的校尉，還有兩個親兵。「麻煩林將軍安排問話的地方。」

「就到我的營帳吧。」林天龍很大方地安排。「你們跟楊大人過去，聽他安排。」

「是！」三人領命。

「如此多謝林將軍了。」

楊宏文帶著三人到主將大帳外，一個個叫入問話。約莫過了半個時辰，就讓三人回去，他也向林天龍客氣地告辭。

這個欽差隊伍來得快，去得也快，林文龍目送楊宏文帶著一干人等離開，鬆了口氣，又暗暗疑惑：這人查案的態度怎麼如此輕忽，聽到帳冊燒了居然也不急？這是不是太兒戲了？

他把剛剛被叫進去問話的校尉和兩個親兵，叫到自己的營帳。「剛剛楊欽差問你們什麼？」

「也沒問什麼，就問末將在大營的伙食。對了，還問末將有沒有拿到餉銀？嘿嘿，末將告訴他，俺自從來了北大營，頓頓吃得好，天天有肉吃。」那個校尉說道。

「欽差問小的是哪裡人、幾時入行伍？也問了小的伙食如何？對了，還問小的幾時做了大人的親兵，跟大人去過哪些地方？還有北大營離京這麼近，將軍是不是經常回京城家中？小的據實回覆了。」

「欽差問小的問題差不多，還問將軍不練兵時會去哪裡，還有夏營往年是大概什麼時候移營的？小的說跟今年差不多。」

「這楊二本，搞得自己是楊青天嗎？」林文龍聽後覺得三人回的都沒什麼問題，有點摸不著頭腦。

林天龍摸不著北，勤政閣裡，楚元帝也覺得自己摸不著北。

「楊宏文，你剛剛說什麼？」

「聖上，臣請聖上褒獎林天龍。」

「朕讓你去查林天龍是否貪墨、有罪，你沒告訴朕查的結果如何，就讓朕褒獎他？朕為何褒獎他？」楚元帝氣得拍著御案。「他立了什麼功勞，要朕褒獎他？你這欽差是怎麼查的，光會為人請賞嗎？」

勤政閣裡，站著的都是朝中重臣，左相周玄成、右相葉輔國、顏明德、林文裕和趙侍郎都在，還有戶部尚書、禮部尚書等人。趙侍郎原本是沒資格站在這裡的，不過楚元帝說讓他也聽著。

除了幾個大臣外，太子楚昭恒、二皇子楚昭暉、三皇子楚昭業和四皇子楚昭鈺也在這裡，楚元帝對此事的重視，可見一斑。

聽了楊宏文的話，其他人也都不知他何意？楚昭業和林文裕對視一眼，都暗暗疑惑。

林天龍派人快馬加鞭，搶在楊宏文之前已經將信送進京中，兩人自然知道楊宏文在北大營做了什麼，卻不知他葫蘆裡賣的什麼藥？不過兩人都沒能細細詢問，就被楚元帝給叫到勤政閣來了。

楚昭業上午在勤政閣等了半天，快到午飯時楚元帝才下朝，他請罪說昨晚和楚謨喝酒以致不能回宮，楚元帝腦子裡想著林天龍的事，沒有過多追究，只問他對趙侍郎告發之事如何看？

「父皇，兒臣與林天龍雖然交往不多，卻不信他會知法犯法，犯下這種重罪。但是趙侍郎既然言之鑿鑿，那還是要徹查一下為好。」看楚元帝點頭，楚昭業又說道：「不過近日林、趙兩家的事在京城傳得沸沸揚揚，趙侍郎早不告發、晚不告發，卻選在父皇要查林天豹死因的時候，也應該讓他自辯清白才是，而且戶部之事，戶部尚書不知情，他這個侍郎倒是知道，這也於理不合啊。」

「你這話是出於公心還是私心啊？」楚元帝含笑問道。

「父皇，兒臣有公心，也有私心。畢竟林家是兒臣的舅舅，林天豹雖然不成器，可小時候和兒臣經常一起玩耍的。」

「嗯，那等楊宏文來回報時，你也一起來聽吧。」楚元帝對這個三子的回答很滿意。他若說只有法理，那顯然不近人情；若說只講人情，卻不是明君該有的態度。如今他說得坦率，卻是合情合理。

現在，站在勤政閣裡，楚昭業看看身邊其他幾個皇子，判斷父皇為何要讓他們也在此？

「聖上，臣說此話自然是有依據的。」楊宏文面對元帝的怒火，還是不卑不亢。

大家都豎起耳朵，聽他說話。

「聖上，臣到北大營時，遇上兩件意外的事。一個是北大營今日剛巧移營，一半人馬到了夏營，所以臣只見到半營人馬；第二件事是北大營堆放歷年帳冊的營帳起火，臣也沒能見到帳冊。」楊宏文不慌不忙地陳述。「臣抽了營中一個校尉、兩個林將軍身邊的親兵問話。」

他拿出幾張紙呈上。「這是三人的畫押供詞。聖上請看，臣問了三人營中伙食如何，三人都說伙食豐盛，頓頓有肉、餐餐米飯。」

楚元帝拿起供詞看了看，點點頭，示意楊宏文繼續說。

「據臣所知，戶部撥下的兵丁伙食費為每人一天三百文，校尉每人一天五百文，而如今的肉，一斤就要四百五十文。北大營登記在冊有三萬多人馬，職位在校尉以上的不過百多人，剩下的全是士兵。頓頓吃肉，就算每人每天吃一兩肉，那也得貼不少銀子啊，林將軍居然貼錢讓士兵們頓頓吃肉，這樣愛民如子的好將軍，難道不該褒獎嗎？」

這話說完，勤政閣裡先是鴉雀無聲，過了一會兒，傳來噗哧一聲，卻是楚昭暉笑起來。

「林將軍一年俸祿全貼進去，也不夠吧？難怪要貪墨了。」

林文裕聽完，臉色已經氣得發青，暗恨兒子找蠢人說蠢話。「聖上，估計這三人是為了逢迎拍馬，說的不是實話。」

「林尚書就不要為林將軍過謙了，這些供詞下官都拿給林將軍過目過，也曾問過林將軍三人所說的伙食是否屬實？林將軍說確是如此。」楊宏文直接回道，又轉向元帝稟告。「聖上，至於林將軍貪墨軍餉之事，沒有帳冊臣無法核對查實，但是北大營中的營帳，臣仔細看了看數目，那些營帳住不下三萬人，所以請聖上派人查實北大營駐兵人數。」

吃空餉？若是查實，貪墨罪名就是成立了！

楚元帝臉色又沈了沈，聽到楊宏文說遇到兩件巧事時，他就知道林天龍貪墨十有八九是真的。他看了看站在下面的林文裕和楚昭業，心想，這事這兩人知情嗎？知情多少？

「另外，臣還帶了火場留下的帳冊紙灰和焦土，請聖上一觀。」

皇帝身邊的大太監康保，接過楊宏文手中的兩袋東西，上呈給楚元帝看。

楊宏文也不賣關子。「聖上，左邊這堆是帳冊紙灰。凡是書本紙張遇火即燃，但是書本厚實，著火後外面燒了，書心卻還會有未燃的紙片，不可能連一個紙片都沒留下，聖上看這紙灰，竟然全是黑灰。」

他又指著另一堆說道：「這堆焦土，臣仔細看過，與其他營帳的土不同，裡面明顯有油跡。」

「林天龍，大膽！」楚元帝聽完，哪還有什麼不明白的，分明是林天龍毀滅罪證！

林文裕跪了下來。「楊中丞所言雖然有理，但都是推斷之言，臣不信林天龍敢犯下如此重罪，請聖上明察！」

只要沒有實證，就不能認罪！

「林尚書是說下官查證有誤？下官所呈之物，都是在林將軍面前，經他同意的。聖上，臣與林將軍無冤無仇，只是據實上奏。」

楊宏文說這話，卻是比白天趙侍郎說的有底氣多了。

楚昭業疑惑。自己讓林天龍做手腳，他為何多此一舉？到底哪裡出了問題？但是他再一次感覺到林天龍保不住了，林家，還能保住嗎？

楊宏文的話雖然合情合理，但一營主將，不能憑推斷定罪。在列的自然都清楚，接下去就是看皇帝要不要嚴查、查到什麼程度的事了。

這時已經深夜，楚昭恒看大家面有疲態，開口說：「父皇，夜已深了，再如何查證也要明日安排，不如先讓眾位大臣回去歇息吧？您也勞累了一日。」

楚元帝看看底下站著的人，果然都有勞累相，尤其是年紀大的，明顯是硬撐地站著，點點頭。「今日就議到這兒，都先回去吧。」

眾人如蒙大赦，謝恩退下。

這一天可說是站著過的，腿都打顫了，可楚元帝不說，誰敢說自己站不住？幸好太子殿下體貼，剛剛等待楊宏文時，也是太子殿下提議上杯熱茶給他們潤喉。

大臣們陸續走了，二皇子楚昭暉和三皇子楚昭業卻還未走，兩人還沒開口，楚昭恒已經親切地道：「二弟、三弟，你們也早點回去歇息吧。趙家也好，林家也罷，我們兄弟，總還是自家兄弟。」

楚元帝很滿意這話。「太子說得有理，你們回去吧，好好想想。」

趙家、林家算是皇親國戚，說白了還是外人，為了外人傷了兄弟情，未免太不分內外。

兩人很想反問楚昭恒，要是顏家出事你管不管？急不急？站著說話不腰疼！可是心裡再嘀咕，也只好告退。

「父皇，夜深了，兒臣送您回寢宮吧。」

「你身子也不好，自己注意著才是。」楚元帝溫和地說。

最近楚昭恒身子比往日好多了，每天請安問好，有時談起看到的書說說見解，竟和自己看法一致。

大兒子自小就聰慧，如今發現他為人純孝寬厚，讀史論政也很有見解，要是身子強健，真是好太子！尤其剛剛那句話，更是說到自己心坎裡。

「太子，你剛剛說自家兄弟還是自家兄弟，若是今日被參的是顏家，你待如何？」

「父皇，顏大將軍是兒臣的舅舅，他若犯錯，只要不危及國本，兒臣難免求情一二；若是危及大楚，兒臣不敢忘了自己身分。再說顏家年年被參，兒臣就看父皇怎麼批的，依樣畫葫蘆地表態就是。」

「你倒是會取巧，哈哈！」楚元帝被說得一笑。

若是楚昭恒身子強健，他的太子身分會讓楚元帝忌憚。可是現在，一個聰明孝順、有見解又像自己的兒子，面對他一腔孺慕之情毫不掩飾，卻又沒有威脅。楚元帝除了遺憾和憐惜，哪還會有別的想法？

「當年你生下來時，你皇爺爺說長得和朕小時候一模一樣，如今一晃眼你也長這麼大了。」月色朦朧，萬籟俱靜，楚元帝走在宮中小路上，有了回憶的心思。在幾個皇子裡，也的確是楚昭恒長得最像父親。

「那兒臣哪天要照照鏡子，看看現在長得是不是更像了？」

「你每天不都照鏡子的，還要選哪天再照？」楚元帝笑道。

「每天都照，可沒仔細看過，兒臣不想看到自己的臉色。每次母后仔細看了兒臣，就會偷偷哭泣。」楚昭恒說得平淡。

楚元帝轉頭，看著楚昭恒比常人要蒼白的臉色。「朕看你臉色比以前好多了，太醫也跟朕說你好多了，不要自己喪氣。我大楚的太子，怎麼可能一點寒疾都看不好？」

「是，兒臣聽父皇的。以前兒臣光覺得自己可憐，後來聽人說父母緣，兒女債，想想父皇母后為兒臣勞心，兒臣卻從未孝順過你們，將來不免遺憾。兒臣堂堂男兒，怎能學顧影自憐的小女兒姿態。」

「說得對。你啊，往日太過閉塞，多走走多看看對身子都好，反正你也沒事，以後每日早朝若身子支撐得住，就上朝聽聽才是。」

「是，不過兒臣不懂朝政，怕上朝後失了父皇的面子。」

「你是朕的兒子，哪個做父親的怕兒子丟自己的臉啊？」

「這倒是，今日看林天龍鬧了那種笑話，林尚書也還是一片慈父心腸。」楚昭恒感嘆著。

兩人邊走邊閒聊，忽然，右邊御花園傳來動靜，接著幾個燈籠、火把往那方向快速移動，還傳來隱隱約約的人聲。

楚昭恒立即走到楚元帝的右前方，盯著那個方向。

楚元帝拍拍他的手，轉頭吩咐道：「康保，去看看那邊出什麼事了？」

沒多久那邊過來兩個大內侍衛。「卑職大內侍衛肖剛參見聖上！」

「那邊出了什麼事？」

「稟聖上，是在御花園那邊的假山下發現一個小太監的屍體，他身上還有一包宮外之物。」

「哦？看看去。」楚元帝向那邊走去。

假山邊已經燈火亮如白晝，楚元帝帶著楚昭恒上前，看到一個小太監躺在地上，身上沾了不少污泥，胸口有血跡和刀痕，應該是一刀斃命，手上還緊抓著一個包袱。

「那個包袱拿過來看看。」

康保拿過那個包袱解開，裡面竟然是十多本帳冊，楚昭恒拿起一本，上面赫然寫著「京畿道北大營」。居然是京畿道北大營的帳冊！

「他身上還有什麼？」

「還有宮牌和出宮權杖。」肖剛已經搜過這小太監的身了。「還有一張銀票。」

康保看了一眼，輕聲說：「聖上，看這宮牌，是三殿下殿裡伺候的人。」

「肖剛，你拿著這銀票，明日去查查哪裡來的？康保，把這包袱給楊宏文送去。」楚元帝冷聲下令道。

楚昭恒張嘴想說什麼，又不知能說什麼。

楚元帝轉身往自己的寢宮走去，走了幾步，看楚昭恒不說話。「這事，你怎麼看？」

「父皇，兒臣不知道，待有司先查吧。」楚昭恒輕聲道。「到父皇寢宮了。父皇，兒臣先告退。」

楚元帝轉頭看已到了寢宮門前，見楚昭恒一臉急著走的樣子，心想，這孩子啊，要是其他皇子見了，忙著攻擊陷害都來不及，哪像他，竟然急著要跑。

「去吧，回去早點歇著，明日起得來，就跟朕上早朝去。」

「是，父皇也早些歇著。」楚昭恒說著轉身走了，走過康保身邊低聲說了一句，帶著招福、招壽快步走遠。

「他跟你說什麼了？」楚元帝好笑的問。

「太子殿下讓奴才明日晚點叫聖上呢。」康保笑道。「太子是怕聖上今晚睡得晚，想讓您多歇息一下吧。」

「這孩子，嘀嘀咕咕的。」楚元帝笑著搖搖頭，走進寢宮。

這一夜，顏明德回府後，顏府裡也不平靜。

顏明德深夜從宮中回到家中正院，顏烈和顏寧急著聽信，賴在秦氏這兒不肯回去。

顏明德進正院的聲響一傳來，就見兩人從房裡衝出來。

「父親，林天龍貪墨的事，楊二本查到證據沒？」

「父親，楊中丞遞交了什麼證據啊？」

兩人一邊走，一邊一迭連聲地問，一樣急，問的意思可不一樣了。

「寧兒，妳怎麼知道楊宏文肯定會交證據？」

「楊中丞膽大心細，又善從細微處入手，林天龍自視甚高，肯定繞不過他手的。」

「還真讓妳說對了，今晚楊宏文可是一場好戲啊，林文裕臉都綠了。」

屋裡王嬤嬤和虹霓帶著下人們退下了，顏明德接過秦氏遞上的清茶喝了一口，說起今晚勤政閣裡的事，大家聽完，都是驚嘆好笑。

「這個楊二本，居然欲抑先揚啊？」顏烈感嘆。「總算他還能幹事。」

顏烈很討厭楊宏文，覺得這人忘恩負義。他知道當年顏明德救助楊宏文的事，結果這人得志了，就年年盯著顏家不放。

顏寧以前也討厭楊宏文，現在她知道，楊宏文是個知恩圖報的好人。他年年一參，明著是參顏家的不是，又何嘗不是在為顏家說話？御史風聞奏事，比如他參顏家擁兵自固，楚元帝心裡的刺就被晾到陽光下，自然就容易拔除。

前世父親被北燕俘虜慘死，她被廢后，楊宏文安頓家小後，就向楚昭業辭官。「楊某身受顏大將軍大恩，無以為報，楊某有兒有女，恩公卻是無人披麻戴孝，若不能接回恩公骸骨，楊某就在北地為恩公守靈一輩子。」

後來她死了，不知楊宏文到北燕後怎麼樣了？

「二郎，跟你說過多少次，楊中丞為人耿直有信，是個君子，你不論人前人後都得對人恭敬。」顏明德看著顏烈教訓道。

「知道了，我也只是在家裡說說。」顏烈答應著。「對了，父親，那您沒看到那些帳冊？」

「帳冊都燒了，怎麼看得到？」

「嘿嘿，帳冊沒燒，妹妹今日安排了一齣好戲喔！」顏寧得意地說。

「寧兒？妳做了什麼事？」

顏寧將林天龍貪墨的消息，通過顏忠透露給二皇子的事，顏明德是知道的，但是帳冊這事卻沒聽女兒提過。

「父親，上午太子哥哥派人來說趙侍郎早朝參了林天龍的事，我想著三殿下和林文裕肯定會派人去知會林天龍。林文裕在早朝上脫不開身，這事八成是三殿下來做，他們能囑咐林天龍的無非那些話。

「所以我借了太子哥哥一個小太監，讓孟良護送到北大營去，冒充三殿下的人傳話，順便把那些帳冊拿回來，又讓孟秀守在城外，把三殿下派去的人殺了。那些帳冊和屍體，我交給太子哥哥啦。」顏寧嘰嘰呱呱地說著，對這事的安排，她自己也很得意。

前世，趙侍郎也參了林天龍，不過楚昭業的人及時傳信，讓林天龍以「掌管不力」的罪名，殺了兩個掌管帳冊的幕僚，自己帶人連夜將近兩年的帳冊整理，再讓人送回北大營。最後，這件事被重重提起，輕輕放下，林天龍只落了個失察之罪，罰了三年俸了事。現在她就要把楚昭業的這條財路給斷了，再讓林天龍付出代價！

顏寧說完，轉頭看顏明德卻是面沈如水。

「父親，妹妹料敵機先，厲害吧？」顏烈沒注意到父親的臉色，還沈浸在興奮裡。

「胡鬧！寧兒，這主意是妳想的，還是太子想的？」顏明德沈聲道。

「是女兒想的，然後通知太子哥哥行事。」父親從未這麼嚴厲地與她說話過，顏寧的聲音不禁輕了下去。

「那麼，林天豹也是妳安排殺的？」顏明德一直覺得趙家不可能殺林天豹，聽了女兒的話，忍不住一問。

「是！」

「為何要這麼做？」

「他要是不死，林家就不會咬上趙家，那……」那二皇子和三皇子就不會馬上反目，趙侍郎不會死心塌地對付三皇子一派，林文裕就不會知道喪子之痛……顏寧覺得理由很多、很充分，可是看著顏明德臉色，卻是一個字都說不下去了。

「寧兒，為父與林文裕是政見不合，也有嫌隙。但，那是為國，出於公心，妳所做的是出於公心嗎？」

「父親，女兒出於私心，結果卻是為公。」

「妳隨意殺人，怎麼能說是出於公心？」

「林天豹欺男霸女，論罪早該死罪，大家顧及林妃一再容忍，女兒這也算是為民除害！」顏寧不服地辯道。

「為民除害？妳剛剛說殺他的理由，可沒有此條！寧兒，這次回來，看妳懂事了，為父很高興，可妳也要知道，善水者溺於水，善謀者死於謀！姑且不說殺人犯法，妳殺林天豹，若被林家知道，妳就陷於險地，到時如何脫身？

「再說，妳視人命為兒戲，這和林天豹何異？我顏家世代將門，沙場上殺戮甚重，所以祖上才更要後輩兒孫修德明理，下了沙場，不得草菅人命。我顏明德的兒女，怎能是無視人命之人？寧兒，妳真該去祠堂外跪上一個時辰！好好想想自己的做法。」

顏寧知道父親的意思，是怕自己變成草菅人命者，又怕自己過於相信她對人心的判斷。

「父親，我不覺得自己殺林天豹殺錯了。但是女兒明白父親的意思，以後，會謹記父親的教誨！」

父親不知道前世林家對顏家的算計，但她知道，所以她不會放過林家人，一個都不會放過！可是父親說得對，她太依賴前世楚昭業對林家的瞭解，當引以為戒！

顏明德看女兒一臉倔強地看著自己認錯，不明白為什麼她對林家的恨意一下這麼深？

第九章

第二日，顏明德去上早朝後，顏寧竟然真的到顏家祠堂，跪在祠堂二門前。

前世，她連跪到祠堂請罪的機會都沒有；現在她跪在這裡，看著黑漆漆的祠堂門，門上掛著「顏氏祠堂」匾額，裡面供桌上放著一排排的祖宗牌位，她心裡覺得很踏實。

列祖列宗在上，不肖孫女兒顏寧在此立誓，一定不辜負祖宗們保佑我重活一世，一定會守護顏家，哪怕讓我滿手血腥一身殺孽！有違祖宗遺訓之處，先在此請罪！

如今已經是初夏，顏寧才跪了一刻，臉上已經汗濕。

秦氏聽到這消息時，呆了半晌，連忙帶著人往祠堂走，半路上遇到也趕來的顏烈，兩人一起趕過去。

一路上顏烈都想不明白，不停念叨。「寧兒怎地這麼傻？昨晚我看父親也只是說說而已，她要是不去跪，父親還能押她去嗎？」

兩人趕到祠堂，看到顏寧一身素衣跪在祠堂外的磚地上，虹霓和綠衣跪在她身後。

「寧兒，妳怎麼真跪上啦？」秦氏急步上前。這女兒頑劣時讓人頭痛，現在聽話了又讓自己心疼。

「母親、二哥，沒事，我只是想來跪一跪。」

「這又不是玩，幹麼和自己的腿過不去啊？要是閒得慌，妳去站梅花樁好了。」顏烈大刺刺說著。

「我真沒事。母親、二哥，你們別攔我，你們把虹霓和綠衣帶走，讓我一個人待一會兒。」

秦氏看顏寧說得認真，想了想，道：「妳父親昨夜的話說得有理，妳既然要聽進去，母親不攔妳，但是光跪在這裡無用，往後行事要受教才行。」

「是，母親，寧兒明白，會記得您和父親的教誨。」顏寧認真地點點頭。

「虹霓、綠衣，妳們先回去吧，順便幫姑娘準備些活血化瘀的藥。」

顏烈看秦氏勸兩句就要走，不禁急了。「不是，那個……母親，妹妹還跪著呢，一個時辰，她的腿怎麼受得了？」

「你經常被你父親罰跪，腿腳現在也挺索利的。」秦氏直接回了一句。

這還是親娘嗎？顏烈搞不懂。昨晚老爹對寧兒發火，一早親娘居然說了這話，妹妹難道一夜之間，要變成爹不親、娘不愛了？

「你妹妹知道自己在做什麼就行，你跟我走吧。」秦氏直接帶顏烈走了。

昨晚他們夫婦倆感嘆，女兒長大了，懂事了，也更有主意了。

顏寧雖跪著，但她感覺真好。現今她有寵著自己的父親和母親，還有大哥和二哥。

父親昨夜的話她想了一夜，她不覺得自己報復林家做錯，但是她絕不會變成楚昭業和林意柔那樣的人！

等顏寧跪足一個時辰，站起身一瘸一拐地走出祠堂大門，虹霓和綠衣連忙帶人將她送回薔薇院。

顏明德下午回府時，聽秦氏說起女兒膝蓋都腫了，他也心疼，和顏烈一樣嘀咕。「以前在玉陽關怎麼就沒這麼聽話呢？越來越傻了。」

接下來幾日，顏寧在家養傷。

而封平在顏家養了這段日子的傷，已經能下床走路，聽說顏寧被罰跪之事，也很掛心。他一聽說顏寧在松風院，想去探望，走到院門口，便聽到松風院裡人仰馬翻，顏家兄妹兩人玩鬧大笑。

邊上小廝直叫。「姑娘、公子，小心硯臺！書，小心書！哎呀，那個花瓶……」

虹霓站在房門口笑得正歡，一轉頭看到封平站在院中，連忙清了清嗓子。「姑娘，封先生來了。」

顏烈和顏寧才住手，顏烈還好，顏寧連忙躲到顏烈的書房內間去，讓綠衣幫著整理髮飾。

顏烈咳了一聲，吩咐道：「請封先生進來吧。」

封平知道顏家兄妹感情好，看他們這樣笑鬧無忌，還是羨慕。看到顏寧從書架後轉出來，他怕直接說跪傷了，顏寧面子上過不去，便委婉關心地問：「顏姑娘好，聽說妳膝蓋有傷，不知痊癒了嗎？」

顏寧直爽地說：「早就好了，跪了一個時辰，養個一天就消腫啦，謝謝先生掛念。」說完，看到封平一臉錯愕，才反應過來自己說得太直白。「封先生，我和家人說話有點無忌，你莫覺得我失禮喔。」

這話卻教封平聽得很舒服。不被排斥為外人總是好的，想起今日求見的另一個目的，他正色道：「顏公子、顏姑娘，今日我其實還有事想說。」

虹霓很有眼色地將書房裡的人都帶出去。

封平也不繞圈子，直接問道：「公子、姑娘，聽說林天龍貪墨一事被查證了？」

「是啊，楊中丞拿著戶部的帳冊和北大營的帳冊核對，又將北大營的兵馬人數一一查實，可說林天龍貪墨這事，板上釘釘了。」顏烈回道。

「聽說現在宮中，是皇后娘娘在管理宮務？」

「是啊，柳貴妃被禁足，自然只能我姑母掌管宮務了。」

「姑娘，妳覺得現在顏家處境可好？」封平正色問。

宮中姑母掌管宮務，朝中林天龍被定罪，林家要倒楣，那麼顏家安全了嗎？

顏寧張了張嘴，忽然明白過來，鄭重地向封平行了個屈膝福禮。「謝謝先生提醒。」

「不是……難道這對我們家不好嗎？」顏烈聽這意思，顏家並不安全？

「二哥，是我想岔了。」拉下林家，又將柳貴妃拉下馬，她以為這樣就安全了，現在被封平提醒，才知道自己還是想得不夠深遠。

朝中宮中，若是顏家一家獨大，那皇帝怎麼放心呢？此時太子還露了鋒芒，只怕林天龍一案了結後，顏家就是眾矢之的。

「寧兒，妳怎麼想岔了？是姑母掌管宮務不好，還是林天龍不該定罪啊？」

「二哥，是我太急了。」

顏寧脫口而出，封平驚異地看了她一眼。他剛剛會對這兄妹倆提示說顏家危險，是想兩人把這意思告訴顏明德或太子，但顏寧這席話，等於說現在的局面是她一手促成的。一個年僅十二歲的小姑娘，同時拉下二皇子和三皇子兩幫人？

「姑娘，妳既然如此安排，是不是還有後手呢？」他直接問道。

顏寧也不瞞他。「宮中的柳貴妃掌管宮務時，修繕銀兩年年撥下，可是宮室宮牆卻有很多年久失修。」

「姑娘打算趁此絕了柳貴妃再掌宮務的機會？」

「是的，可是先生提醒得對，我操之過急了。先生，您覺得現在該如何彌補為好？」

「姑娘是考我嗎？」看顏寧但笑不語，封平繼續說：「適可而止，才是上策。」

顏烈還沒想明白。寧兒一直說太子登基顏家才能好，二皇子和三皇子威脅太子，必須除掉，怎麼現在聽著，除掉這兩個威脅又不好了？

「二哥，對聖上來說，要是顏家一家獨大，太子哥哥又很能幹，那我們顏家就會被聖上忌憚了。」顏寧對顏烈解釋。

「我們顏家忠心耿耿，從不犯法，一心為國守疆，有什麼不放心的？」

「帝王，本來就是講究制衡之道。每個大臣都說自己是忠心的，心又看不見，他怎麼信？」

「可是……可是我們確實是忠心的啊。」

「光說有什麼用？聖上會想，林天龍貪墨之事被發現前，他也說自己是忠心耿耿一心為國呢！皇帝只相信自己。」

三人正在屋裡說著，院外太子楚昭恒走進院門，向院裡站著的幾個人搖手示意噤聲，院裡的僕婦們都知道楚昭恒的身分，加上太子殿下還時常來顏家，所以都低頭不言。

楚昭恒最近很忙，今日才聽說顏寧被罰跪的事，忙裡偷閒想來看看她。秦氏知道顏寧在顏烈的松風院，自己在場倒讓他們拘束，就讓人送太子殿下過來。

剛剛聽到顏寧說帝王之術講究制衡之道時，楚昭恒沒想到她還懂這個。

「那太子殿下要是當了皇帝呢？」顏烈想了半天，覺得明白了，忽然想到這問題。

太子哥哥要是做了皇帝，會忌憚顏家，想除了顏家嗎？

我要是做了皇帝，會想害顏家嗎？

顏寧和楚昭恒心中一凜，不由自主地心裡浮上這個問題。

「奴婢參見太子殿下！」院外忽然傳來李嫂的聲音。

書房裡的三人被驚動了，書房軒窗外，一地豔陽，太子溫文爾雅含笑而立，這畫面，很美好，但是聯想到剛剛說的話，就美好不起來了。

三人連忙迎出來，楚昭恒見顏寧看到自己，眼神竟然躲閃一下，剛剛心中浮上的問題立刻有了答案——不會，我不會害顏家！

三個人裡，就數顏烈心大，毫無異樣。「太子殿下，您今兒怎麼來啦？剛剛還說起……哎喲！」卻是顏寧死勁擰了他手臂一把，他痛叫。「妳幹麼擰我啊！」

顏烈的直率讓人失笑。

封平咳了幾聲才收住笑，並跪下行大禮。「草民封平參見太子殿下！」

「免禮，你就是寧兒說起的那個封家公子吧？果然很有見解。」楚昭恒虛扶了一把，淡淡地說道。這話往好裡想是誇，往壞處想意思就不大妙了。

封平不卑不亢地說：「正是草民，蒙顏姑娘相救又收留，草民感激在心。士為知己者死，只要對顏姑娘有裨益，草民知無不言，言無不盡。」

「哈哈，好，記住你今日說的話！」楚昭恒展顏一笑，轉頭面對顏寧。「寧兒，我看封平不錯，妳不如先請他教導阿烈。」

這的確是個好主意。封平歷經滄桑、心思靈動，顏烈卻是一根筋。

「封先生，不知您肯不肯？」顏寧轉頭誠懇地問封平。

「樂意之至。」封平胸有大志，楚昭恒幾句話中，他已經明白楚昭恒對顏家兄妹的看重，而且讓自己指點顏烈，那就是說他不會防著顏家人的意思？

「再過兩年，先生若肯的話，願請先生為客卿。」

「草民之幸！」封平行了大禮，心中猜測這裡面的意思。

楚昭恒開始說起林天龍貪墨一案的查證經過。「林天龍罪證確鑿，我父皇很是震怒，估計會嚴判吧。」

楚元帝何止是大怒，他恨不得殺了林家全家。但是將林天龍投入天牢後，他沒再處置林家其他人，而是以一句「容後再議」結束朝議。

這日，顏寧打算入宮向顏皇后請安，殊不知，她才走進鳳禧宮大門，遠遠就看到三皇子楚昭業正跪在鳳禧宮正廳的石階下。偌大的庭院，臺階下只有他一個人，身邊沒有宮人太監，他穿著藍色素衣，頭戴著束髮金冠，背影挺直，驕傲孤寂，像是一匹獨行的狼。

「惠姑姑，三殿下怎麼會跪在這裡？」顏寧問惠萍。

「一早上就來了，求娘娘為林妃娘娘說情。皇后娘娘說林妃娘娘之事牽涉前朝，她不能干涉，得聽聖上處置，結果三殿下就跪下磕頭，娘娘派人去扶，就是不肯站起來。」

惠萍姑姑有點抱怨地說：「後來，殿下就跪到臺階下，說自己不敢忤逆，可是還是求娘娘開恩，若皇后娘娘不肯求情，他就跪死在這裡。這些話把娘娘氣得夠嗆，索性就由他跪著，到偏殿去歇息了，奴婢帶姑娘去偏殿吧。」

「林妃娘娘犯了何事啊？」

「奴婢聽說是因為林妃娘娘身邊一個小太監的事。」

原來是那個死掉的小太監。楚元帝正打算追查來龍去脈時，林妃派宮人向楚元帝認罪，承認是她得知林天龍被趙侍郎參奏後，心中著急驚慌，就想派人去告知林天龍，順便將帳冊拿回來看看。

後宮妃嬪打聽前朝政事，這是干政，按規矩，亂棍打死都不為過！更何況這小太監出宮時間如此快，說明林妃一直派人打聽早朝動態，否則哪會這麼巧？

楚元帝大怒，發了一頓脾氣後，卻沒有當場下旨，只說將林妃禁足，如何處罰待議。

果然是如此啊，顏寧暗暗吁了口氣。

早在安排孟秀殺那個小太監時，她就給楚昭業出了一道難題。若是楚昭業承認這小太監是他指使的，那麼三皇子公正無私的樣子就不復存在，他在楚元帝面前苦心經營的形象就全毀了；若是楚昭業不承認，就只有林妃出面來頂罪了。林妃若承認是自己指使的，那麼後宮妃嬪打聽政事，她不死也得脫層皮。

最妙的是，小太監已經死了，不會再開口說是受誰指使的，所以這罪得活人來認！現在看來，楚昭業和林妃權衡之後，是由林妃出面來認下這個罪了，就算林妃再受寵，楚元帝應該也不會輕饒，畢竟，他不是愛美人不愛江山的昏君。

「殿下，林天龍罪證確鑿，我姑母雖然貴為皇后，但是後宮不能干政，您讓她去求情，是為難她了。」顏寧看了一會兒後，走到楚昭業身後開口道。

其實惠萍姑姑是示意她跟著自己走左側迴廊繞行，皇后娘娘正在偏殿等她。可是顏寧看著楚昭業，前世今生，第一次看到他這麼狼狽啊，她忍不住開口，想要諷刺，想要看他更落魄點，但說完這句話，她忽然冷靜了，想起來前世今生，楚昭業從來不會做無用之事，那麼，楚昭業今日所為，目的是什麼？

楚昭業聽到她的聲音，背脊一僵。沒想到她今日會進宮來，沒想到好久不見，再見面會讓她看到自己狼狽的一面。

他慢慢轉頭，果然是顏寧。紗衣紅裙，自己在太陽下跪久了，顏寧又是背著光，看不清她臉上的表情，只是從聲音中能感覺到恨意，以往熟稔的那句「寧兒」再喚不出口。「顏姑娘多慮了，林天龍有罪，有司自會定奪，我父皇也自有決斷。我只是相求母后出面，念在我母妃一時糊塗，為她說情一二。」

「林妃娘娘是否有罪，聖上也只說待議還未下旨呢，殿下現在就求皇后娘娘說情，這情讓人從何說起啊？殿下得相信，聖上不會冤枉一個無罪之人的。」當然，也不會放過一個有罪之人。「惠姑姑，怎能讓殿下就這麼跪著，快點扶起才是啊，若姑母知道了，豈不心疼。」說著，她向惠萍姑姑使了使眼色。

她明白楚昭業的用意了。短短幾日，楚昭業已經看清楚這次的事，受益最大的就是太子，所以他是想若林妃不能脫罪，那麼死也要拖一個墊背的，他要拖著皇后。

在宮裡，每個皇子都叫皇后娘娘一聲「母后」，視皇后為母。如今兒子來求妳說情，妳卻不聞不問，做母親的對兒子不僅不勸慰，還任他跪在院中，這一幕，落在楚元帝眼中，就是不慈。

皇后若不慈，太子會對兄弟友愛嗎？

楚昭業是要趁此在楚元帝心中扎下一根刺，順便還能表示自己弱勢。

人都同情弱者，太子哥哥被看重，不就因為楚元帝對兒子有了憐惜之情嗎？

惠萍姑姑雖然不知道顏寧的用意，但是她知道，顏寧肯定不會害皇后娘娘的。「是，奴婢糊塗了，還是姑娘提醒得是。」說著，她連忙示意站在廊上的太監和宮人過來攙扶。「娘娘寬容，你們一個個都不知要伺候三殿下嗎？快小心伺候。」

楚昭業是習過武的，加上堂堂皇子殿下，身分在那兒，太監和宮人總不能去硬拖。

顏寧算算時辰，心裡暗暗著急。若楚昭業真打著拖人下水的主意，現在已是下朝時候，他肯定會安排人引楚元帝過來。

三殿下跪在中間，太監和宮人們圍著，落在楚元帝眼中，更不成體統。

怎麼辦？這段日子的謀劃，怎能功虧一簣？

她很想惡狠狠衝過去，一把拖起楚昭業，把他扔出鳳禧宮。

隱約中，她好像聽到御輦駕臨時淨鞭的聲音，好像還有腳步聲走近？

顏寧不知是自己太過緊張而出現幻覺，還是真的聽到了，一咬牙，她撲上前去，撲通一聲跪在楚昭業身邊，大聲道：「殿下，臣女求求您，先起來吧！殿下為林妃娘娘煞費苦心，皇后娘娘又不是不慈之人，她若是能求情，肯定會為林妃娘娘求情的啊！求求殿下，也體諒一下皇后娘娘的難處吧！」

滿院寂靜中，顏寧的聲音很大，正廳，甚至偏殿都能聽見。

顏皇后聽人說顏寧要人扶起三皇子時，還以為她又舊情復燃，帶人出來，走到偏殿迴廊上，聽到顏寧大聲說「皇后娘娘又不是不慈之人」時，陡然明白過來。

顏皇后在深宮多年，自然不是天真之人，她向尚福使了個眼色，自己扶住頭。

「快來人啊，皇后娘娘暈倒了！」

「來人，快點去傳太醫！」

偏殿裡，傳出一陣喧囂聲。

「聖上，參見聖上！」有眼尖的人看到楚元帝，連忙跪地大聲請安。

院中的人轉頭，看到楚元帝站在鳳禧宮門口，太子楚昭恒、二皇子楚昭暉和鎮南王世子楚謨站在後面。

楚昭業聽著耳邊傳來的混亂，心中一嘆。功虧一簣啊。

他在看到二皇子楚昭暉時，眼神一閃。楚昭暉原本也是被禁足的，如今可以出來了？

他轉頭，顏寧還跪在他身前，哭道：「我姑母都暈倒了，殿下，我求求您，求求您，您就不要為難我姑母了！」

顏寧一直都是性格直爽的人，怎麼忽然有了這樣玲瓏剔透的心思？還是以往，她對他全是作假？

最近一段日子，他殫精竭慮幾夜沒有合眼，今日又一早跪在鳳禧宮前兩個多時辰，看著顏寧雖一臉淚痕，但她眼中卻滿是冷意，楚昭業覺得有點支撐不住，身子一晃倒了下去。

「三殿下也暈倒了！」

「快點，把三殿下扶到殿裡躺著！」

又是一陣人仰馬翻。

混亂中，顏寧站起來閃到一邊，就感覺有一道視線盯在自己身上，她微微偏頭，看到楚謨在看著自己。他一身白蟒箭袖外罩紅袍，完美無瑕的臉上帶著促狹的笑，見到她在看他，竟然還對她擠了擠眼睛。她忍不住怒瞪一眼，想到他來的時機，再看看楚昭業，心中卻是一陣寒意。楚謨，已經與楚昭業結盟了？

楚謨和顏寧都算是外人，看著太監們抬起楚昭業，太子楚昭恒讓人先把三皇子送到自家的華沐苑去歇息，皇后娘娘躺在偏殿，楚元帝也顧不上楚謨和顏寧，自己先到偏殿去探望皇后了。

不告而退是無禮，可是這種時候湊上前告退就太沒眼色了，兩人只好傻站在院子裡。

顏寧在鳳禧宮是熟人，旁邊站著的宮人不敢怠慢，請兩人到旁邊的迴廊上坐著，免得日曬。

楚謨看看左右，低聲笑問：「怎麼每次見妳，妳都在使苦肉計啊？三十六計，就學會這一招？」

顏寧沒好氣地白了他一眼。「那是因為每次見到楚世子，我就流年不利。」

「呵呵，我沒想到今日妳也在宮裡，妳到得很巧啊！」

「彼此彼此，世子今日怎麼會在宮裡？」

「我要是說碰巧了，妳信不信？」

「聽說前幾天世子和三殿下相約飲酒，三殿下喝醉還錯過了回宮時間。您和三殿下真是一見如故啊？」

「妳監視我？」楚謨笑時大家只覺得這人是個翩翩佳公子，不笑時臉上線條一收，竟然有幾絲狠厲，不過他很快又展顏一笑。「我應該沒這麼大面子，妳派人監視三殿下？」

「三殿下一夜未歸，這種事早就傳開了，還用監視嗎？」

楚謨想了一下，也是這個道理。「今日看到太子殿下，他不像要用到神醫的樣子啊。」

「我找神醫，本來就不是為了太子哥哥。」顏寧若無其事地否認，心想，楚謨若與楚昭業已經結盟，那麼她要怎麼把人拉過來？記憶裡，楚謨好像不是楚昭業的心腹肱骨之臣。

太醫來得很快，先去給皇后把脈，聽尚福說是急暈了，太醫很有眼色地說是有些暑氣，加上急火攻心，所以頭暈，便開了些安神湯藥。太醫再去給楚昭業把脈，說是思慮過度，加上中暑。

楚元帝探望了二人，看到二人都無恙，放心了，其他人也都告退。

顏寧獲准到偏殿向楚元帝告退，又轉向顏皇后說：「姑母，您再憂心三殿下，也要保重自己的身體啊。寧兒先告退了，過幾日再來給您請安。」

顏皇后微微頷首。「今日倒是把妳嚇到了，快回去吧。」

楚元帝坐在一邊，看人都走了，轉向顏皇后問道：「怎麼好端端的，就暈倒了？」

「聖上，您不要怪罪林妃了。三殿下如今大了，知事了，有個獲罪的母妃，到底有傷顏面。」

「是業兒來求妳的？」

「三殿下就是不求，妾身也是想要這麼說的。」顏皇后輕聲道。

楚元帝看著她，若有所思。今日下朝後，楚謨進宮請安，想要拜見一下顏皇后，自己就帶著他進宮來了，沒想到撞見剛剛那一幕。

「這幾天妳這兒不得清靜吧？」

「還好。對了，聖上，那個小太監只有出宮的檔，沒有回宮的紀錄。您讓妾身查這事，妾身查了這幾日，北宮牆那裡年久失修，可能那小太監是從那邊爬回來的，過幾日我想讓內務司將宮牆都查一遍。」

「宮牆和宮室不是年年修的嗎？」

「宮裡地方多……」顏皇后說了一句不再說了。

楚元帝也想起前幾年可不是皇后管理宮務的。「這事妳看著辦吧。」

「是，妾身想柳貴妃對宮務熟，等她解了禁足後，還是讓她和妾身一起管宮務吧？」

「准了。」

楚元帝不知她是湊巧還是有意，他解了楚昭暉的禁令，就是想找個機會讓柳貴妃重管宮務，現在顏皇后主動提出來，雖然變成皇后和柳貴妃共同掌管，但至少說明皇后不是戀權之人吧。

劉二狗作夢都沒想到，自己這種看守天牢的小吏，居然會有人認識。

走在天牢陰森的走廊上，他頭一次覺得害怕，帶著身後三人慢慢往裡走，他很想大聲叫「有人劫獄啊」，可是腰間抵著的那把冷冰冰的刀，讓他不敢動彈，更何況一想到那人給他看自家媳婦和老娘的耳環，他只能低頭繼續往前走。

天牢一共三層，如今這牢裡，一層並沒關人，只有地牢裡關的是今日才投進來的重犯林天龍，他們如今走的方向正是地牢。身後的三人黑衣蒙面，走在陰暗的天牢裡，好像與這黑色融為一體。

現在天牢裡沒幾個犯人，雖然天牢外看守的人不少，但進了天牢大門後，這個吃飯的時辰，裡面只有四個當值的。這四個也是倒楣，剛剛吃好飯換班進來，一轉眼其他三個都倒下了，也不知是死是活。

他邊走邊亂想，跟在身後的三人也不開口，走到地牢門口，示意他拿鑰匙開門。

劉二狗抖抖索索半天，才把鑰匙對上鎖孔，喀噠一聲開了門，後頸一痛，也倒地了。

「你留在這裡看著，我們下去。」

走下地牢，左首第二間，林天龍一身囚衣坐在裡面，聽到有人下來，他叫道：「老子要喝酒，快點給老子送吃的來！」卻看到來人不是衙役。

貪墨這種罪名，擱沒背景的人身上是死罪，但是林家是什麼身分？大家都猜測，林天龍最多也就判個流放，搞不好要是抓兩個替死鬼，他還能回去做主將。

昨日剛進來，就有林家人送酒菜、送藥材，大理寺卿游大人也吩咐不許為難他。除了住得差一點，要忍受天牢裡陰暗腐臭的味道，其他方面來說，日子一點也不難過。

「你們……你們是誰？」

林天龍顯然沒吃什麼苦頭，身上囚衣連血跡都沒有，跟在後面的黑衣人雙眼眯了起來。

牢門打開後，他剛想出來，被身材精壯的黑衣人一腳踢在腿上，仰後倒了下去。

「林天龍，看你在這裡過得不錯啊。」說話的人個子嬌小，居然是女子？

「妳是誰？怎麼進來的？妳想要幹什麼？」林天龍想要呵斥，又被剛剛那個黑衣人踢了一腳。

嬌小的女子拉下面巾，居然是顏寧。

前世也曝出林天龍貪墨之事，可推出兩個替死鬼後，他只被罰俸三年。楚元帝對林家格外厚待啊！這林天龍，前世手上可沾著二哥的血，她不會讓他活著的！更何況貪墨之人，本就該死！

不過，就這麼死，是不是太便宜他了？

「顏小將軍被綁在轅門桅杆上，被林家父子射了七十多箭……」耳邊響起前世明福的話。

「給他吃點苦頭，把他下巴卸了，把嘴巴堵上。」顏寧示意孟良下手。

前世在冷宮裡，那些太監給她示範了不少刑罰，比如怎麼讓人痛不欲生，可是身上看著又沒傷口。

起初關在冷宮時，林意柔怕楚昭業會來看顏寧，那時給她用的刑罰，就是這些。直到半年後，看楚昭業再沒提起自己，林意柔才放心讓她破皮見血。

聽著林天龍慘痛又叫不出聲，只能死命踢腿，顏寧想，要是林意柔見了，會是什麼表情？

等林天龍再醒過來，下巴裝上又能出聲了。「你們……你們是誰？你們要知道什麼？我……我都告訴你們……」

「我們什麼都不想知道，只是看林將軍坐牢都這麼舒服，我有點不高興。」

林天龍雖然是從軍之人，但是他身上唯一的傷口，還是自己收刀時不小心割到的。當時他痛得呼天搶地，可和剛剛那痛比起來，才知道那刀傷不算什麼。看到孟良走近，他嚇得連連後退。

「你們……來人啊！救命啊……」他撲到牢門，這下沒堵住嘴，慘叫了兩聲。「饒了我、饒了我……我有錢……有錢……都給你們！」

林家人真是沒什麼骨氣，她當年好歹都沒求饒過。

顏寧輕蔑地看了一眼，隨口問道：「有錢？你私藏了多少銀子？」

林天龍張了張口，他是想騙來著。

「其實我也不是很想知道……」

「八十萬兩！在匯通錢莊……在匯通……別打我！」林天龍看到孟良邁腿，抱著頭閉眼慘叫。

「還有誰知道？我去取銀子，你給我們下套怎麼辦？」

「只有我自己知道，報約定的暗號就行。」林天龍和錢莊約定憑暗號取錢，這錢可是他多年的私房啊！

「讓他死吧。」顏寧直接下令。

林天龍有點反應不過來。這是什麼意思？讓誰死？脖子上卻傳來一陣窒息，他使勁去抓孟良的手，可是剛剛那痛苦的刑罰讓他手腳無力，撲騰幾下終於斷氣了。

孟良看人死了，看向顏寧，不知下一步該怎麼辦？

「按來時說的布置一下，讓他像上吊吧。」

兩人忙活一陣子，又將牢門鎖上，走上地牢，孟秀在上面等急了。「姑娘、哥，你們在下面那麼久，急死我了。」

「上面有什麼聲音嗎？」

「沒有，這天牢還真結實，別看這門這麼破，一關上，你們下面的聲音半點都聽不到。」孟秀覺得設計這牢房的人了不起。

孟良卻只是看著顏寧。原本他覺得姑娘能幹是好事，可是今日瞞著所有人，帶著他和孟秀來天牢，而且姑娘是怎麼知道劉二狗的事情，讓他提前騙到他媳婦和老娘的東西拿來威脅？又怎麼知道有密道，這個時辰能從大理寺的角門摸進來？

還有對林天龍的那些刑罰，姑娘教他怎麼刑囚時他還覺得可笑，一個十二歲的小姑娘，能知道什麼刑罰手段？但聽完那些手法，他覺得全身冒涼氣。以後在府裡，最不能得罪的主子就是顏寧，他暗暗發誓。

「走吧，我們快點趕回家去，若是我父母問起，就說我帶你們去跑馬了。」

原本只是想來殺了林天龍，剛剛一詐，他居然還真的藏了私財啊！估計他老爹林文裕都不知道。

不義之財，不要白不要，可是怎麼拿過來得好好想想。

三人把劉二狗這四人拖到一起。顏寧不擔心這四人會亂說，沒看好天牢是死罪，為了活命，這四人醒後，肯定會想方設法掩蓋有人進來過的事。

她沒想到的是，他們前腳剛走，四個衙役剛剛醒來還未能查看，大理寺卿游天方已陪著林文裕走進天牢，林文裕一下地牢，看到懸在柵欄上的林天龍，就是眼前一黑。

大理寺在京城南邊，顏寧三人很順利地離開大理寺，繞到大理寺正門時，剛好看到林文裕的官轎下地。

「姑娘？」孟良有點緊張。

「沒事，我們走！」顏寧慢悠悠地走了。

林家和顏家政見不合，但是沒到你死我活的地步，就算他們發現林天龍死了，誰會懷疑到顏家頭上呢？

不知道那條密道會被發現不？要是被發現了，那就太可惜了！不過天牢這種鬼地方，再也不要來了。要是楚昭業知道，前世他為數不多的幾次信任，告訴她一些秘密，現在被她用起來了，會不會吐血呢？

這條密道，現在楚昭業應該還不知道，要再過三年，有人帶著這秘密投誠時，他才會知道。

她想著，嘴角忍不住上翹起來。今世，很多事情在慢慢改變，比如林天龍死了，京畿道北大營的人馬，楚昭業是別指望了。

帶著孟良和孟秀，顏寧慢悠悠地又走到一邊巷子裡。

京城人多，有些巷子裡卻不見人影，她打算從巷子裡繞回家去，如果回去得早，父母和哥哥應該還赴宴未歸。

孟良和孟秀心裡都有點打鼓，好像跟著姑娘做的事越多，自己的腦袋就越不安穩。

「等年底的時候，我想讓你們兩個去邊關，從軍才能堂堂正正地立軍功，你們願意嗎？」顏寧頭也不回地問道。

兩人一聽先是一喜，繼而又是一驚。「姑娘，是不是我們做得不妥當？」

「不是，你們做得很好，不過待在京城埋沒了你們。你們學了一身武藝，總得到沙場殺敵才是啊。」

「我們願意的，謝謝姑娘！」每個顏府家將侍衛，莫不以上戰場為榮，他們兩個自然也不例外。

顏寧一笑。他們兩個都是忠勇之人，跟著她混下去可不好。父親和哥哥們都是從軍之人，光明磊落，堂堂正正，這些陰暗的事，就讓自己來吧。

眼看還有一條巷子就到顏府後門，前面忽然傳來打鬥聲，緊接著一聲悶哼，有幾個腳步聲往這邊傳來。

這附近都是官紳宅院，萬一驚動人看到自己……顏寧不想惹麻煩，便往顏府方向快走，孟良和孟秀也連忙跟上。

終於看到家門了。

孟良加快腳步走上前去，按照三長兩短的敲門暗號，開始敲門。

虹霓守在門裡，正等得心急，好不容易聽到聲音，連忙開門。「姑娘，您可回來啦！急死奴婢了。」

「這不是回來了。」

那邊的打鬥聲竟然也轉向這個方向，三人看到一個穿著緊身夜行衣的蒙面男子，往自己這方向跑來，後面跟著兩個追殺的黑衣人。

那男子看到他們幾人竟然也不停步，繼續跑過來，倒是後面兩個追殺的刺客停了一下。就這麼一停步，蒙面男子居然轉身舉劍，往他們臉上一挑，一個黑衣人的蒙面巾被挑落，露出一張平凡的臉。

顏寧本來也沒停步，人都已經站到門檻上，看到虹霓還看著門外，轉頭看到那個黑衣人的臉，暗暗嘆了口氣。「上去幫忙，殺了那兩個人！」

孟良和孟秀不敢怠慢，拔出佩刀就衝上去，那兩個刺客已經受傷，孟良手起刀落就砍在其中一人胸口。

另一個黑衣人說：「大膽！我們是……」話未出口，被孟秀一刀砍在背上。沒想到一個照面，就把命給丟了。

虹霓這時才吃驚地低叫一聲，又連忙用手摀住嘴。

那個蒙面男子看刺客倒地，直接衝進門裡，然後啪地一下摔倒在地。

虹霓和孟良、孟秀三人面面相覷。這該怎麼辦？要扔出去嗎？

「孟良，辛苦你們兩人一下，把這兩人給扔到隔壁巷子去吧。這裡也清理一下，別讓人看出有打鬥痕跡。對了，周圍也轉一下看看。」

居然是躲不開這麻煩啊，辛苦地走了這麼久才回家，在家門口還遇到麻煩事。

「姑娘，那這個人怎麼辦？」

「父親他們回來了嗎？」

「老爺夫人和二公子還在李家作客。」

「現在什麼時辰啦？」

「戌時了吧。」

這個時辰就有刺客敢出來殺人？京城的治安差到這地步了？

「姑娘，那這人……」虹霓指了指倒在地上的人，又問道。

「這裡收拾一下，孟良，把這人揹到我院子去吧。」顏寧直接下令道。

把一個男子送到姑娘院子裡好像不妥，但或許是近來習慣了顏寧的發號施令，她一下令，三人不自覺就照做了。

第十章

虹霓先回薔薇院，和綠衣兩人把院子的小丫鬟和兩個守門的婆子都打發下去，把人安置到西廂房的榻上，很快那榻上就有了血色。

「姑娘，怎麼還帶人回來啊？」綠衣輕聲問道。

「不是帶回來，是在後門那邊他自己跑進來的，進門就倒下了。這人也不知是誰，讓我來看看長什麼樣。」虹霓說著拉下男子的蒙面巾。

屋內燈火明亮，這一拉下蒙面巾，男子的面容一覽無遺，眉目如畫，微微蹙眉躺著，讓人一見就心生不忍，要是睜開眼，那不知是如何絕代了。

綠衣「啊」了一下。此人竟然是濟安伯府劉琴生辰宴上所遇到的少年。

「綠衣，你認識他啊？」上次顏寧出門沒有帶虹霓，所以她還沒見過。

「姑娘，這就是那個……那個世子啊。」

顏寧毫不意外，剛剛在府門口，他向自己這邊跑過來時，她就認出來了。

學畫影圖形，最先掌握的就是眼睛特色，楚謨一雙星眸，都說女子眼如秋波，他那雙眼也不遑多讓，又亮又水潤，看到她時，分明還瞇眼笑了一下，有幾分促狹之意，很可能是故意倒進她家門口的。

「姑娘，要不要給他看看傷口？這血一直在流。」不論男女，美人總是讓人心軟的，虹霓有點不忍心。

「嗯，打盆水給他清理一下吧。」顏寧上前看了一下那傷口，這點血又不致命，怎麼還沒醒過來？

虹霓和綠衣出去端水拿藥，顏寧走到桌邊拿起茶壺，倒了一杯，慢慢走回榻邊，打量半晌，手優雅地一翻，一杯水就這麼倒在他臉上。

「喂！」楚謨就算再能裝，忽然被冷水一驚，也是憤懣地叫出來，睜眼看到顏寧手上的茶杯，一抹手上全是茶水。「妳幹麼拿水潑我？」

「楚世子昏迷不醒，我實在是憂心如焚啊。」顏寧閒閒地道。

一開始，顏寧以為楚謨真暈了，可剛才她走到榻邊看看傷勢，注意到他手臂肌肉不自覺僵硬了一下。

習武之人，尤其是楚謨這樣剛剛被刺殺過，有外人接近自己時，會不自覺地運氣警戒。他的動作非常輕微，但是顏寧現在事事謹慎，這細微動作逃不開她的眼睛。再聯想到他剛剛利用她的意圖，心中覺得有股怒火竄上來，忍不住潑了一盞茶水。

看楚謨一臉詫異委屈地看過來，好像她欺負他一樣。莫怒、莫怒！顏寧告訴自己。

「楚世子為什麼會在這裡？」她拉過凳子，坐在榻邊。

「這是意外，我沒想到會到顏府來，也沒想到會碰見妳。」楚謨看她警惕的神情，連忙聲明。「妳也看到我當時已經力竭，晚上有六個殺我的刺客，我殺了四個，還有兩個一路追著我。看到妳後，我想著顏家一定願意救命的。」

說完他心裡忍不住腹誹。這幾天見過秦氏兩次，倒是和藹心善，沒想到生的女兒居然是個見死不救的人！要不是他看透她的意圖，轉身挑落刺客的蒙面巾，逼她出手，估計她就要甩手進門了。

「不是說顏家的顏寧熱情俠義嗎？」

「哪裡聽說的？說我粗魯無禮，只知舞槍弄棒才對吧？」顏寧可不記得自己有這種美譽。「楚世子八面玲瓏，又身手過人，怎麼還落得被人刺殺啊？」

「唉……一言難盡！」

「咦，這人醒啦？」虹霓端水進屋，看到楚謨都能靠坐在榻上了。「姑娘，剛剛孟良說，咱們後門那邊的巷子裡，有人在找人。」

她能不能現在把楚謨趕出去？若是被人發現是從顏府出去的，會不會多出事端？

「我若被發現，顏府會有麻煩的。」楚謨察言觀色，立即說道。

「妳去二公子院子裡拿套衣衫來，先給他換上。綠衣，把藥給他，讓他自己上藥吧。」

顏寧只好打消馬上趕人的念頭。

二哥顏烈的衣服，穿在他身上倒也合身，看來這楚謨雖然長了一張娘娘腔的臉，身子還是滿精壯的嘛！

「喂，妳那什麼眼神？」看顏寧的目光在他身上梭巡，楚謨覺得自己是頭待宰的豬，而她正在考慮從哪裡下刀。

「楚世子，你剛剛聽到了，外面巷子裡還有人在找你，你要是不說說你身上有什麼麻煩，我只好讓人把你丟出去了。」

鎮南王世子，照理說沒人敢找他麻煩吧？讓人看到他從顏府出去或許不妥，不過總比惹上大麻煩的好。

「顏寧，可否先請妳的丫鬟出去？」

看他一臉鄭重的樣子，顏寧讓虹霓和綠衣先退到房外去守著，挑眉示意他可以說了。

「剛剛妳殺掉的人，是聖上的暗衛！」楚謨歡快地說出答案。「現在我們要同舟共濟了！」

暗衛？

顏寧跳了起來。「你怎麼會惹上暗衛？」看看他換下的那身夜行衣。「你去夜探皇宮了？」

「我沒妳想的有本事，也沒這麼找死，進了皇宮我還能順利出來？我是去了聖上的潛邸。」

楚元帝登基前在京城的府邸？

「潛邸裡有什麼東西？」

「這個恕我不能告訴妳。我只是想說，要是讓人發現我們殺了暗衛，我們可就要倒楣了。」

「什麼我們？是你惹上的！」顏寧心思電轉。「那些暗衛都是你殺的，我只要讓你傷得重一點，把你和那兩個暗衛的屍體丟一起……」

「那妳也撇不清，除非妳殺了我。可我要是死了，刀口又不是暗衛留下的。暗衛殺人自有一套手法，內行一驗就知。」

躲開了楚昭業，惹上了楚元帝？她才剛開始為顏家圖謀，就要被這人拖下水？他去潛邸找什麼？鎮南王據說纏綿病榻多年……

顏寧心思電轉。「鎮南王的毒，是聖上下的？」

「妳怎麼知道……」楚謨一驚，驚疑不定地看著顏寧。

「我矇的！」顏寧若無其事的模樣，鎮定地坐下來。

矇的？楚謨不由梗住了。

「沒聽說鎮南王觸怒聖上啊？」燈光下，顏寧臉上甚至還有點稚氣，因為矇對了，眼睛晶亮晶亮的，臉上帶著一絲得意的笑。

「鎮南王府的存在，就觸怒聖上了。我父王多年前就中毒，當今聖上雄才大略，他一心要讓君權歸一，要讓天下盡在手中。」楚謨苦笑著說。當然還牽扯到王府內的事，這就不說了。「妳如何知道的？」

原來如此。楚元帝不僅對開國功勛之家忌憚，對同為皇室的鎮南王也這麼忌憚。鎮南王開國就受封在南方，是大楚第一個也是唯一一個有封地的王爺，經過多年經營，在南方已經根深柢固。

就像楚元帝不能立即拿顏家開刀一樣，他對鎮南王府也只能安撫優待為先。可是一國之君竟然對臣子下毒，若是傳開，不是讓天下人寒心嗎？

在顏寧心裡，楚元帝殺伐決斷，在他手裡被抄家滅族的世家有好幾家，可是他執政勤勉也算兢兢業業，處置臣子也是師出有名，算得上是一代明君。

他竟然對臣子下毒，乍一聽還真有點無法接受。

「聖上是個明君，他有心讓大楚在他手中更進一步，為後世子孫永除後患。我父王中毒，倒不是聖上直接下毒，他只是順水推舟而已。」楚謨很公正地說。「可是我們鎮南王府，在南方抗擊南詔多年，已經退不得了。」

鎮南王府就和顏家一樣，多少人依附在這棵大樹上，就算想退，也不是馬上就能退的。

「你到潛邸找解藥？」

「想去碰運氣。據說潛邸書房裡，放著各種卷宗，沒想到我剛摸進門，就被發現了。」

「那你依附三皇子，是想立個從龍之功？」

「呵呵，若是能結個情分更好，若是不能，多瞭解一下皇子們的心性也好。」

「楚謨，若論冷血無情，三皇子楚昭業比當今聖上更甚，你最好不要和他合作。」顏寧勸道。

「你們顏家是鐵了心要扶持太子？」

「我太子哥哥宅心仁厚，雖然他做了皇帝後可能也會變，但是我相信他會給人留退路的。」

「妳今晚幫了我，我答應妳，暫時兩不相幫，如何？」反正小爺我也要回南州了。

「好，成交。」顏寧爽快地答應。反正暗衛殺都殺了，只要他別一心幫著楚昭業，她就還是能從他手裡把神醫挖出來。
昏黃燈光下，兩人相視一笑，對這結果都很滿意，落在屋外人的眼中，只覺得兩人含情脈脈、柔情無限。

短短兩月間，林家辦了兩場喪事。林天豹未入仕途又一向不務正業，過世之後，林家不能給他大辦；如今林天龍死了，他是被投入天牢的待罪之人，林家還是不能給他大辦。
總算楚元帝開恩，林家將林天龍運回家治喪，朝中上下也不敢公開祭奠，只讓人送了喪儀了事，所以這兩場喪事，注定只能是林家人自己的傷痛。
在林府門外，顏寧坐在沒有徽記的馬車裡，看著對面林府門口的石獅子上掛著白綾，大門掛著白燈籠，門可羅雀，門房的幾人穿著白衣喪服，百無聊賴地在門前走動著。
還是夏日的京城，林府門前晨風寂寂，倒是透出秋日的蕭索來。
一向車馬喧囂的林家，何時有如此安靜的一天？
林意柔，現在妳是什麼心情呢？是為兩個哥哥的死而哀傷，還是心碎於自己的依仗少了？
「顏寧，妳都在這兒看了一刻鐘，白事有什麼好看的？」楚謨實在忍不住了。
昨晚在顏寧的西廂房窩了一晚，總算沒被發現，但是顏寧的兩個丫鬟看他的眼神，透著詭異。
一大早顏寧讓他一身小廝打扮，坐上馬車出門。

幸好顏府對姑娘的管束寬鬆，他暗自慶幸，不然自己要出不來了。

其實秦氏對顏寧的教養並不比其他大家閨秀差，只是顏府裡家將多，時不時在前院和內院往來傳報，孟良和孟秀又是顏明德答應供顏寧隨時差遣的人，所以進出內院就方便了些。

「妳不會真因為林家大姑娘奪妳所愛，恨屋及烏吧？」楚謨看顏寧不搭理，想起在劉府的見聞。「其實以妳的聰明，應該能明白，妳不嫁給三皇子才最好。」

顏家和皇家離得越遠，楚元帝才越放心。

「嗯，我自然明白，而且我也沒想嫁。」至少今世，是真的不想嫁了。

「那妳在這裡看什麼？那林天龍也真倒楣，好好的畏罪自盡，傻子都知道，他要是不自盡，肯定不會死的。」楚謨試探地議論著。林天龍昨夜酉時在天牢上吊自盡，顏寧昨夜回府時的時間倒是剛好。

「誰知道傻子和瘋子是什麼想法？聽說林尚書一個人到天牢裡去探望，你說會不會是林尚書大義滅親？」顏寧很鎮靜地猜測。

「呵呵，這個想法真有趣。」楚謨摸摸鼻子不言語了。林文裕從頭到腳，哪裡像大義滅親的人？這個猜測要是傳出去，估計林文裕能氣得吐血。

林文裕沒有大義滅親，事實上，他恨不得掐死殺子仇人。可是，他不知道仇人是誰，看守天牢的四個衙役一口咬定當日無異常，林天龍住進天牢時，林家又說過所有酒菜會有林府下人送來，讓這些差役沒事不要打擾。

所以早朝上，林文裕只能在楚元帝面前伏地嚎啕大哭，為兒子的死而傷心，一夜之間憔悴之態無法掩蓋。

楊宏文卻不依不饒，當殿質問：「林天龍是欽定重犯，林尚書為何能到天牢探望？是否有請旨？」

元帝對林文裕的那點同情又化作怒火，最後念在林文裕連喪兩子，准他將林天龍的屍首領回去治喪。

三皇子楚昭業還在病中，沒能上朝，林文裕下朝時又請旨探望一下外甥。

往日林文裕去看望楚昭業，林妃都是派人在宮門前迎接，現在林妃還在禁足中，林文裕只覺格外冷清。走進楚昭業的寢宮，看到他正靠在床頭，望著窗外的滿架薔薇，殿中光線昏暗，楚昭業臉上也是一片憔悴之色。窗外的薔薇在烈日下，格外明豔。

「殿下，臣給殿下請安。」林文裕出聲叫道。

李貴招手，讓兩個在屋內伺候的宮人跟他下去，又關上殿門，自己守在門口。

楚昭業被林文裕的聲音驚醒回神，轉頭看著林文裕。「舅舅快過來坐吧。」

「舅舅，我聽聞了大表哥的事，你要保重身子才是。」楚昭業看自己舅舅臉色灰敗，柔聲勸慰。「都是我無能，連累表哥慘死。我……我實在愧對舅舅。」說著臉上顯出內疚悲痛之色。

林文裕自從當上兵部尚書後，一向順風順水，從未吃過如此大虧，連喪兩子，卻不知該找誰發洩這把怒火。

「殿下，林家為殿下肝腦塗地在所不惜！」林文裕連忙說道。他將所有的寶都押在這個三皇子身上，而事實也證明這個三皇子可當大任，兒子已經犧牲了，這個忠心必須表下去。

「只是……大郎死得慘，他絕對不會自盡的。臣昨夜查看天牢，也讓游天方一一查問值守的衙役，卻不知道賊人怎麼進來的？殿下，這事得詳查，這人是在和殿下作對啊。」

「舅舅心裡可有人選？」

「會不會是二殿下……」

「不會，我二哥沒這能力，他的手還伸不進大理寺去。」

的確，二皇子楚昭暉，籠絡到的人大多是沒實權的文臣，如今皇帝身子強健，太子尚在，權臣們都還在觀望中。

「若不是二皇子，那朝中誰會忽然下此毒手？」

「舅舅，昨夜我一夜未睡，一直在想最近的事，好像有人在暗中針對林家、針對我，細細思索卻毫無頭緒。原本我懷疑過鎮南王世子，可是他進京時機雖巧，卻沒有理由，所以我只能想，誰從最近的事情裡得到好處，那誰就是黑手。」

誰得到好處了？

林文裕心中一凜。「您是說太子？」

從趙世文和林天豹起衝突後，事情漸漸失控，從前朝到後宮，楚昭暉和楚昭業幾乎是被推著纏鬥。

「只有他了。可他何時有這樣的好手段？還有昨日上午的事，舅舅聽說了吧？」

楚昭業為了給林妃娘娘說情，到鳳禧宮跪求，結果把皇后娘娘氣暈的事，已經傳遍宮中內外。為了生母，有人覺得楚昭業其情可憫，有人覺得楚昭業不分是非。

他被送回自己的寢宮後，楚元帝除了派康保來問過一聲之外，卻未來探視，連林文裕請旨探望，楚元帝都未說起一句慰問的話。

「據說太子自幼聰敏……」

「舅舅，昨日我在鳳禧宮外跪著時，原本一切都好，後來是顏寧進宮看到我後，讓我體諒皇后娘娘的難處，她那些話，都被我父皇聽到了。」楚昭業的眼前又閃現昨日那一幕，含淚而跪，高聲苦勸，他閉了閉眼睛。「她說完那些話，皇后娘娘便暈倒了。」

「殿下是懷疑顏寧？」林文裕不相信。一個毛毛躁躁的小丫頭而已啊。

「舅舅，太子就算有才幹，但他昨日是後來才到的，可顏寧，好像完全變了個人。昨日若沒有她提醒，鳳禧宮中的宮人太監們都沒有反應。」

可是好好的人，怎麼一夜之間就變了？

「難道往日她跟我們裝傻？」就算林文裕心底仇視顏家，還是得承認顏家的人是將才、是好人，朝廷人心詭譎，他們一竅不通。

「我看過顏明德父子，自問對他們性情為人，瞭解了七七八八，他們都是性情磊落之人，這顏寧怎麼會和父兄不同？」

以往的顏寧也是性情直爽、光明磊落的人，所以他經常覺得她也不像女孩子。

「我與舅舅看法一樣，顏家父子都不是善於作假的人，可是顏寧……上次在濟安伯府，阿柔不是說她應對與往日不同？還有大長公主府的賞花宴上，她的表現也與以前不同。」

「可是這說不通啊。」一個九歲的女孩子，騙了大家三年，然後十二歲時一朝改變？
「舅舅，我也覺得說不通。但是這段時日，顏家其他人都與往日無異，只有顏寧，待人處事、說話談吐，處處和平常不同。」
楚昭業看著窗外開得熱烈的薔薇花，微微嘆了口氣。「如今宮中，皇后娘娘總管宮務，柳貴妃協助；朝廷上，父皇天天帶著太子殿下，二哥雖然被解除禁足，但是父皇對他訓斥多、讚譽少，而我……」他苦笑著不語。
「殿下要不要見顏寧一面？」林文裕直接建議。就算顏寧性子作假，往日顏寧表現對楚昭業的迷戀，不可能是假的吧？「若真的是顏寧與殿下作對，殿下心裡可有對策？」
「當日在濟安伯府，顏寧曾對表妹說她要成全表妹，」楚昭業沈吟著說。「不論她心思如何，我想向父皇請旨，娶顏寧為正妃。只是，我心中對表妹有愧。」
「殿下不要如此說，為了大業，犧牲兒女私情也是應當。阿柔是個明白的孩子，只要殿下身邊有她一席之地，她就知足了。」林文裕果斷應道。反正娶顏寧只是權宜之計，只要林意柔也嫁進三皇子府，有林妃在，他相信女兒吃不了虧。
「舅舅明白我的苦心就好。我過兩日想見顏寧一面……」
「我回去後，就告訴阿柔，讓她給顏寧傳信去。」以往楚昭業需要顏寧做什麼時，都會通過林意柔傳話。
「好，舅舅安排就是。」楚昭業昨夜就拿定主意要納顏寧為正妃，但林家是他最大的依仗，他不能寒了林家的心，幸好舅舅是個明白人。

林文裕心中暗暗決定，回家後要告誡女兒表現得識大體些，然後把楚昭業的心抓牢些。哼！自從顏明德當初參奏自己這個監軍後，他心裡一直窩著這口氣，自己一定要讓世人看看，林家也是將門！只是林天龍死了，可憐這個大兒子，好不容易做到一營主將。

他心裡一時恨一時悲，一時高興一時失落，在這種五味雜陳中，跟著李貴離宮，忍著喪子之痛，給遠在兗州的二兒子林天虎書信一封，告知家中種種事由。

楚昭業看他離開後，自己坐了起來。

「殿下，您還在發熱，還是躺下吧！」李貴進來看到他坐在窗前，連忙拿衣裳過來給他披上。

「李貴，讓劉明安排人盯著顏家，尤其是顏寧。」他疏忽了，早在大長公主府賞花宴後，就應該派人去盯著。「再讓人查一下太子的病是否有起色？」

林家已經被父皇厭棄，等林天龍喪事過後，林文裕這個兵部尚書會如何處置還未知，林天虎的位置暫時無憂。

楚昭恒，真是好命啊！生下來就是皇后嫡子，身後有顏家這樣的外家。而他自己，為了得到元帝的青眼，從小到大，習文練武，從不敢鬆懈；為了不成為兄弟們的靶子，他擺出一心做賢臣的架勢。

娶到顏寧，會是自己的機會。但是如今情勢下，如何求娶是個問題了。

母妃被禁足，在這宮裡，他一下孤立無援。

楚昭業攏了攏身上的衣裳。現在還是六月，殿中卻感到寒氣有點逼人。

孔。

顏寧送走楚謨，心情卻很好，她正打算去秦氏那裡陪母親聊天，卻看到院子裡兩個生面

「家中有客人了？」顏寧隨口問院中的婆子。

「姑娘，是南州舅老爺家的人，他們這次跟著送貢品的隊伍進京來問安，過兩日就要回去了，今日是來告辭的。」

秦氏的大哥秦紹祖任職南州州牧，一大家子都在南方，秦氏嫁到京城後，只在秦紹祖進京述職時見過，其餘時候只能派下人往返問安。這次，秦家給秦氏送了一大車南方土產。

顏寧等秦家人走後，走進正房，看到秦氏正在抹眼淚。「母親，發生什麼事了？是不是大舅那邊有事啊？」

「妳回來啦？」秦氏看到女兒，有點不好意思地擦擦眼角。「沒事，妳大舅一家好好的。」

「那好端端的母親怎麼哭啦？」

「姑娘，舅老爺那兒沒事，夫人是聽說老夫人要做七十大壽，想著老夫人大壽都不能去磕頭。」王嬤嬤在邊上解釋。

「原來是這樣啊。」

「是啊，一眨眼妳外祖母都要七十大壽，這麼多年，妳外祖母做壽，我都未能去磕頭拜壽。」

「母親，那我代您去啊。」顏寧脫口而出。
「妳去？」
「是啊，母親脫不開身，女兒又沒事。女兒長這麼大還沒見過外祖母呢，連大舅舅都只見過兩次，而且女兒連南邊都沒去過。」顏寧纏著秦氏。「您就讓女兒去，代您向外祖母磕頭拜壽，還能讓女兒出門長長見識。」
秦氏原本是不答應的，聽到顏寧說還沒見過外祖母，便悲從中來。是啊，女兒都快及笄成人了，自己的母親都沒見過她呢！
「等妳父親回來，我和他商議一下。」
「母親要是准許，父親肯定答應的。」顏寧信心滿滿地說。
果然，晚間顏明德回府，秦氏說起秦老夫人大壽，顏寧想要代自己南下拜壽的事。
顏明德大手一揮。「去！當然得去！讓二郎也去。岳母大壽，我們夫妻不能去拜壽，讓他們兩個去多磕幾個頭。對了，妳準備壽禮的時候，幫大郎夫妻也備一些。」
顏煦娶的是秦氏二哥的女兒，去年剛成親，如今夫妻兩個都在玉陽關，肯定也是不能去南州拜壽的。
秦氏想著顏烈和顏寧都沒出過遠門，連忙讓人去驛館找秦家的人，告訴他們兄妹倆會跟著他們一起南下。
因為南方送貢品的一行人兩日後就要動身，秦氏打理兄妹倆的行裝，又想著派哪些妥當的人跟著，還要忙著準備壽禮等禮品，簡直要忙飛起來。

顏寧這次南下，一來是想要見見親人。前世外祖母是七十五歲過世的，而顏家覆滅，秦家也跟著一起倒了，自己至死都沒能見到他們。二來就是為了神醫。她相信楚謨為了鎮南王的身體，肯定會尋醫問藥，她若是能快點將人帶回京城，就解決了楚昭恒身體不好的隱憂。

為了行動方便，她向秦氏提議就讓顏栓夫妻兩個跟著，打理行程，侍衛由孟良和孟秀選人。秦氏知道她一向有主意，提的人選也沒不妥的地方，一一答應了。

顏皇后知道顏烈和顏寧要去南州，這一來一回，路上就要兩個多月，搞不好都要在南方過年，便派人傳信要兩人入宮去見見，囑咐一下。

顏烈到底是外男，在鳳禧宮不能久待，說了一會兒話就和楚昭恒出去了。

顏皇后拉著顏寧囑咐路上小心早去早回。因她沒有女兒，對顏寧又是真心疼愛，這囑咐的話就說了一籮筐。

這時，外面傳報柳貴妃來了，顏皇后連忙讓她進來。

柳貴妃一向囂張，顏皇后提議讓她協理宮務，她覺得這是皇后示弱的表現，所以來到鳳禧宮時，出場的氣勢擺得十足。

顏寧注意到，顏皇后一聽到柳貴妃來了，就皺了眉頭，現在再一看柳貴妃的樣子，也知道姑母沒轄制住她。這姑母端莊仁厚，也是典型的顏家人性子，不怎麼會背後下絆子。看柳貴妃這樣，若是讓她踩到頭上，豈不是失了姑母和太子哥哥的體面？

「給姊姊請安。」柳貴妃進門行禮問安，但是不等顏皇后開口免禮，已經站起來，看著顏寧。「一早聽說顏姑娘進宮來了，果然在啊。」

前世顏寧沒有和柳貴妃打過什麼交道，後來幾位皇子爭位，二皇子早早死了，柳貴妃沒了依仗，聽說在林妃手上吃了不少苦頭。等到元帝駕崩，柳貴妃不知哪裡聽說是四皇子害死了二皇子，拉著四皇子生母同歸於盡。楚昭業以兩人是為帝殉葬的名頭，把兩人一起收殮入葬。

現在，柳貴妃還是得意的時候，一身淡黃色宮裝，滿頭珠翠，富貴逼人。她長了一張容長臉，一雙丹鳳眼，眼尾上挑，年輕時肯定是嫵媚的人，如今卻只顯出幾絲淩厲，顴骨過高，有些刻薄相。再說，剛剛那一句一早聽說，豈不是暗示她在宮中消息靈通？

「臣女給貴妃娘娘請安。」顏寧站起來，按禮節向柳貴妃問好。

柳貴妃隨意地點頭，徑直坐下和顏皇后說：「本來不想來打擾姊姊的，只是今日景翠宮的人說林妃分例裡的冰不夠用，要多取點，妹妹想著這分例可不能隨意改，特意來請姊姊示下。

「本來幾塊冰也沒什麼，可宮中這麼多人，要是每人都多要，那肯定供不起，也亂了規矩；要是不給吧，妹妹和林妃鬧過矛盾，不知道的以為是我挾私報復呢。顏姑娘，妳說是不是這個理啊？」

柳貴妃有心給顏皇后難堪，剛才顏寧問安時故意視而不見，這一回頭，發現顏寧已經坐下了。她先忍下這口氣，等下再說，目下抓回管理宮務的權才是最要緊的。

顏寧故意學柳貴妃的作派，看她明明惱怒，卻沒發作，現在聽到話問到自己頭上，知道她是覺得自己對楚昭業有私，肯定會為林妃說情。若是自己說了，顏皇后也答應，那這事就可以鬧大，皇后娘娘不能秉公的話，怎麼管理宮務呢？

柳貴妃這主意倒是不錯，若是前世的顏寧必定會說情，現在麼……

顏寧在柳貴妃滿懷期待的眼神中，微微一笑。「姑母，我覺得柳娘娘說得很是呢。」

一般人為了顯示尊敬都會稱她貴妃娘娘，現在顏寧一句柳娘娘，卻是實實在在地貶低她。

柳貴妃柳眉一豎就想發怒，又硬生生忍住。「顏姑娘指的是……」她剛剛可是說了一大串話啊。

「就是挾私報復那句啊，臣女覺得很有道理。」

「顏姑娘，妳這是什麼意思？」柳貴妃有點繃不住了，她本就不是好脾氣的人，這幾年又是總管宮務的貴妃娘娘，更是目下無塵。

「娘娘，臣女是說您剛剛顧慮別人誤會您挾私報復這話，想得很周到。娘娘心中無私，但是難保其他人誤會。」顏寧惶恐地解釋。「以前常聽姑母說，宮中有娘娘管著宮務，她才能安心不問。今日娘娘有這擔憂，姑母，您也要體諒一下柳娘娘的難處，不要讓她難做呢。您先處理宮務，我先告退吧。」

顏皇后和柳貴妃都聽懂了顏寧的意思，體諒柳貴妃的難處，那就是要皇后收回權力了？

「妹妹，這事我知道了，等晚點我會跟聖上提一下這事。妹妹如今有二皇子要多操心，這宮務的確太繁雜了。」

顏寧居然沒有為林妃求情？這兩年與楚昭業有關的事，顏寧可是一向熱心，難道傳言是真的，她對三皇子已經無心了？今日是莽撞了，應該先試探一下再來說這些話的。

柳貴妃心裡轉著念頭，嘴裡已經說道：「姊姊說的什麼話，能為姊姊分憂，是妹妹的福氣。剛剛是妹妹糊塗，被顏姑娘一提醒，妹妹才知道自己的話讓人誤會了。做事哪能怕人說呢，反正有姊姊撐腰，妹妹秉公做事不怕人說。」

「妹妹說錯了，應該是聖上撐腰才是，我們都是為聖上分憂。」

「是，姊姊說得是。那妹妹先回去了。」柳貴妃忍氣告辭。今日她想錯了，本想趁顏寧今日進宮利用她鬧一把，沒想到這顏寧竟然慫恿皇后收回她協理宮務之權。

顏皇后覺得有點意興闌珊。雖然柳貴妃來得快去得也快，但是幾句話的工夫，卻把她想和顏寧好好說話的心情都敗壞了。

顏寧看顏皇后不高興的樣子，想問問姑母對宮務的處理，但是她一個年輕姑娘家，問這種事又有些僭越。

「妳這孩子，有什麼話跟姑母不好直說的？」顏皇后看顏寧欲言又止的樣子。「妳父親跟我說，妳如今長大懂事了，恒兒也說妳人小鬼大主意多，妳是不是想給姑母出點主意啊？」

「姑母，看您說的，要主意您找太子哥哥去。」顏寧笑道。「不過最近我經常看母親管家，母親總是和我說，這當家理事，一不能過細，水至清則無魚，主子太細緻了下人容易生怨；二不能過柔，主子太寬厚了，下人容易怠慢。您說母親說得對不對啊？」

「嫂子說得自然是有道理的。」顏皇后與秦氏感情很好，對秦氏將顏家打理得妥妥當當，自然也是知曉。

「姑母，一個籬笆三個樁，一個好漢三個幫。母親當家理事，王嬤嬤她們功不可沒呢。您處理宮務，比我母親管家可更難了，有時候該找幫手就要找啊。」

「找幫手？」

「是啊，寧兒不懂宮中的事，可是寧兒知道姑母一個人肯定會累的。不如您問問太子哥哥，看看哪些能做幫手？」

反正找一個人協理宮務是協理，找兩個人協理也是協理，分得越細越多，顏皇后掌控起來就越省力。

「妳這孩子，跟姑母說話也陰陽怪氣地不直說，哪兒學來的壞毛病？」顏皇后捏了捏顏寧的臉頰，嗔怪著。「難不成長大了，倒是和姑母生分了？以前妳連要嫁給誰、要姑母拿什麼給妳添妝的話都說，如今倒是說一半藏一半了。」

「姑母，我這不是不知道宮裡的人和事，不敢亂點鴛鴦譜嘛。」

這是實話。前世顏寧對後宮除了關注皇后就只關注過林妃，不知道後妃之間的事。重生後她忙著對付林家，加上有楚昭恒在，對後宮之事也沒花過心思。

顏皇后笑了，一拍顏寧的手。「什麼鴛鴦譜！話都不會說了。妳這一去南州，可要好久見不到妳了。」

「又不是不回來，姑母若嫌空，剛好召我母親多進宮來說話，到時我母親肯定寂寞。」

「妳倒是會安排。好了好了，不留妳了。」知道顏寧南下還是要整理行裝的，顏皇后趕緊打發她回去。

這時，恰逢明福回來，跟顏皇后說道：「太子殿下本來想親自給顏姑娘送別，只是現在勤政閣那兒脫不開身，便讓奴才回來，代他向姑娘說一聲一路順風。」

「多謝太子哥哥。對了，姑母，就讓明福送我離宮吧。」

這種小事，顏皇后自然答應。

第十一章

御花園花紅柳綠，繁花盛景。

兩人走到御花園邊，卻看到一身深藍錦袍的楚昭業，帶著李貴站在路邊，好像在等顏寧走近。

楚昭業原本是斜倚在樹邊，看到顏寧走近，站直了身子，全身都籠罩在樹蔭下。許是還在病中，他容顏有些憔悴，原本就冷漠剛正的臉上，又多了冷峻之色，加上深色衣服，整個人顯得更肅穆。

顏寧看到他，心中一陣煩躁。這人站在這裡是什麼意思？

走到離他三步遠時，看他還沒讓開的動作，她只好行禮。「臣女見過三殿下。」

臣女的自稱，讓楚昭業又皺了皺眉。「你們退下！」

他這話的意思自然是對內侍說的，李貴躬身退開。

明福卻只是保持躬身行禮的樣子，當自己是聾子，什麼也聽不見。

楚昭業看向明福的眼中，多了濃重之色。

顏寧雖然討厭見他，但是也不懼與他說話，更不想此時讓明福被他為難。「明公公，你也先退下，等我與三殿下說幾句話，你再送我出去吧。」

明福躬身答應著領命，站到李貴旁邊。論宮中品級，李貴比他高一級，但明福是皇后宮中的人，又是太子華沐苑的總管，李貴自然也不會沒眼色地要他行禮。

李貴憂心忡忡地看著自家主子。楚昭業的燒剛退下，還需要靜養的時候，可是聽說顏寧明日將要離京南下，今日會進宮與皇后和太子告別時，一早就讓自己留意著。

李貴是楚昭業的心腹，自然知道現在楚昭業懷疑顏寧是對林家下手的幕後推動人，所以更想不通，為何主子還要在這裡等她？往日顏寧對主子那麼上心時，也沒見他如此優待啊！

李貴的疑問也是顏寧的疑問。

「三殿下，您要跟臣女說什麼？」她的語氣中帶出一絲不耐煩。

「寧兒，聽說妳要去南州了？」

「是啊，我要去外祖母家住一段時間。」

「這樣啊……那妳要很久不在京城了。」

這人果然有病啊？以前她纏他緊了，他都會訓斥她，現在怎會是這種惆悵的語氣？

「寧兒，年底皇子們會離宮建府，到時我父皇肯定會考慮我們兄弟幾個的正妃人選。」

「喔。」這干她什麼事？

「妳若不在京城，我怎麼上顏府送訂親禮呢？」

訂親禮？

「誰訂親？和誰訂親？我為何要和你訂親？」顏寧沒有如他預期的驚喜，說驚嚇還差不多。「三殿下，我當日在濟安伯府曾經和林意柔說過，往日妄想三殿下，是我不知天高地厚，沒有自知之明，如今我已清醒了。」

「寧兒，妳為何說這些氣話呢？二月妳向我要玉珮時，我沒給妳，從那之後妳就對我冷淡了。其實這玉珮，我是想留著今年向妳提親時給的啊。」

顏寧想了一下。是了，今年她是向他要過那對玉珮，因為他沒給，她傷心之下回家了，然後莫名就多了一世的記憶。

前世，他沒給時，她做了什麼？似乎是在一次帝后俱在時，楚元帝問她要嫁什麼人？她不知羞地說「我就喜歡三殿下」，當日林妃也在，她趁勢請求楚元帝賜婚，年末她便與楚昭業訂親。

現在回想她說了那句話後，楚元帝那幽幽的目光從她身上飄過，對姑母說：「顏家的女兒啊，總是如此率直。」

「三殿下，往日顏寧是很蠢，但是有句話『士別三日當刮目相看』，你以為我一直不帶眼睛嗎？你和林意柔郎情妾意，當我看不見嗎？」一氣恨之下，顏寧將近來逼自己要遵循的閨秀禮儀拋在一邊。「您這玉珮，年末快些送到林府才是。」

「妳是因為吃醋，才要林天龍死嗎？」

「您太看得起臣女了，林天龍可是關在天牢裡。臣女自幼學武，沙場對陣或許還能殺上幾個回合，可你暗指我偷進天牢？原來在殿下眼裡，臣女這麼有本事啊！」

顏寧暗恨自己又有些失控，被楚昭業這一問，腦子清醒了。他是懷疑自己還是懷疑顏府了？

「三殿下，失了林天龍，是不是很難過啊？」

「自然。」他不吝於承認。林天龍掌管京畿道北大營，傻子都知道失去他，對他是怎樣的損失。「不過他犯法伏誅，也是罪有應得，若是他的死，能讓寧兒妳消氣，那就是額外收穫了。」

這話，對林家還真是無情啊！

「殿下不怕林家人聽到這話寒心嗎？」

楚昭業沈默不語，只是看著她。「妳恨我？」

「不敢，臣女對殿下哪敢有什麼恨？」

「因為阿柔，妳恨我？」

「三殿下，臣女只是清醒了。太子哥哥是我姑母的親生兒子，我好歹也纏了殿下兩年，對殿下所圖謀的也並非不知。」

以往與顏寧接觸，他以為自己隱藏得很好，難道還是被她感覺到了？

「太子殿下身有沈痾，若他一世安康我自然是一世賢臣，若他有個不好，那選我總比選其他人好吧？就算我有別的心思，我還是喜歡妳。」

這話真是很有說服力，前世顏家就是這麼想的，所以扶持了他！

「殿下想多了，太子哥哥身子雖弱，但是一定會身子安康長命百歲的。殿下若沒有其他事，臣女先告退了。」

顏寧不想再說，也不等他回應，越過他向前走去，明福見了連忙跟上。

李貴走到楚昭業身邊，詢問地叫道：「殿下？」

楚昭業轉身看著顏寧腰背挺直，緩步而行。認識這麼多年，她現在在人前，越來越有大家閨秀的樣子，行不動裙，笑不露齒，不過到底是習武的，步子比起嬌弱的千金小姐來說邁得太大了，少了弱柳扶風之態。

可是看著她就這麼走遠，為何他會有心痛之感？

「李貴，你給宮外傳信，殺了顏寧吧！」楚昭業一臉心痛，出口的卻是絕情之語。

顏寧很快就將這幕偶遇丟在腦後，回家期待起明日的行程來。

這次去南州，除了顏烈和顏寧，顏明德夫妻讓封平也跟著同行。顏烈性子莽撞，有封平在旁邊約束，省得他闖禍。

南州送貢品的隊伍，是由一個叫趙大海的游擊將軍帶隊。顏明德與他商議後，顏家兄妹就跟著他們上路。

從京城到南州，一般會先沿荊河坐官船到楠江，然後從楠江上岸，走官道到南州，這樣既能節省時間，路上也更平穩。荊河是朝廷南北貨運的主幹道，楠江是朝廷東西貨運的主幹道，沿途都有官府巡河，非常太平。

京城外官道上，一行人向南邊的荊河碼頭趕路。

馬車駛出京城，顏寧已經忍不住挑起車簾，頻頻向外張望。她和虹霓、綠衣坐一輛馬車，一開始綠衣還勸阻說路上灰塵大什麼的，後來見她壓根兒聽不進，也不再勸了。

顏寧這輩子唯一出過的遠門，就是從玉陽關到京城。當時年紀小，一路吃吃睡睡就過去了，所以她覺得這次才是自己第一次真正出遠門，而且一去就是南州呢。

六月盛夏，馬車外碧空如洗，天高雲舒，讓她有了「天高任鳥飛」的感覺。

可惜，一行人剛上船，顏寧就吐了個昏天黑地，綠衣幫她梳頭髮，看她臉色都蒼白了。

「姑娘，船上也不能練武，要不您再躺躺吧。」

「綠衣，就幫我梳個辮子吧，我出去站一會兒吹吹風。」反正船上沒什麼人，顏寧懶得綰那些繁複的髮髻。

「綠衣，妳還不知道我們姑娘啊，她不站到不暈船是不會甘心的。」虹霓看綠衣還要勸，拿了顏寧平時在家的練功服出來讓她換上，笑道。

綠衣也知道是如此，便不再勸了。

顏寧穿著一身箭袖淡藍綢衣，走出艙門，看到顏烈在那兒蹲馬步，她也不去打擾，自己走上甲板，扶到左邊船舷，又開始看風景。

顏烈看顏寧出來，吐納收息後，走到顏寧身邊，看了看她的臉色。「寧兒，妳昨日暈船得厲害，我晚上來看妳妳都沒醒，怎麼一早就出來了？」

顏寧正看得頭暈，聽他說話，擺手說：「我沒事！」說完卻摀嘴跑回艙房，抓住痰盂又吐起來。

等她吐完，綠衣心疼地拿帕子幫她擦臉，忍不住數落道：「姑娘真是，讓您多躺一會兒就不聽，又吐了。早上還什麼都沒吃呢，空肚子吐最傷身體。」

「沒事，我沒事，吐完就舒服多了。」顏寧說完，又走到甲板上。

這下顏烈不敢跟她說話了，就站邊上擔心地看著，然後就看到顏寧沒站一刻鐘，又跑回去吐起來，來來回回折騰了四趟，一直到虹霓和李嫂送上早飯，她才躺回床上。
「昨晚不是說吃暈船藥了，怎麼還是吐啊？」顏烈幫不上忙，擔心地嘀咕。
顏寧昨晚沒吃東西，今日又吐了一場，餓得頭暈眼花，雖然胸口悶悶的感覺吃不下東西，但她還是端起白粥，如喝藥般幾大口就喝下去。
虹霓和綠衣早習慣自家姑娘時不時的豪爽，李嫂愣了一下，遞上一碟蜜餞說：「這是爽口的青梅乾，姑娘吃點，看看能不能壓一壓嘔吐，等下奴婢再拿暈船藥上來。今早，後面船上趙將軍和樓上的楚世子，聽說姑娘暈船，都送了暈船藥來，二公子擔心到不行。」
顏寧一笑，也不敢再說話，半躺在床上。
李嫂拿了碗碟出去，虹霓和綠衣閒著沒事，索性坐到艙房的窗邊，做起繡活來。
顏寧似睡非睡地躺了半個時辰，感覺有點力氣了，又坐起來跑到甲板上。
顏烈和封平在甲板上看風景，看她出來，都滿眼擔心地看著她，又不敢說話，怕她一張口又吐了。
顏寧覺得這次站上甲板，比剛剛好多了，至少她不用死死抓著船舷。
一大早兩艘官船就開船了，現在已經行駛在荊河上。靠近京城這段，荊河的河岸兩邊都是平原，時而一片蘆葦遮住視線，時而又是一片河灘。河灘上經常有鴨、鵝出現，或在水裡閒游，或在岸上理毛歡叫。
顏寧看完遠處，慢慢低頭看腳下河水，然後……又吐了。
「還是讓姑娘在艙房躺一天吧，過個一、兩天適應船的晃動後，應該不會吐了。」封平看顏寧臉色蒼白的樣子，建議道。

「不用說了，沒用。」顏烈搖頭說。「她自小又倔又好強，不肯落於人後。暈船，她不折騰到不吐是不會停的。當初在玉陽關的時候，她比箭輸了，以後就天天要練一個時辰，手指頭皮都磨破了。練了半年，找人家重新比試，贏了，才算消停。最近看她變了，我還以為她那性子改了，沒想到還是這死倔。」

「光說我，你自己還不是一樣。」顏寧吐的間歇，還忍不住回了句嘴。

封平看這兄妹兩人，忍不住搖頭失笑。

樓上的楚謨也正站在甲板上，他耳力好，顏烈的嗓門本就不小，把下面的話聽個一清二楚。

「姑娘家還爭強好勝，一點也不可愛。」想到顏寧那略顯英氣的眉眼，更是搖頭。「長得還濃眉大眼的，難怪不討喜。」

清河和洛河聽自家主子的評價，覺得不符實。「世子，上次您去赴宴，座上的幾個公子都說顏家姑娘長得好看，說那眼睛波光瀲灩，別有風姿啊。」

「哼！那些輕浮的公子哥兒，又沒見過她真正的樣子。」要是讓他們看到顏寧殺人的俐落勁，估計要嚇死了。「我們帶的藥，送過去沒？」

「一早就送過去了。」

「哦。」看她吐的那個樣子，好像沒什麼用。楚謨自己從小在南方長大，坐船是常事，從不知道暈船原來會吐成這樣。

吐了又歇，歇了又站到甲板上，然後又吐，往復迴圈中，一天過去了。

翌日，顏寧又站到甲板上，看著腳下的河水翻滾，感覺比昨日好了點。她已經站了一刻鐘，還沒吐。腦子裡剛轉過這念頭，胸口一陣噁心，跑回艙房去吐，卻是沒吐出什麼來。

那陣噁心過去後，人感覺也緩過勁來了。等她漱口擦臉，再站到甲板上，看到顏烈、封平正仰頭和樓上的楚謨說話。

「顏姑娘，好點了嗎？」楚謨自從那晚離開顏府後，還是第一次這麼近看到她。

原本臉如朗月，這兩天暈船可能沒吃下東西，下巴都尖了。可能剛剛又吐，那雙黑葡萄一樣總是亮亮的眼眸，濛上一層水氣，總是英氣的眉眼，帶上一絲軟弱。

第一次，在顏寧身上，他看到弱女子楚楚可憐的樣子，像一隻乖順的小貓。

「多謝楚世子關心，已經好多了。」顏寧一開口，那種楚楚可憐就沒了，還是原來那爽朗的樣子。

楚謨覺得自己傻了，居然會以為顏家的顏寧是一隻乖順的小貓，她最多也只是收斂爪子而已。

也不知是暈船藥起作用，還是顏寧已經習慣行船，第二天下午，她就沒再嘔吐。不過，除了上午看幾頁書，下午小睡半個時辰，其餘時候，顏寧還是待在甲板上，用她的話說，就是「一定要把暈船這毛病治好」。

顏烈看她不再嘔吐，放心了，拉著封平到一層看船工們做事。

晚上，兩艘船靠岸過夜。

李嫂做了幾樣清淡小菜，顏寧吃了小半碗米飯，還是沒有嘔吐。虹霓和綠衣都鬆了口氣，慶幸姑娘這暈船好得真快。

趙大海過來關心，聽說顏寧到下午就不再嘔吐，豎起大拇指說：「顏姑娘厲害，尋常人上船，不吐個三、五天可適應不了，我還擔心她一路會暈船呢。」

「還得謝謝趙將軍派人送藥，真是麻煩將軍了。」在封平的提點下，顏烈說話周到不少。

趙大海聽了自然更受用，邀顏烈一起到自己船上坐坐；剛好楚謨下來遇上，也就一起去。他那一船全是軍漢，顏烈喝著酒聽他們聊南邊軍裡的事，間或插嘴說幾句北方玉陽關的見聞，大家說得不亦樂乎。

封平第一次跟軍漢們打交道，覺得武人果然比讀書人簡單多了。

第三日清晨，顏寧照例又是一早就站到甲板上，發現自己比昨日又好了不少，看山看水看河景，沒有任何不適，她心裡高興，覺得荊河行船好。夏日天氣，涼風撲面，暑熱全消。

今日看到的荊河兩岸，和昨日又不同。

河面更寬闊了，船行河中，沿岸少了昨日所見的河灘蘆葦，倒是多了很多竹子。這些竹子，簇簇，一叢叢，有些甚至長在水裡。

綠衣一直擔心她再暈船，看了半晌見她沒有任何不適，放心了。眼看太陽漸漸升起，怕她曬到，送了帷帽出來。

走到船舷，她跟著顏寧的視線，向河兩岸看了一眼，驚奇道：「姑娘，這裡的竹子和我們京裡看到的全不一樣呢。」

「是啊，這叫斑竹，和京裡的毛竹肯定不同。妳看這邊，」顏寧指著最近的竹子。「這竹竿上有斑點，書上說這種竹子韌性好，適合拿來編東西呢。」

「沒想到妳還知道這個啊。」頭頂上忽然傳來一個聲音。

顏寧和綠衣抬頭看，原來是楚謨。

三層的甲板比二層的甲板短。楚謨站在三層甲板的尾部，剛好是顏寧她們頭上，他穿著一身白色常服，飄飄如仙人之姿，就是說話的口氣不討喜。

「妳怎麼知道斑竹特點的？」

「《大楚風物志》上寫的啊。荊河兩岸多斑竹，此竹柔韌，劈絲可編織。毛竹堅硬，常用來搭房子、做竹排。」

「妳看的書倒是雜，姑娘家不是喜歡詩詞歌賦，或看看女誡閨訓嗎？」大楚的貴女們都講究德容言功，女誡女四書是閨閣中最常見的書。

顏寧忍不住翻個白眼。「照這麼說，男子只要讀四書政論就可以了？兵者五事，天地二事可不容疏忽。」

這姑娘真是著魔了。「妳又不能領軍打仗，怎麼張口就是兵書兵家啊？」

「誰說我不能領軍打仗啦？等過幾年，我要回玉陽關，幫我父親和哥哥們守關。」離了京城，顏寧感覺一層枷鎖被去掉一樣，說話也透出輕鬆隨意來。

楚謨挑了挑眉，倒沒什麼意外。顏寧給他的感覺，一直不是那種大門不出、二門不邁的閨秀，要她待在京城的深宅大院裡，估計是待不住的。這樣的性子，真要嫁到宮裡，只怕活不過一年。

「看妳這麼喜歡兵書，弈棋是不是也精通？不如我們手談一局？」船上無聊，楚謨想打發一下時間。

「弈棋？致遠兄，別的不好說，比弈棋，你可能還真不是我妹妹的對手。」顏烈和封平走過來，聽到楚謨相邀，插嘴道。

「這樣啊，那不如上來，我們幾個手談一局啊？」

「好啊！寧兒，走，妳去殺他個落花流水。」

昨晚暢談，顏烈和楚謨已經熟了，聽到楚謨挑釁的口氣，他拉著顏寧去三樓。

綠衣手裡拿著帷帽，也不多說了。如今有二公子在，姑娘對楚世子也不算太失禮。她走進艙房整理東西，打發虹霓跟著顏寧上去。

楚謨邀他們到自己艙房的小客廳。三樓這裡有一間寬敞的客廳，四面窗開，河風就吹進來，還無須苦惱日曬，清河和洛河在客廳中間的八仙桌上放好棋具，又泡上香茗。

虹霓看到這些茶具，索性下去拿了顏寧日常喝茶的一套上來，給顏寧泡了消暑茶。「姑娘，李嫂吩咐過，說您暈船才剛好點，還是喝這種茶吧。」

顏寧知道虹霓是看楚謨這裡的茶具，擔心都是男子用過的，怕自己一個姑娘家，傳出去不好。雖然覺得她太小題大做，但是不忍拂她好意，便接過消暑茶喝著。

四人坐下來，楚謨和顏寧開始手談。

楚謨沒想到，顏寧看著和顏烈一樣的性格，弈棋上開始時倒是一頓猛攻，發現他守得嚴實後，居然能耐著性子，不急不躁，慢慢圍而攻之。

兩人殺得專注，顏烈不耐煩了，走到艙外去看風景，封平坐在邊上觀棋。在顏府時他早就和顏寧對弈過，知道她棋力了得，只是沒想到楚謨，外表俊美，說話開朗，做事讓人如沐春風，可是下起棋來，卻往往出人意料。

棋品如人品，顏寧下棋和她的人一樣，就算用謀也不失磊落。這個楚世子卻是奇招、怪招不斷，看著謙謙君子，實際上卻是心機深沈難測。

兩人這一盤棋，下了一個多時辰，虹霓看自家姑娘下得專注，索性下去拎了早飯上來，顏烈和封平等不及就先吃了。

又過了大半個時辰，這局棋才結束，一算棋子，顏寧輸了兩個子，楚謨算是險勝。兩個人放下棋子，都覺得飢腸轆轆，也不忌諱男女同桌，走到顏烈和封平旁邊坐下，吃起早飯來。

吃完早飯，顏寧叫著再來一局，楚謨自然不會退縮。

這次，卻是顏寧勝了。

顏烈拍手笑道：「致遠，見識了吧？我家妹妹下棋，在我們家，也只有我大哥和她戰個平手喔。」

「呵呵，靜思，你休要得意，有本事你來和我下一局。」楚謨挑戰道。

「我？算了，你要是邀我比武，我不懼你；下棋，我肯定是要輸的。」顏烈一向有自知之明，沒覺得承認技不如人有什麼丟臉。「讓封大哥和你下，他下棋厲害。」

楚謨倒也沒覺得封平地位低下，兩個下了一局，倒是楚謨贏了。封平下棋穩紮穩打，步步為營，但是少了初生牛犢不怕虎的銳氣。

下棋打發時間最快，兩盤棋下來，居然就到了中午，虹霓少不得又拿了午飯上來。早飯吃得匆忙，楚謨這一吃，感覺味道不對。「這菜不是船上的廚師做的吧？」

「喔，這是我家帶的人做的。」顏烈回道。

「靜思啊，你這幾日自己享福，居然不與我同享啊！我吃船上廚師的飯菜，實在是食之無味。」楚謨抱怨道。

「你不早說啊，以後你不如和我們一起吃吧？虹霓，妳等下告訴李嫂，晚飯開始，再加楚世子一個飯量。」顏烈熱情邀請，又連忙吩咐虹霓下去安排。

顏寧沒想到才短短兩日，二哥和楚謨居然這麼熟絡。她有點草木皆兵，仔細打量盤算著楚謨與二哥交好是真心，還是拉攏？再想想此去南州，楚謨算是地頭蛇，在京城裡自己還算救過他，應該不會對二哥不利。

楚謨看她打量思索的神色，猜到她應該是不放心自己和顏烈相交。「妳放心，我和靜思一見如故，難得認識這樣豪爽的朋友，我對他絕無惡意。」趁顏烈和封平走出去，他低聲道。

「我二哥為人磊落，對朋友更是古道熱腸，希望楚世子不要辜負他的心意。」顏寧也不掩飾自己的懷疑，被看穿索性就直言了。

這姑娘對哥哥倒真是全心愛護，不知道的還以為她是姊姊，顏烈是弟弟呢。

楚謨心裡想著，顏寧暈船時，顏烈那著急的神色，這兩人真的是兄妹情深。

他說的也是實話。貴族公子哥兒，要麼是滿腹心機，要麼是一肚子草包，像顏烈這樣的性子，他是真的喜歡結交。

第十二章

船上的日子，四人弈棋閒談，看沿途漁船下網捕撈。

第五日傍晚，顏寧站在甲板上，看下方楚謨和顏烈幾個人在一層甲板上，和船工們一起幫忙捲繩子。

二哥也就算了，這楚謨貴為世子，倒是沒架子。短短幾日，楚謨和自家二哥好像更熟悉了。不知楚謨說了什麼，二哥捶他胸口一下。

顏寧眼角一跳，看楚謨臉上沒有異色，才放下心來。被暗衛所傷的傷口，看來是全好了。

「姑娘，船上風大，披個披風吧。」綠衣拿了一件披風出來給她披上。

這幾日顏寧雖然不暈船，但臉色還是蒼白，在船上到底休息不好，綠衣就怕她身子一弱容易著涼。

「天熱著呢，我哪那麼嬌弱啊。」顏寧站在船頭，伸手感覺風從指縫中滑過的感覺。他們這幾日運氣不錯，都是順風，船行速度也快。

「姑娘，您可算好啦！」甲板上，孟秀一抬頭，看到自家姑娘站在上面，大聲招呼道。

「嗯，好啦。」顏寧大聲回道。

楚謨挑眉笑了。嬌嬌小小的人，說話聲音倒是不小。

「姑娘，吃飯了。」虹霓提著食盒上到二層，叫道。

看到她手裡的食盒，顏烈也覺得餓了。「致遠，走，上去吃飯吧。」

顏烈幾人上到二樓。前幾日都是在顏烈艙房內吃飯，今晚天氣不錯，風景也好，索性就移到二樓甲板。

顏寧獨自在艙房吃完飯出來，顏烈、封平和楚謨正在喝茶聊天。

「寧兒，快來坐。致遠剛剛說，我們這幾日順風順水，後日我們就可以到楠江上岸啦。」顏烈高興地說。

顏寧坐下後四顧打量。他們此時船停靠在荊河邊，河邊景象和前幾日又不同，平原不見了，兩岸山巒起伏。現在太陽還未完全下山，兩邊看去卻已經是黑魆魆的一片。

「不是說荊河沿岸都有官府巡查嗎？這邊看著很荒涼，都沒見到村莊啊。」顏寧奇怪道。

「這一片到楠江，沿岸都是山，官府也不好駐紮。剛剛我們船路過的一個碼頭，是這裡最近的一個，下一個碼頭就在荊河和楠江交界處，這一段河道有船沿著河道上下游巡查。」楚謨上京時就是坐船從荊河到京城，對這片也熟悉，解說道。

「原來是這樣啊，難怪都沒人氣。」顏寧才知道原來荊河兩岸不全是平原。

「我聽船工說，明天那段河道名為『鬼見愁』，水流湍急，兩岸山勢險峻，暗流還多，是荊河上最險峻的地方，水面有幾處還很狹窄，若是碰到風大，掌舵的人又沒經驗的話，一不小心就會撞上崖壁。明天行船要很辛苦呢。」封平這幾日也在打聽沿途的事情，一直跟船上的人打交道，跟船工們已經很熟悉了。

楚謨看了這位封先生一眼。他在京城自然也知道這人是封家留下的唯一一個人，看他這幾日言詞有禮、進退有度，幾年乞丐生活好像沒在他身上留下什麼痕跡，倒是更見沈穩了。

趙大海這幾日安排行船，都是顏寧他們所在的這艘大船在前，他自己所乘坐的小船殿後。第六日一早開船，趙大海卻安排小船在前先行帶路，顏寧他們乘坐的船後行。可能是考慮到這片河道危險，小船先行可以探路。

兩艘船開上河道，轉過一道彎後，大家只覺得眼前一暗，再睜眼仔細看，感覺果然不同了——兩岸山高直插如雲，山勢連綿不斷。

站在船上，行到狹窄處，抬頭看天，只能看到頭頂上那狹窄的一線；兩岸青山感覺觸手可及，山勢像要壓下來一樣，船身一晃蕩，就感覺會撞上山壁。

偏巧今日還是個陰天，山風吹來，更添幾分寒意，隱隱聽到風過時的呼嘯聲，像鬼哭狼嚎一樣，難怪這裡會被稱為鬼見愁，這要是晚上，活脫脫像地獄的感覺啊。

稍微寬闊點的地方，光線亮了點，可是水流又很湍急，遠遠看去，水面上還有一個個打著轉的漩渦，時不時露出幾塊黑黝黝的礁石，水浪拍打著四散出一片水珠，浪頭打在崖壁上，甚至還有回聲。

山勢險峻，暗流暗礁很多，據說年年都有船在這裡傾覆，每人都打起十二萬分精神。

他們這艘大船的船老大是個經驗豐富的老船工，行船至此也不敢鬆懈，顏寧看他船頭船尾已經跑了幾個來回。

走了這麼久，也沒看到前幾日常見的商船和漁船。

顏烈、楚謨和封平三人，站在二樓船頭甲板處看風景。顏寧自然還是站在二樓船尾甲板的船舷處，看到船頭一晃悠，虹霓還忍不住一聲驚呼。

楚謨看到顏寧三人站在那裡，見顏寧不住地前後張望，也不避諱男女有別了。「妳在看什麼啊？」

「昨日還碰到好幾艘船的，今日怎麼一艘都沒看到？」

「昨日封先生不是說了，這段河道名為鬼見愁，打魚的漁船很少會到這裡打撈；而商船沒有我們官船結實，一般沒這麼早開出來，要等到中午，天色好了，才會開出來。」

「原來是這樣啊。」顏寧剛剛正在納悶怎麼這條河上，好像就剩下這兩艘船。

「這段河道讓船工們很辛苦，不過景色卻是不錯。」楚謨跟顏寧並排站著，給她介紹起這兩岸的掌故來，顏寧聽得津津有味。

對船工們來說是險地，對他們這些坐船的來說，覺得山川迭起，時而險峻，時而蜿蜒，甚至還能聽到兩岸山上傳來的猿聲。

顏寧從未見過如此景象，想起在玉陽關看到的草原風光，再看眼前這大河奔流，只覺得自己真是個井底之蛙，這麼多美景都不知道。將來要是顏家安全了，她一定要到處走走看看。

「京城局勢在握了嗎？妳居然放心離開京城。」顏寧正看景發呆，楚謨忽然問道。她嚇了一跳，轉頭看原來是楚謨，居然還沒走，虹霓和綠衣卻不在身邊了。

「妳兩個丫鬟剛剛不知幫妳拿什麼東西，走開了。」楚謨看她左右張望，提了一句。

「沒什麼好不放心的，有我父親和太子哥哥在。」顏寧回道。

這也是她的真心話，如今皇子們奪嫡還只是暗中進行，表面上還是兄友弟恭。二皇子楚昭暉和三皇子楚昭業都傷了元氣，肯定要休養一二；姑母如今掌了宮務，要是再找兩個宮妃分了柳貴妃的權，宮中也就暫時無憂了。楚元帝對顏家表現得隆恩浩蕩，宮裡姑母和太子哥哥地位穩固，京城還真沒什麼好擔心的。

「妳既然對他們有信心，對付林家為何要自己動手？」楚謨是真有點好奇。

他在京中幾日，顏明德愛女如命是名副其實，估計只要顏寧張口，他肯定是寧願自己站在前頭，也不願女兒沾上這些事的。

太子楚昭恒表現得也不像傳言中那麼不堪，看著待人謙和，君子如玉，喜怒不形於色，實際行事卻是老辣。光看他這麼快就被元帝帶在身邊，就知道在如何獲得帝王信任上，他很有一套。

「我父親為人坦蕩，不會鬼蜮伎倆；太子哥哥身在深宮，行事多有不便。」楚謨沒對楚昭業說出她殺了林天龍之事，她也不瞞他。「我父親做事講究兵來將擋，讓他主動去害人卻是不肯的。」

這也是顏明德迂腐的地方。他會防人，但絕不肯主動害人，尤其是認為對方沒違法犯紀的時候，如果她告訴顏明德，要他快點下手除掉林家，肯定會被叱責。

「妳為何一直針對林家呢？說起來若說覬覦皇位，二皇子、四皇子也不乾淨，三皇子倒不像二皇子那麼急迫。」楚謨有點想不通，他一直懷疑顏寧是因愛生恨，可是看楚昭業醉酒那日的表現，怎麼看都像是顏寧拋棄他。「難道是因為林家的大姑娘？」

顏寧不能說是因為前世楚昭業滅了二皇子和四皇子，坐上帝位，只能說道：「因為林家手中有兵權。」

這個理由倒也說得通。

「妳真是……咦？」楚謨看著船尾，驚訝了一下。

顏寧聽到他的驚呼，跟著抬頭看向前方，只見一艘比他們所乘的船略小、蓋著油布的商船，正鼓足風帆順流而下，離他們越來越近。

那商船上顯然載滿貨物，但是張足風帆，又剛好是順風，那速度很快。

他們所坐的這艘船，船老大怕速度太快不好控制，為了安全，將風帆放下來。

楚謨看那船的行速，低頭向船工們叫道：「快靠邊！後面一艘船的船速太快，快靠邊！」

「快招呼那船，這裡河道狹窄無法並行，也無法讓道！」舵手大聲喊道。

在荊河行船的人，應該都知道這段河道無法並行才是，船老大一邊讓人站到船尾甲板喊叫，一邊讓舵手儘量快行。

他們已經行到鬼見愁的後段，只要繞過前面那座山腳，河面就會寬闊很多。

「不對，快閃！」楚謨到底是南方長大，看現在這樣，那船要筆直撞上來了，拉了顏寧就想退回艙房，卻是來不及了。

「砰」的一聲悶響，顏寧只覺得整個人都被震起來，她連忙雙手拉住船舷，只感覺到手一輕，那塊船舷木板居然鬆動了。

腳下的船又傳來「砰」的一聲，她只感覺到一股力量將她甩出去。楚謨伸手一拉，不僅沒拉住，反而也被帶出了船舷。

船舷上有繩索，楚謨右手拉住顏寧，左手拉住一段繩索。

商船那裡刀光一閃，一把飛刀割斷楚謨所拉的繩索。

「世子爺！」

「寧兒！」

「快救人！快拉住他們！」

顏寧只聽到傳來幾聲混亂的大叫，她不自覺地捏緊手上抓的東西，然後砰地一下，掉入水中。她不諳水性，到了水裡，只覺得寒氣刺骨，黑漆漆的什麼都看不見。江水渾濁，帶著一種腥氣，從口鼻中灌入，她拚命蹬腿想要浮到水面上，只是水裡使力軟綿綿的，她不知如何著力才好。

「閉氣！」一個男子聲音響起。

能聽到聲音！她連忙睜眼想看看情況，她頭在水面上，張嘴想叫，一個河浪打來，又將她拍到水中，嘴裡被灌入一大口水。

胸口越來越悶，越來越痛！閉氣，一定要閉氣！

她雖然不會泅水，但是知道一旦吸氣，那水肯定會灌進來，剛才灌入的那口水，讓她喉嚨生疼。可能是在水下太久，她覺得耳朵裡好像有轟隆隆的聲音。剛才一晃眼的工夫，她知道自己抓住的東西，是楚謨的手。

在水裡，她無處可依，一陣陣水流沖到自己身上，讓她東搖西晃，她不自覺又捏緊楚謨的手。這時，她感覺那隻手順勢攬上自己的腰，躲開一塊水下的礁石，然後托著她往水面浮去。

他應該是會泅水，因為他竟然能托住她沒讓自己再下沈，顏寧覺得安心了些。

江水渾濁，可不睜開眼睛，更覺得恐懼。顏寧睜開眼睛，渾水沖到眼睛，一陣刺痛。

楚謨顯然知道她不會泅水，加快了往上游的速度。

顏寧看到自己頭頂上的光亮，而且離自己越來越近，快到水面了。

這時，忽然發現有黑影向他們兩人的方向遊過來。那人手中白晃晃的匕首，就算是在黑乎乎的水中也能看到。

顏寧不知道楚謨是否看到了，她用另一隻手去拍打，不自覺想要對他說小心，結果一張嘴，水灌入，只覺眼前一黑，什麼都不知道了。

楚謨被顏寧拍打，連忙低頭查看，看到顏寧手指的方向，兩名身穿黑色水靠的人，拿著匕首游過來。

看樣子情況不妙啊……

大船被商船撞了後，方向偏差又撞到了岸邊崖壁上。

幸好船體結實，沒有散架。船工們都是在荊河行船多年的老手，穩住了船身。

「停下，快停船！我妹妹落水了！」顏烈直接從二層甲板跳到一層，抓住船老大叫道。

「公子，停不下來！現在停不下來啊！這裡水流湍急，沒地方下錨啊！」船老大也急。

「靜思，寧兒不見了，剛剛看到她頭露出水面，現在水上看不到人了啊！」封平趴在船舷上，看到顏寧和楚謨露了個頭，一個浪頭過後就不見了。他在二層繞著甲板前後左右跑一圈，再沒看到兩人，急得叫著顏烈的表字，也忘了忌諱，直呼起顏寧的小名來。

「我家世子爺也不見了！怎麼還沒浮上來？」楚謨的小廝也急了。

「轉過這個彎，水流就平穩了，到那裡停船。」船老大發出指令。

顏烈聽到顏寧不見，急得就要跳下去找人，被孟良一把抱住。「公子，您也不會泅水，您跳下去沒用啊！」

「靜思，顏寧和楚世子是一起落水的，剛剛浮起來時我看到他們一起！」封平也顧不上這麼說會不會影響顏寧的名節，顏烈已經慌了神，這時候，能讓他不發瘋就行。

果然像船老大所說的，船轉過一個彎道，水面立時開闊。

「快下去撈人！我妹妹掉在剛剛那地方！」顏烈朝船老大叫道。

「放小船，快下去找人！」老船工讓人放了四艘小船下去，拉網尋找。「公子別急，水流向下，我們在這邊救人。」

「鬼見愁水流急，暗流多，這水底下還有暗礁，人掉下去，凶多吉少啊！」一個中年船工說著，被旁邊的人頂了一肘子，讓他閉嘴。

顏烈本來已冷靜下來，聽到他的話又急了。

「你家世子爺會泅水？」封平抓過清河問道。

「會的、會的，我家世子爺水性很好！在水裡能閉氣很久。」清河和洛河都說道。

其實船工們都覺得楚謨和顏寧這樣掉下去，沒生還機會了。就算楚謨水性再好，可帶著一個不會泅水的人，又處處是暗流和暗礁，想游上來可不容易。可是兩人身分尊貴，這要是出事，只怕這一船人都要倒楣，所以只盼他們兩人吉人自有天相，平安無事才好。

趙大海聽說出事了，從前頭船上趕過來。「怎麼樣？人撈到了嗎？誰掉水裡去了？」

一聽到是鎮南王世子和顏大將軍的女兒落水，他也傻眼了。

「找！再下幾條船！一定要找到！」他回神命令道。「不能只待在這裡，往上游去，鬼見愁那段也得看看。」

眨眼工夫，天居然下起了大雨，沒多久臉上就是一臉水了。

「將軍，求將軍給小的們留條活路吧。這麼大的雨，小船進了鬼見愁，肯定要翻的啊。」船老大走到趙大海身邊，跪了下去。

「給我一艘船，我自己進去找人！」顏烈只想自己去找。

「公子，這位公子爺，您不會撐船，進去了根本沒用。」船老大實話實說，又求趙大海。「將軍，您看風浪更大了，小船下去就是送死啊！」

大家知道船老大說的是實話。隨著大雨，荊河好像發怒一般，浪頭一個比一個大，剛剛下去的四艘小船就像四片樹葉，高高拋起，迅速落下。

船老大看到幾個兄弟的險境，看趙大海沈默不語，跪下對著顏烈不停磕頭。

「讓他們回來吧。」顏烈做不出為了自己妹妹的性命，就把別人逼死的事，終於說了這句話。

可是這話出口，就好像親手斷絕了妹妹的生機，顏烈蹲下身，抱頭痛哭起來，像個孩子一樣。

趙大海只能怔怔地看著顏烈痛哭，他是個大老粗，本就不擅言詞。

楚謨帶來的侍衛和小廝，搶了一艘小船去河裡找人，卻什麼都沒找到。

至於虹霓和綠衣兩人在剛剛撞船時，想要撲出船艙去拉住顏寧，結果船撞到山崖時，兩人沒拉住東西，一個撞傷肩膀，一個撞了腰。現在也顧不上看傷，看著江水一個勁兒地哭著，又抹乾眼淚繼續看江面，生怕一錯眼，錯過姑娘在水裡呼救的瞬間。

顏栓和李嫂帶著顏家的幾個僕婦站在邊上，心裡火急卻又不知能做什麼。

孟良和孟秀看著封平，希望他能出口勸幾句，或者拿個主意也好，偏偏封平只看著大船發呆，不知在想些什麼。

趙大海看了一圈，看看眼前這事，自己在邊上搓著手，更是不知該如何勸慰。

「好端端的，怎麼會撞上山崖啊？」他索性先問事由。

「將軍，本來我們的船行得好好的，是後面那艘商船忽然撞上來，船被撞得失了方向，才撞上崖壁的。」船老大連忙說道，能撇清點責任也好啊。

被他這麼一說，大家都轉頭向那艘商船看去，商船停了許久，竟然一點動靜都沒有。

顏烈停下哭聲，抬起頭，滿臉脹紅，雙眼有些浮腫，他一把抹去臉上的水。「去把那艘船上的人抓過來，小爺要宰了他們！」看到剛剛撞上來的商船還在後面，甚至船頭還跟自己這艘的船尾相連。

「那船不對啊，怎麼一點聲音都沒有？都這半天了，一個人都沒出來。」孟秀叫道。

其他人也覺得不對勁。那艘商船毫無動靜，沒有聲音，也沒人出來，剛剛出現得又詭異，就像憑空冒出來的空船一樣。

「上去看看，以為躲著不出來就沒事了嗎？」顏烈顧不上多想，他只覺得心裡又痛又悔，恨不得砸碎所有人，一馬當先，直接跳上那條船的船頭。

其他人怕他遇險，連忙跟過去。

一群人上了船，就看到眼前商船的甲板上，空無一人，風中隱隱傳來濃重的血腥氣。

顏烈已經繞過甲板，奔向船艙，大家跟過去，看到顏烈呆愣地站在船艙門口。

看著自己眼前的景象，大家都是倒抽一口冷氣。饒是船工們都是大老爺們，有幾個已經嚇得叫了一聲，甚至還有人一屁股坐到地上。

這個船艙裡，竟然全是死人！

「快看這腳印！」孟良指著舵手處叫道。

大家看到船舵下倒著一個人，從船舵到船艙的窗邊，有一個腳印。

孟良走過去，看到船窗處有血跡，應該是踩腳時留下的痕跡。

從船舵到船窗，至少有二十來步路，卻只有一個腳印，說明這人竟然是一個跳躍，就從船舵這裡跳出窗子離開，這絕不是普通人能做到的。

趙大海上前看了一圈，又低頭探了探，指著倒在船舵邊上、一個穿深色短打的人說：「這人應該是剛剛才被殺死的，身上還有餘溫！」

顯然剛剛是他在掌舵。兩船相撞後，凶手覺得他已無用，又下了殺手。

「靜思，二樓的甲板船舷被人動手腳了！」封平喊叫著跑上這條商船。剛才大家衝到商船上，他沒有跟過來。他覺得事情有異，尤其顏寧落水前那一撞，怎麼會掉下去呢？他跑回大船去查看，果然發現異常。

他連忙過來，想告訴顏烈，一衝到商船的船艙門口，看到這一地死人，也愣了。「這些……這些是什麼人？怎麼全死了？」

趙大海最先反應過來。「封先生，你剛剛說什麼？什麼被人動手腳了？」

「是我們船的船舷那邊。」封平說完，顏烈已經轉頭推開眾人，向大船跑過去。

趙大海一跺腳，指了幾個士兵。「你們幾個守在這裡，不許任何人再上船。」走出船艙，又叫來船老大一番叮囑。「把兩艘官船所有的船工們都叫到岸上，不許亂走，不許離開！否則就以疑犯論處！」吩咐完，他追上顏烈和封平，向大船二層走去。

船老大不敢怠慢，連忙把兩艘船的船工們都集中起來，讓大家都到岸上去。

趙大海走上大船的二層甲板，看到顏烈、封平還有兩個顏府侍衛都圍在船尾甲板的船舷處，他也走上前去查看。

「趙將軍，你看這船舷。當時顏姑娘站不穩時，抓住這船舷木板穩住身子，結果木板斷了。你看這船舷處的木板，厚達兩寸左右，靠裡側這一寸半的斷口整齊，最後這半寸才有斷裂痕跡。這裡的木板，顯然被人動過手腳。」封平指著顏寧落水處的那個缺口，詳細說明。

趙大海只覺得頭疼。是誰要謀害顏家的姑娘？一個小姑娘，有什麼被人謀害的理由啊？哪怕是顏烈被人害了，他都不會覺得奇怪，可是顏寧，他是真的想不通。

「姑娘剛掉下去時，被楚世子拉住，後來楚世子拉的那根繩索，忽然就斷了。」虹霓和綠衣當時聽到驚呼，從艙房裡撲出來就看到繩索斷裂，楚謨和顏寧一起落水的情景，此時連忙補充道。

「有刀光！我看到有光飛過，那繩索才會斷的！」楚謨的小廝清河也叫起來。

大家拉起那段繩索查看，果然繩索的斷口很整齊，是被鋒利物割斷才有的。

「將軍，剛剛清點船工，發現少了四個人！」一個士兵跑上來稟告道。

趙大海和封平轉身下船。

顏烈死死盯著船舷斷口看了一眼，轉身跟上封平他們。

船老大在岸上清點人數，發現少了四個船工，已經嚇得面無人色。他一看到趙大海一行人過來，就搶先道：「將軍，小的什麼都不知道啊！問了一圈，說剛剛下岸時還看到他們四個的，他們四個也沒下河找人，這一轉眼就不見了……」

「你先別急，」封平溫聲安撫道。「先說說這四個人是哪裡人士？與你們可熟悉？」

「我們從荊河碼頭出發時，有幾個兄弟拉肚子，就招了幾個補缺，那四個人，是當時臨時招進來的。這幾日看，他們確是行船的好手，像朱老三是個老舵手，幹活也賣力。」船老大回憶道。「除了幹船上的活計，他們還會幫忙打掃什麼的。」

「對了，前幾日說要過鬼見愁，朱老三還把幾層甲板船舷都檢查了。」一個船工補充道。

封平一聽，知道這朱老三就是最大的嫌疑。

「你們招的這些人，都是往日熟悉的嗎？」

「其他都是熟悉的，就朱老三那四個，只是碼頭上看著眼熟。」

「他們家在哪裡，你知道嗎？」封平連忙問道。

眾人茫然搖頭，只知道這四人眼熟，卻不知道家在何處。

封平轉頭看了趙大海一眼，大致確定就是這四人了，但是如何抓人就不是他能說的了，而且想到當時楚謨也站在甲板上……

封平狐疑地看向楚謨帶來的隨從。「當時楚世子也站在甲板上，幾位，你們可想到什麼可疑的？」

事情牽涉世子，王府其他主子又不在，楚謨幾個隨從互相看了一眼，領頭的一個拱拱手。「我們馬上派人去南州王府報信，這事實在不敢妄斷。」

「你們是不是知道是誰下的黑手？為什麼不說出來？都是你們世子害的，我妹妹掉水裡去了！」顏烈不管不顧地拉著那侍衛的襟口，要他說出是誰下的黑手。

他不信有人專門要殺顏寧，一定是楚謨連累的，都是這個楚謨，害了自己妹妹！

「我家公子傷心過度，請見諒。」封平連忙致歉，又示意孟良和孟秀上前把人拉開。

那個侍衛哪敢見怪，連說不敢，自己後退幾步，和其他人商量派誰回去報信。

顏寧只是一個閨閣女子，才年方十二歲，楚謨的侍衛和小廝其實也懷疑有人針對自家世子爺，連累了人家姑娘。

楚謨掉下水時，也覺得可能是自己拖累了顏寧。

顏寧暈過去前只看到黑影，而楚謨神志清醒，看到了兩人穿著黑色水靠，一手拿著匕首向他們游來，這兩個黑衣人一看裝束，就是和以前來刺殺他的刺客們是一夥的。

真是不死心啊！這次是自己大意了，以為有這麼多人，應該沒刺殺機會。

他苦笑著踢開最近的一個黑衣人刺來的匕首，趁著這一踢之力，趁勢又往後退了一段距離。

他單手無法對付兩個人，身旁又有一個不會泅水的顏寧。踢開刺客後，他連忙往水面浮去，想讓顏寧浮到水面透口氣，若是船上能有人將她拉上船，那他還能放開手腳解決這兩個刺客。

刺客顯然水性很好，一看他向水面游去，竟然兩面包抄而來。若楚謨浮出水面，看不見兩人的動作，就等於任人宰割了。

楚謨看到身後有一片暗礁群，連忙往暗礁中游去，打算從暗礁中繞一下，將那兩人甩遠些。他向後游去，沒想到，剛躲開兩處暗礁，一股吸力傳來，竟然將他和顏寧一起往下吸去。

饒是他水性過人，也無法躲開那麼大的吸力。

兩個黑衣人離他們還有三十多步遠時，就看到楚謨和顏寧打著轉向水底沈去。

河水越來越渾濁，他們不敢跟過去，轉頭向反方向游去，先離開再打算。

那股吸力很大，楚謨眼睜睜看著刺客離開，卻無法動作。在水中動作本就不便，帶著一個不會泅水的顏寧，他更無法施展。

要不要將顏寧鬆開，再試試自己能不能逃離暗流？

他心頭閃過這念頭，低頭看到顏寧雙目緊閉、臉色蒼白、脆弱無助的樣子，且他還能感覺到她死死抓住自己手的力道。

罷了罷了，顏寧妳這次要是能活命，可欠了我一個大人情！

他一手將顏寧拖近些，另一隻手護住自己的頭，往下沈去。此時河水更加渾濁，已經無法視物，他感覺背上被重重撞了一下，眼前光亮全無，手往四周摸索，顯然是一個石洞。

他屏住氣息，索性順著暗流吸力往前游去。這石洞不大，他划水時手一次次碰到崖壁，可眼下也顧不得疼痛，顏寧在水中太久，可能就會溺水而亡。他在南方江河中見識過，這種石洞一般都是有出口的。

終於有了光線，他連忙向光線的方向奮力游去，「嘩」的一聲探頭出水。

原來兩人身在一個湖中，轉頭看身後是山崖，顯然他們剛剛被暗流拖到這水下的山洞中，從荊河那頭穿到了山的這一頭。

還算是走運，這中間要再有暗流，或者自己也暈了卡在洞裡，可就直接溺死在洞中了。

這湖應該是和荊河相通，三面環山，只有東面有淺灘。周圍一片寂靜，沒有人氣，那兩個刺客就算找來也沒這麼快。

湖水平穩，楚謨連忙游水上岸，將顏寧拖到岸邊，伸手探了探鼻息。幸好還有呼息，他用了些勁才把手抽出，手背居然被顏寧捏出了烏青的手印。

這姑娘求生慾望非常強啊，也是好事。

他已經耗盡力氣，扳開顏寧的手後，一骨碌躺在顏寧身邊，不要說幫顏寧擠水，連動動手指頭的力氣都沒有了。

人一鬆懈，他才感覺到自己背部火辣辣的疼，五臟六腑像移位一樣，剛剛撞上崖壁時，肯定受了內傷，抬頭看自己的手，也劃了好多道口子。

幸好，都不是致命傷。

這時天空更加陰沈，幾陣山風吹過，天上砸下豆大的雨點。

「屋漏偏逢連夜雨，連個躲雨的地方都沒有。」楚謨喃喃自語，用盡力氣將顏寧推到旁邊蘆葦叢下。「好歹也算給妳擋點雨了，我可是仁至義盡啦。」

說完，他還想再拉些枝葉過來幫她遮蓋，卻再也支撐不住，眼前一暗，閉眼暈了過去。

第十三章

顏寧醒過來時，雨已經小了，她打了一個寒噤，冷得一哆嗦，張開眼睛，發現自己頭頂的蘆葦葉在飄蕩，還有細雨落到臉上。

這是哪裡？

她腦子一時有點懵，想了一會兒，才想起來自己和楚謨落水的事。一轉頭，看到離自己一臂遠的地方，躺著個全身濕透的少年。

顏寧連忙撐起來，探頭去看，果然是鎮南王世子楚謨。臉還是那張漂亮的臉，只是臉色有點蒼白，自己還有幾片蘆葦葉子遮擋，他是真的全身躺在濕地上被雨淋著。

「喂，你醒醒，還醒著嗎？」顏寧伸出一隻手去拍他的手臂，一點回應都沒有。自己只是溺水，身上倒是沒受傷。

她緩了口氣，慢慢站起來，走到楚謨旁邊，伸手先探了探鼻息。還有氣！沒死就好啊！不然就自己一個人待在這裡了。

她暗暗慶幸，看到楚謨胸前沒什麼傷口，只是手上有不少道口子，被水浸泡的傷口都泛白，幸好血不再流了。再把他翻了個身，背上的衣服破了好多小洞，還有被劃開的痕跡，再一摸額頭，竟然有點發燙。

人長得漂亮，身子居然也這麼嬌弱啊！還不如自己。

顏寧撇撇嘴。看這個湖三面全是山，只有自己所站的地方能上岸落腳。她拉起楚謨試了試分量。幸好自己長年習武，力氣不算小。她揹起楚謨，搖搖晃晃地往前走去。

雨天路滑，又沒有現成的山路，顏寧走得有點磕磕絆絆。走過幾叢雜草叢後，就進了密林，幸好，這座山還是有人跡的，走了一段上坡路後，她看到沿路有草木踩斷的痕跡。沿著那痕跡走了一段，竟然看到一個黑魆魆的洞口，連忙揹著楚謨走過去。

這洞可能是獵戶樵夫臨時躲雨過夜的，洞中央還有一堆灰燼。洞口結了蜘蛛網，顯然最近沒有人來過。

洞口不大，只有半人多高，顏寧不得不彎腰進去，高度沒算準，「咚」的一聲，楚謨的頭又在洞口撞了一下，聽起來就挺疼的。

他發出了一點悶哼聲，還是沒醒，顏寧吁了口氣，心裡說了聲抱歉。

這洞地勢高，雨水灌不進來，比較乾燥。現在裡面空蕩蕩的，居然還有堆枯草。夏日洞裡蚊蟲不少，也不知身上驅蟲的香包浸水後，還有用否？

顏寧將楚謨放到枯草上，兩人都全身濕透，一身狼狽，自己的衣袍和鞋子全沾了山泥。下雨天找些乾柴也不容易，她又走出去，到草叢樹叢裡扒拉，揀了些枯枝落葉回來，摸摸自己身上，什麼都沒帶。

她又摸了摸楚謨的袖袋，居然還真被她找到打火石。天助我也！

不過一個堂堂世子，身上居然會隨身帶這些東西？

顏寧顧不得男女授受不親，一不做二不休，將楚謨袖袋裡的東西全扒拉出來。林林總總東西還不少，有打火石、藥瓶，還有幾兩碎銀。

這荒山野嶺，有銀子也用不上，打火石和藥倒是實用，只是也不知這藥是吃什麼的？顏寧不敢亂服用，先抽出楚謨身下的枯草點燃，然後扔上自己撿來的枯葉枯枝。由於枯葉枯枝都淋濕了，與火一接觸便湧出很多濃煙，嗆得她連連咳嗽，停在洞裡的山蚊子也被燻得往外飛去。

這下好了，蚊子小蟲都沒了！她一邊嗆咳一邊苦中作樂地想著。

可還沒高興多久，濃煙就大得連眼睛都睜不開，連楚謨都被嗆到了。

顏寧可以跑出去透氣，可他昏迷著不行啊！

不要沒病死，被煙嗆死了。

於是她又找了張大葉子當蒲扇，將那些煙往洞外搧。她沒幹過這種粗活，那煙搧得到處亂飄，幸好邊燒邊烤，枯枝枯葉乾了後，煙也小了。

身上的衣服黏在身上，濕漉漉得難受。事急從權，這種時候可不能著涼生病，她看看楚謨還昏迷著，一時半刻應該醒不過來。

她跑到洞口外面，四下打量沒看到人，便扯下自己的外衣，拿樹枝架邊上烤起來。解下外衣後感覺人輕鬆不少，她的手又摸上中衣的襟扣，心想趁人昏迷時脫了一起烤乾吧……

不行，萬一半途他醒過來，那自己真不要見人了。

手提起又放下，放下又提起，終於還是不敢造次。算了，坐得離火堆近點，自己身子強健，再運運功，應該沒事。

轉頭看到楚謨臉色有點潮紅，嘴唇發乾。他額頭發熱，應該是發燒了，濕衣裹在身上會加重寒氣。

「喂，醒醒、醒醒！」顏寧又推又叫，想把他叫醒，讓他自己脫衣烤火，可是楚謨正昏迷中，哼哼兩聲就沒反應了。

這可怎麼辦？看到他那身又濕又髒的外袍，顏寧伸手想去解他腰上玉帶。幸好她也經常男扮女裝，男子玉帶衣袍還挺熟悉。

要不就讓他躺著烤乾？這要幫他脫衣，太羞人了。

顏寧將楚謨推到離火堆近一點的地方。

反正沒外人，沒人會知道。顏寧一咬牙，閉著眼睛摸索著將他玉帶解開，外袍脫下。他那衣物都能擰出水來。脫一件是脫，脫兩件也是脫，她直接抓著將他中衣也脫下。動作太猛，差點把楚謨滾到火堆裡，還好她動作快，一把將他拉住。

這要真掉入火堆，萬一毀了容顏……顏寧看看眼前這張泛著潮紅的俊臉。這臉要是毀了，還真可惜。

這番動作，她不禁羞紅了臉，幸好也沒人看見。

過了一會兒，她的外衣乾了，坐在火邊半天，身上的衣服也差不多烤乾，至於楚謨身上那層褻衣，她是不好意思再去碰了，只好拿他烤乾的外衣給他蓋上，指望火也能把他衣服烤乾。

外面雨漸漸停了，天色越來越暗，密林深處不時傳來不知名的奇怪叫聲，更添幾分陰森。

顏寧死過一次，根本不怕什麼陰森鬼怪，可是山中野獸夜間會出來覓食，火一定不能熄滅。

另外兩人也得找點吃食，眼下她還能餓一下，可楚謨已經發燒，若還沒有吃的，可能要頂不住，等在這兒可不行。

顏寧往火裡加了點樹枝，幫楚謨蓋緊衣衫，走出洞外，又弄了一些枝葉掩蓋在洞口。

過了近半個時辰，天色已經漆黑，顏寧終於揹了一捆柴火，身前還掛了兩袋東西回來。鑽進洞裡後，她又把洞口蓋好，留出一個小洞查看外面，她小心放下身前掛著的袋子，得意地一笑。

不認識草藥、野菜有什麼打緊？本姑娘會爬樹掏鳥窩啊。

她坐到火堆旁，拿起一枚鳥蛋扔進火裡，結果「砰」的一聲，蛋爆掉了，蛋黃蛋白流出來。

怎麼會這樣？她連忙伸手想去撿蛋黃。嘶——燙死了！

顏寧在家十指不沾陽春水，哪知道不能把蛋直接扔火裡。可是不這麼扔，就沒法弄熟。算了，就生吃吧。她咬咬牙，拿起一顆蛋，拔下自己頭上的銀簪子一戳，在蛋殼上戳開一個洞，閉著眼睛往嘴裡一倒，不知是不是餓極了，味道還不錯，回味還有點甘甜。

吃完兩顆蛋，看著空蛋殼她得意一笑。太好了，這下連接水的容器都有了。於是她把洞口枝葉上掉下的水滴都接到蛋殼裡，居然也接滿了一個殼。

落水時連早飯都沒吃，這時吃下一個鳥蛋，她感覺肚子更餓了。原本是想嚐一下味道就餵楚謨，可一嚐肚子都叫了。

我先吃幾個，多出來的都給你吃啊！

她轉頭看著楚謨，心裡說道。然後不客氣地一連吃了四個，終於覺得肚子裡有點東西了。

再轉頭看看楚謨，還是昏迷著，臉色由剛才的潮紅變得蒼白，唇色還有點發青。

這是退燒了，還是病得更厲害了？她不懂醫術，不知他受的傷重不重？應該不會死吧？前世，自己死的時候他都還活著，這次應該不會死。不過生病了，吃點東西補充體力總沒錯。

顏寧想著，走到他邊上想餵他吃。可是昏迷的人牙關咬得很緊，嘴巴也緊閉著，這要怎麼餵？

就這麼幾個蛋，不能浪費了。

顏寧習武，自然知道怎麼讓人張嘴。手上用了點勁，直接捏住楚謨的下頜，迫使他張開嘴來。手勁沒掌握好，用力過猛，只聽啰的一聲，竟然把人的下巴給卸下來了。

顏寧一聽聲音就暗叫不好，又手忙腳亂地給按回去。

折騰兩次，嚇出一身冷汗。

總算讓他張開嘴了，她連忙一手捏住他下巴，另一隻手把蛋液倒進去，乍一看很像別人灌毒藥的手勢。

她一連餵了五個才停手，低頭就看到楚謨那張白皙的臉上，紅色指印鮮明，爪印儼然。

剛才用勁好像還是太大了……

她沒想到會是這樣的痕跡，一時有點不好意思，本能地伸手想幫他揉一下，卻看到楚謨眼皮動了動，睜開眼睛來。

顏寧手還停在他下巴上，看他眼神逐漸清明，嗖地一下縮回手，乾笑一聲。「那個……你醒啦？你還好嗎？」

她再是膽大、再是問心無愧，手放在年輕男子的臉上還是會不好意思的。當初那麼癡迷楚昭業，也只敢去拉人家衣袖呢。

楚謨轉頭打量一下四周，火光跳躍中，看到自己身處的地方應該是個山洞，想起自己昏迷前，兩人都倒在湖邊。

「我們怎麼到這山洞的？」

「我揹你過來的啊。你發燒了，幸好你還帶著打火石，我們才能生火。」

楚謨的意識更清醒了些。「有人找來這裡嗎？」

「沒有，我二哥他們就算要翻山過來，也沒這麼快吧。」顏寧想到落水是在荊河邊。「對了，我們怎麼會到這裡來的，你知道嗎？」

「我們落水後，有兩個刺客躲在水中，我們不小心被暗流吸進來的。」

顏寧昏迷前模糊中看到兩個黑影，聽楚謨這麼一說，她確認是刺客，再看楚謨說得含糊，便問：「那兩個刺客你認識嗎？」

「見過他們的同夥，這些人可能會找過來。」要是他沒受傷，自然不怕他們，現在要是被發現，那真是死路一條，所以這事不能瞞著她。

他感覺有點冷，撐起來想靠近火邊，這一坐起來，蓋在身上的衣服都滑下來。這洞裡就兩個人，誰脫他的衣服就不言而喻了，再想到剛剛醒來時她的手在自己臉上……

「妳……妳是不是姑娘家啊？」楚謨有點羞惱，忍不住低叫。

顏寧起初還不知出了何事，看到他抓著自己的外衣抱在胸前，好像良家女遇到登徒子的樣子，不由有些惱了。「你怕什麼，我又沒碰你。」

這話，是姑娘家說的嗎？

「男女授受不親，這話妳不知道嗎？妳……我可不會娶妳。」

「你這人怎麼不識好歹？我是好心救你，身正不怕影子斜。再說在玉陽關的時候，我還看過人家上身赤膊地包紮傷口呢。再說，這荒郊野外，你不說我不說，誰能知道？楚世子，我們兩個如今是落難時分。」顏寧越說越覺得自己沒錯。「再說，你想娶，我還不嫁呢！我父親才不會為這點事要我嫁給你。」

她撇撇嘴。真是的，自己都沒說話，他一個大男人這什麼表情啊？

楚謨無言了。他在南方邊境的軍中待過，自然知道沙場受傷後，為了快點包紮，也不會顧忌穿衣什麼的。守城士兵受傷慘重時，城中婦人也來幫忙過，只是他還是感覺彆扭啊！

他垂下視線，看到地上的幾個蛋殼，轉了話頭。「這些蛋是妳找的？」

「是啊。」顏寧懶得和他多說。

楚謨覺得自己嘴裡有一股蛋腥氣，剛才她手放在自己臉上，應該是給自己餵食。只是，怎麼覺得下巴有點痠痛？

可能是發燒後的感覺，楚謨暗自想著。又想到顏寧一個小姑娘出去找吃的，看看洞外黑乎乎的，也虧她膽大，剛才自己好像也沒道謝。

他囁嚅著說：「謝謝，妳又救了我一次……」

「在水裡時你也救了我一次，多謝世子沒把我扔在水裡。」顏寧看他摸自己下巴，想到剛才把人家下巴給卸了，這可不能讓他知道，所以故作淡然地說：「為今之計，我們還是得盡快出去。你受傷了，先歇息吧，今晚我來守夜，明早你要是能動了，我們盡快找路出去，我二哥他們肯定急壞了。」

楚謨囁嚅一下，應聲道：「好。」

顏寧想起那瓶藥，拿過來問他。「這藥可吃嗎？」

楚謨一看原來是自己隨身帶著的八珍丸，自然是可以吃的，連忙倒出四粒，自己吃兩粒，又遞給顏寧兩粒。

「還不知道幾時能出去，我沒傷沒痛，留著你吃吧。」顏寧考慮到如今前途未卜，還有那兩個刺客可能追過來，八珍丸雖好，她用不上，不如都給他留著。

「好。」楚謨看她不像是負氣而言，想到這姑娘說話好像很少拐彎抹角，也就應下。目下，的確是他自己更需要吃藥。

他和衣躺下，背對著火堆，回想剛剛她說的話。

顏家的顏寧，果然粗魯無禮啊。他想了想，要是換成大家閨秀會如何做呢？

想了半天後，他知道，換了其他大家閨秀，結果只有一個——要麼兩人一起死，要麼他被扔在岸邊等死。

他忍不住轉過身略略睜開眼，看到顏寧正抱膝坐在對面，兩眼看著洞外，也不知在想些什麼？

顏寧看他醒來，放心很多，也沒再管他，她正在回憶今日的一切。

當時她抓住船舷時，大船又在崖壁上撞了一下，就那一下撞擊，她手中抓著的木板一下就斷了，而楚謨抓住那根繩索時，她看到有刀光。

直覺的，她覺得這次刺殺是衝著自己來的。看來，有人容不下自己了啊。

難道是林家發現自己殺了林天豹和林天龍？應該不會，若是發現了，林家肯定要上報聖上的。

「我擔心今日的刺客會追來。」楚謨也想了一下今日的事，提醒道。

「嗯，我們明天早點走。只要走出這山，到有人的地方就好了。還有你的傷，得快點找大夫看。」

「我的傷勢還好，吃了藥，感覺沒什麼痛了。」

顏寧打量他一眼。「臉色那麼難看，逞什麼強？快點睡吧，明天一早我們就走。」

楚謨知道她是好意，對她輕視的語氣也不生氣，不再說話。

在船上暈船嘔吐了幾天，顏寧瘦得下巴尖尖的，這麼抱坐著，顯得格外嬌小；身上的衣衫早就髒污，泥水草漬黏在衣服上，顯得格外狼狽。

乍一看，這就是個弱女子而已，年紀都還未及笄，可是，看她兩眼專注地看著洞外，眉眼間顯出一分剛毅之色。

這麼小小的一個人，卻讓他覺得很可靠，是可以當成共度難關的夥伴。連天牢都能進去，她的身手肯定不錯，要是有機會得找她比比武……

楚謨看著看著，終於閉上眼睛，沈沈睡去。

這一睡，睡得很沈，直到天明。

第二天，鳥鳴啁啾，楚謨醒過來。

他試著運功，感覺比昨日好多了，頭還有點暈，身上也還是疼痛，但是應該能起身走路。他轉過頭，看向熄滅的火堆旁，顏寧正歪靠在山洞壁上睡著，兩手還交疊抱著。

「顏寧，喂！顏寧！」

一聽到聲音，顏寧立即坐直身子，眼神也很快清明過來，看到是他在叫自己。「你醒了？感覺比昨日好點了嗎？」

「嗯，好多了。」

一夜工夫，看他精神好了許多，難道是那八珍丸的功效？

顏寧此時也不能盯著問藥是誰配製的，於是她坐起來，把接滿水的蛋殼遞給他，讓他漱口吃藥，又把昨日剩下的幾個蛋一一戳破，自己仰頭吃了一個，其餘的五個都遞給他。

「這蛋小，妳只吃一個不夠飽，再吃兩個吧？」

「不用了，我沒病沒痛的。你要是能走，我們就盡快走，反正路上還能找吃的。」

楚謨覺得有失顏面，他堂堂男兒，居然讓一個姑娘餓著。

「不要多想啦，出去要緊。」顏寧催促道。

眼前不是矯情的時候。顏寧，也不是其他那些弱女子。

楚謨感激地一笑，拿起剩下的蛋一一吃了。

兩人都心急家人會擔心，又怕萬一刺客追來無法抵擋，便胡亂吃完東西、穿好衣裳後，就趕緊離開。

顏寧遞了根粗木棍給楚謨。「這個給你拄著走路吧，路上若是走不動，你就告訴我。」

楚謨接過木棍，上面有磨過的痕跡。應該是顏寧拿山石仔細打磨過了，拿著一點也不硌手，可能是昨夜她在他睡著後準備的，他不免感激地望了她一眼。

可這一抬頭，卻發現顏寧正目光怪異地看著他的下巴。「我臉上有什麼東西嗎？」

「哦，沒有，呵呵，走吧。」顏寧有點僵硬地笑了一下，當先走出去。

楚謨摸了自己的臉一下，下巴稍微有些痛。顏寧不說，應該不是什麼大事，也就不在意了，跟著走出去。

昨日一場大雨，山上多出不少小溪，渴了倒是方便取水。

今日雨過天晴，顏寧覺得他們兩人的運氣還算不錯，走出洞口，看到溪流後，先掬水喝了一口。

楚謨才想起在洞裡時，她只拿了一個蛋殼的水，全給自己喝了。

這邊是個山谷，中間是湖，四面環山。從水路出去是不用想了，只能翻山離開。

楚謨估計，只要翻過腳下這座山，外面山腳就是荊河邊的官道，上了官道，找人送信或攔個馬車載一程都行，所以兩人繼續沿著往山上走。

只是下過雨的山路實在不好走，又濕又滑，一腳踩下去就沾一腳泥。

顏寧的繡花鞋已經看不出原樣，要不是怕路上有刺，她真恨不得脫掉鞋。

楚謨又傷又病，更是走不快，五臟六腑好像移位一樣，痛得他不時停下。

顏寧雖然很急，可是看楚謨臉色蒼白地強撐著，一路也不催促，刻意放慢腳步。

路上要是看到鳥窩，她就爬樹去掏，有鳥蛋就掏出來收著。

第一次看她那麼索利地爬樹，楚謨目瞪口呆，驚訝得嘴都能塞下一個蛋，到後來再看到就見怪不怪了。

顏寧對楚謨也很佩服，他倒不像尋常紈袴子弟什麼都不懂，居然還能認識幾種野果野菜，現在這季節山上的野果不少，有他指點哪種能吃哪種沒毒，倒是一路走一路吃。

也不知走了多久，楚謨被一根樹藤勾了一下，腳下一軟，一個沒站穩，直接滾了兩滾，抓住地上的野草才穩住身子。堂堂鎮南王世子，狼狽得像個乞丐。

「我們在這邊歇一會兒吧，我走不動了。」顏寧扶起他說道。

顏寧雖然滿臉汗水一身污泥，但是楚謨跟在後面，看她走得生龍活虎，不像走不動的樣子。

這話是為了顧全他的面子，減少他的內疚？沒想到顏家的顏寧，還有這麼體貼細心的一面。

他也確實走不動了，昨日撞的內傷，讓身體隱隱作痛。「我也是走不動了，就在這兒休息休息，等下再走吧。」

「嗯，你先坐著，我到前面探探路。」

這姑娘，剛才還說自己走不動，現在又說去探路，連個假話都說不圓。楚謨不知該笑還是該嘆。看著她渾身髒兮兮的衣物，倒一點也沒減少她的神采，若不是這一身狼狽，還以為她是來郊遊，或者像一個等著上陣的將軍。這一路，就看她興致勃勃地東看西看，一點也沒慌張害怕的樣子，太不像個大家閨秀了。

若自己拿這話問她，她可能會說「怕有什麼用，還不是得走啊」。

楚謨正想得出神，顏寧忽然有點急匆匆地跑來，看她刻意腳步放輕，剛想張口問，就見她食指豎在嘴邊，比了個噤聲的手勢。

她將剛才楚謨滾下的痕跡拿樹枝掃了掃，走近道：「前面有四個人正在下山，不知是不是你說的刺客？看方向應該不會走這邊，別說話，我們躲一下！」

她吐氣如蘭，離楚謨耳朵又近，讓他耳根都紅了。

顏寧沒注意，拉著楚謨低下頭，過了約莫一刻鐘，真的有人聲從身後傳來，而且越來越近。楚謨和顏寧趴下身子，慢慢轉身看對面，那裡應該也是山坳，那四人好像很熟悉地形，走得很快。

「老三，我們在這裡歇會兒吧？」

「好，坐會兒，等下再去找也不遲。」

「你說那人也太小心了，都說人掉河裡了，還要我們找屍體。這屍體萬一已經漂到楠江去了，讓我們到哪裡找？」一個大破鑼嗓門道。

「那個顏公子據說派人把荊河到楠江這一段全看住了，河裡真要有屍體，肯定能撈到。」

楚謨覺得這聲音有點耳熟。他在船上這幾日，也沒少和船上的船工們說話，這一抬頭，就看到一張熟面孔。

前面那四人裡，大破鑼嗓門的那個居然是當時大船上的船工，聽人叫他刀疤，再一看那個老三，居然是朱老三。

朱老三說道：「說來也怪，那麼嬌滴滴的一個小姑娘，能有什麼仇啊？」

「誰知道啊？有錢人家的事搞不清。」

「管他的，我們拿錢就行。那人不是說了，事成之後，給我們一千兩銀子呢。」

「嘿嘿，有了銀子，我們也不用幹這水上營生了，回頭買地討個婆娘去。」

說起婆娘，四人可起勁了，淫言穢語說了一大堆。

顏寧聽得羞紅了臉，恨不得撲上去堵他們嘴巴。

楚謨轉頭看她一臉飛紅。見過這麼多面，第一次看她紅霞滿面，只覺得說不出的好看。

還是朱老三先回過神。「別在這兒閒磨牙了，我們快下去找找。鬼見愁那段暗流，要是真把人吸過來，也就下面這湖是個出口，這裡要沒人，肯定是被沖到下游了。」

這四人是在荊河兩岸討生活的水匪，他們水性好，平時經常在鬼見愁下手，劫掠過往的小商船。

往年說是在鬼見愁傾覆的船隻，其實是他們下的手。

因為長年在荊河兩岸活動，水性又好，這四人將荊河附近山下水下的地形，摸得很熟，哪裡暗流、暗礁多，哪裡容易傾覆，哪裡有洞口可以藏人，全都知道。

前幾日有人找上他們，讓他們下手除掉顏寧，言明事成之後就給他們千兩白銀，若是不肯做，就拿下他們送官。

要是送官，他們這種水匪肯定沒活路，四人哪有不答應的道理。

等到混上那艘官船後，他們才知道對方居然是要自己去殺顏大將軍的女兒。這可不是小事啊！只是那時哪容他們退縮，對方說船上還有內應會監視他們。

朱老三一拍大腿，送官是個死，事情敗露也是個死，還不如搏一把！

沒想到，事情倒很順利，因為顏寧每日都要站到甲板船舷那個位置。

摸出這個規律後，事情就好辦了。他們在要到鬼見愁的前一日，朱老三藉著打掃和檢查的名義，將二層那塊甲板動了手腳，第二日掌舵時故意撞一下，就能把顏寧甩下船。

沒想到天助他們，他們還沒動手，就有艘商船撞過來了。朱老三是掌舵的，乘機再往旁邊的山壁一撞，顏寧就飛了出去。

看到顏寧和楚謨終於落水，他們四人趕緊趁亂溜了，到約定的地方找那人拿銀子，沒想到那人說活要見人、死要見屍。

四人沒辦法，合計了一下，當時那暗流有可能將人沖到這湖裡，就過來看看。

「你說那小子會不會賴帳啊？」

「應該不會，不是給了一百兩訂金嗎？」

「我看那人說話陰陽怪氣，搞不好是個太監，哈哈。」

四人說著慢慢走遠。

第十四章

等四人離開，楚謨和顏寧才鬆了口氣。

「我還以為是衝我來的，沒想到他們是想殺妳啊。」楚謨覺得自己可真冤枉。

「楚世子，落水後你不是還看到兩個黑衣刺客嗎？那兩個就是來殺你的。」顏寧提醒他。

「要不是那兩個刺客，我們也不會被吸到這裡來。」

「那要是不落水，他們也沒下手的機會啊。」楚謨狡辯道。

「嗯，楚世子說得是。那不如我們現在兵分兩路，各自去解決自己的麻煩？」顏寧閒閒地道。

「好好好，是我連累妳了、是我連累妳了。妳別一不高興就叫我世子，可以叫我楚謨。」楚謨投降道。

什麼兵分兩路，他現在這狀況，就是待宰的羔羊，這顏寧擺明是威脅自己嘛！

兩人說笑了兩句，忽然想到一件事，臉色一變，不禁面面相覷。糟糕！他們昨晚在山洞過夜留下痕跡，這上山一路又全是腳印，要是那四人找來，憑他們現在，未必對付得了。

「我們得想辦法藏點痕跡。」

「這山路都是黃泥，腳印很難消除。」楚謨看看身後上山時留下的痕跡，有點焦急。若是他沒受傷，還可健步如飛，現在是一步一個腳印，踩得結實。

「我們先從這邊走吧，這裡草多。」顏寧建議道。

「只好先這樣了。」兩人往路邊草叢裡鑽過去。草多的地方泥少，不管有沒有痕跡，至少走起來不費勁。

鑽到草叢還未動，旁邊那坡上又傳來人行走時，帶動枝葉的唰唰聲。

又有人來了！

兩人連忙趴下，看到剛剛四個水匪走過的山路上，有兩名緊身黑衣短打的人走下來，兩人也不交談，就順著那四人下山痕跡走著，間或看一下路上有無其他痕跡。

那兩個人的打扮裝束，楚謨自然不陌生。等到兩人走遠，他苦笑著對顏寧說：「這下好了，殺妳的，殺我的，全來了。」

「那四人要是發現我們的腳印，從那裡走上來，至少也要半個時辰吧？」

「應該要的，我們現在應該走了近兩個時辰。」

兩人出發時還沒看到什麼陽光，現在太陽已經曬到密林裡，照此推算，現在至少是正午時分。

「殺你的刺客是什麼來頭？不會是聖上的暗衛吧？武功怎麼樣？」顏寧問道。

楚謨此時也顧不得這是鎮南王府的家醜。「不是暗衛，是王府那邊派來的，這兩人武藝不錯，水性也很好。」

聽到王府派來的，顏寧也不再問了。她知道很多世家王族，明面上看似花團錦簇，裡面就是恨不得你死我活的廝殺，京城裡這種傳聞並不少。

對於楚謨的私事，她不想過問，也過問不了，她自己心裡還壓著一堆事呢。

剛剛那四個水匪說買凶的人可能是太監，她將幾個皇子們想了一遍，首先想到的就是楚昭業。他是前世當上皇帝的人，做事當機立斷，她稍微表現出異樣，就要將她除之而後快，這種事他肯定下得了手。如今她福大命大，沒死在水裡，也不會死在這山裡。

哼！我還要留著命跟你們算帳呢。

顏寧在心裡盤算著。「這兩批人應該不會聯手，我們先找地方伏擊，那四個水匪對附近很熟，得先除掉才行。」

楚謨沒想到她直接跳過王府為什麼派人來殺自己的事，一點也不好奇，還想著先下手為強。不過她說得有理，看那四人走路的架勢，武功應該不高。

「要不我們路上設點陷阱？」

「嗯，我也這麼想，不過我對陷阱知道的不多……」顏寧有點為難。她只看到過挖坑逮獵物，在玉陽關時看那邊牧民套野馬，都是甩繩圈，這些現在都不適用啊。

「剛巧，我知道幾種陷阱的做法。」楚謨貌美如花的臉上，露出一臉詭笑，可惜配上下巴上的指印，有點煞風景。

拿定主意後，兩人開始尋找設下圈套的地方。

到了一個略平的地方，楚謨停下來，從靴筒裡摸出一把小巧的匕首，割斷樹藤做了幾個繩套，又找樹枝削尖，開始布置陷阱。

這世子的靴筒裡竟還藏著兵器！

顏寧覺得楚謨肯定是常常遇險，不然貴族子弟，誰會隨身帶著打火石、匕首和傷藥啊？布置妥當後，楚謨又弄了些草覆蓋上去。

看到眼前這陷阱，顏寧很佩服。這人果然不是紈袴，懂得很多，心思又縝密。從他布置的陷阱來看，他的性格一點也不像表面這麼溫和。

設了幾個陷阱，楚謨身上到底還帶著傷，走到半山腰時，實在撐不住，一下摔倒，爬起來時氣喘吁吁。

顏寧想到他還有內傷。「我揹你走吧？」

雖然她也累，但是此時能多走一段是一段。

「不用，我能走……」

楚謨還想再說，顏寧已經懶得與他爭辯，抓過他一隻手，蹲下身子揹起他。「活命要緊！我可不想被你連累，死在這裡。」說完也不等他說什麼，埋頭往上走。

此時山路更加陡峭，經過這大半日的奔波，體力其實也耗費得差不多了，背上再多個人，顏寧走起來就有點打顫。一咬牙，她對楚謨說：「你自己抓住我肩膀！」然後，一手扶住他腿，一手拉著路邊的野草樹枝助力，硬是又往上走了一里多地。

「停下，我們在這裡再設個陷阱吧。」楚謨早就聽到她的喘息聲，有意讓她停下歇會兒。

兩人剛剛坐下，聽到下面傳來「哎喲」一聲慘叫。

有人中伏了！

沒想到那些人速度這麼快，聽聲音應該是第一個陷阱那邊傳來的。

「我們就在這裡等他們吧？」顏寧說道。

楚謨點點頭。那些人上來的速度很快，地形又熟，兩人跑是跑不過他們的，不如以逸待勞，還有機會一戰。

兩人所處的地方是塊平地，有一塊大岩石堵在路口，附近全是手臂粗細的樹木，左邊下面有個深坑。

這種地形還不錯，至少不用擔心四面受敵，只要看住路口和右邊就行。

「你幫我削幾枝箭吧？」顏寧撿了些小指粗細、比較直的樹枝遞給楚謨。

箭？

楚謨正疑惑，只見顏寧已經褪下一只銀鐲子，不知按了哪裡，鐲子居然一分為二，兩個半圓形，中間一根牛筋弦相連，那弦的粗細，剛好和弓弦差不多。

顏寧走到左近的兩棵樹間，看了看樹的大小和距離，分別將半段鐲子卡在樹身上，試了試拉力，覺得還不錯。

難怪林天豹死時，裡裡外外都搜了，就是沒找到殺人的弓箭。當時他看顏寧離去，也沒看到她揹著弓，原來這弓是這樣來的。她那天只帶了一枝箭，一箭便讓林天豹斃命，可見她對自己箭術的自信。

楚謨連忙拿出匕首削製起來，倉促中只能求個形似，然後將箭頭削得尖一些。

趁他削樹枝的工夫，顏寧在附近又找了幾塊鬆動的石頭，把左邊的道攔住。做完這些，她也不再忙活，還有兩個野果，她遞給楚謨一個，自己吃了一個，能多點力氣也好。

她心裡只是後悔，今日也不知吉凶如何？若是她會在這裡喪命，離京時她就把前世的事都告訴父親他們，也好讓他們有個應對啊。

楚謨這些年在生死邊緣周旋過幾次，但是今日這樣，一身內傷，真是狼狽。他吃著野果，轉頭，看到一臉凝重的顏寧。

「顏寧，妳要不要先走？」楚謨想著自己跑不快，如果顏寧獨自一人的話，還是有機會躲開這些人。

「顏家沒有臨陣退縮的逃兵！」顏寧斷然說道。「也沒有丟下朋友獨自逃生的顏家人。」

她是情急之下脫口而出，楚謨聽到朋友二字，卻笑彎了眉眼。

「如果這次能活下去，我一定對妳坦誠相待。」

什麼都幫妳！這句話他沒說出口，只是忽然覺得，這種危險時候，有這麼一個姑娘在身邊，好像一切都變得美好起來。

顏寧看著楚謨妖孽一樣的臉上露出燦爛的笑。這位楚世子貌如天人，也一直掛著一抹微笑，不過這次的笑感覺和以前看到的不同，是心情很好？她不明白這種時候有什麼好高興的？

顏寧覺得自己琢磨不透這人，不過能得到他這個承諾，還是很高興，若能活下去，就要他兌現。

下面慘叫聲傳來後，有一會兒沒有聲音。

山風吹動枝葉發出沙沙聲，很難分辨是人走動的聲音，還是風吹動的聲音。

楚謨拉起顏寧躲到路口的大石後，掩住身形。

「這裡的草被壓過，我們順著這裡找。大家小心，那個男的也沒死。」朱老三的聲音傳來，路上的腳印，很容易看出是一男一女兩人，這兩人倒都是命大啊。

刀疤那破鑼嗓子叫著。「路上有陷阱，小……」

一個小心還未出口，又是「啊」的一聲慘叫，緊接著有樹幹彈起刮過其他枝葉的聲音。

至少有兩人受傷了！若是走運，可能還死了。

顏寧看了楚謨一眼，笑了一下。他的那些陷阱很刁鑽，不起眼的樹藤草根，不經意地絆倒，都可能觸動機關；山路兩邊會有坑洞，而那些機關邊上，都有削尖的樹枝。

從第一聲慘叫傳來，到現在第二聲，至少過了一刻鐘，看來他們走得很小心。

「刀疤！刀疤！」

「娘的，經年打雁，這次被雁啄了眼睛！大家都小心點，點子有點扎手。」朱老三的聲音大聲響起，說起了黑話。「從這邊走！」

朱老三熟悉地形，知道這條路上有陷阱，自然不肯再走，打算繞道。

顏寧撿起給楚謨當枴杖的粗木棍。這四個水匪得速戰速決，後面跟著的那兩個刺客才是棘手。水匪們剛剛發出的聲音，很可能已經將兩個刺客給引來了。

「來了！」楚謨低叫一聲。

顏寧一看，暗暗叫苦。前面的路上，兩個身影快速往上奔來，來的居然是那兩個刺客！那兩個刺客不知是不是一直跟在水匪們身後，所以上來時刻意繞開被踩過的路。他們可能是不耐煩繞路，仗著藝高人膽大，追蹤顏寧他們的腳印上來。

看到上面的岩石時，兩人明顯放慢身形，憑直覺，他們覺得楚謨應該在這裡了。走在前面的刺客忽然一個踉蹌，發出一聲悶哼，低頭看到小腿上扎了一根樹枝，明顯穿肉而出。他倒也狠，咬咬牙竟然一下就把樹枝拔出，一股血湧出，另一個上前捏住他腿上穴道止血，受傷的這個人咬牙拉下一塊布條，紮在小腿上。

血止住了，不過他到底也是人，疼痛感襲來，讓他行動立時有些不便。

顏寧暗暗高興。一個受傷了，戰鬥力自然就差了，她若是能先撂倒這個，再對付另一個就輕鬆了。當然，最好是……

她死死盯著下面，看到那兩人不再踩在腳印上，而是往左邊移了一步。

那個已經受傷的刺客感覺腳下一空，連忙提氣想往上跳。不防頭頂樹上，忽然掉下幾十個松果，驚嚇之下以為是暗器，伸手去擋。剛剛提起的那口氣一泄，腳底一陣疼痛傳來，「啊」的一聲，腳下竟然是個坑，而坑底橫七豎八插著尖棍。

饒是刺客比常人要耐痛得多，接連兩次受傷，也頂不住了，尤其是腳底板上的痛，讓他一時無法站立。

另一個刺客看他這情形，說了一句「我先去看看」，腳尖點地，往前竄去。那個受傷的刺客包紮了一下，也往前跳來。

顏家的功夫都是沙場上殺出來的，江湖上這種輕功自然不會。顏寧眼看那人來速這麼快，她咬一咬牙，這下只能硬碰硬了。

「這人我來對付，妳在旁邊幫忙吧？」楚謨拉住顏寧說道。

「你受傷了！」

「妳的弓箭我不會用！」楚謨向左邊那裡抬了抬下巴。

「好，我先去解決掉那個受傷的。」顏寧也不忸怩，直接說道。

那個刺客已經來到路口，他略一停步打量後，直接一蹬打算越過巨石跳上平臺。

楚謨看他人剛落地，揮舞匕首直刺他背心。那刺客連忙往前俯身，避開這一刀，回身一刀劈來。要是擱在平時，以楚謨的身手，自然不會將這刺客放在心上，可是虎落平陽被犬欺，他剛剛一刺牽動內傷，往邊上一側，痛得彎下腰。

顏寧知道他是在強撐，拿起木棍往刺客背後刺去，那刺客來不及再攻楚謨，只好先接下顏寧這招，顏寧右手拿著木棍，左手居然還藏了一根簪子。

看刺客揮刀過來，她一側身一簪子扎上，可惜只劃破刺客的衣衫。

楚謨只好靠在一邊，他有心幫忙卻無力，拚命運氣希望緩過這一陣後再上前助陣。

這時受傷的刺客也跳上平臺了。他一隻腳受傷，另一隻的小腿被扎破，明顯走路跛得厲害。

「先把這個解決了！」正和顏寧對陣的刺客叫道。

「兩個男人打一個，你們還要不要臉？」楚謨在邊上冷聲嘲諷。

可惜，刺客壓根兒就不要臉。

受傷的刺客理都沒理他，揮刀而上。

雖然這人受了重傷行動不便，但是這一加入，顏寧應付還是吃力了。她的武功不弱，但是那些軍中的功夫用來對付江湖刺客，就弱了一層。

「受死吧！」沒受傷的刺客揮刀直砍。

顏寧一咬牙，將斷掉的木棍朝後扔出，迫使受傷的刺客避開的同時，竟然用右手去擋刀鋒，合身撲上。

這簡直是同歸於盡的打法，她的手不想要了嗎？

「小心！」楚謨嚇得不知哪來的力氣，雙腿一蹬直衝而上，托住那刺客的手臂，就這麼一阻的工夫，顏寧手中的簪子已經刺在那人胸口。

「小心！」楚謨又是一聲叫，匕首甩了出去，那個受傷的刺客再次閃避。

顏寧自倒下的刺客手中奪刀，轉身向那個受傷的刺客殺去。

剛剛她那不要命的打法，將那人嚇了一跳。他本就受傷行動不便，顏寧繞著他打，一個沒注意就被顏寧一刀砍在背上，往前倒去。

顏寧踩上他的背，一刀揮落。

「呀！」刺客沒叫，右邊倒是發出一聲叫聲。

顏寧和楚謨轉身一看，朱老三正站在平臺右邊。刺客的頭掉下後，脖子的血直噴而出，濺到他的臉上，刀疤扶著小四站在朱老三的身後，也見著這一幕。

看來有一個已經死了，只有三個人。

顏寧也不多說話，揮刀立起。

這些水匪平時只劫掠良民，沒碰到過硬點子，看看剛剛那兩個刺客的身手，朱老三直覺自己不是對手。

「上！上啊！」朱老三嘴裡叫著，也不知是為了助威，還是為了給自己壯膽。

朱老三往前衝，小四鬆開刀疤也往前殺過去。

在船上看著挺漂亮和氣的小姑娘，此時提刀在手，刀還在往下滴血，臉色冷然，竟然像是索命的無常。

朱老三往前衝了幾步，顏寧已經提刀殺過來，而且完全是拚命的打法，好像殺紅眼一樣。

看到這些水匪，她就想到前世的楚昭業和林意柔。那時她被林意柔挑斷了手筋、腳筋，再也拿不起劍、提不起刀，現在，他們又想殺自己了！

眼前的人在她眼中幻化為楚昭業的臉，她一直一直想要拿刀把他剁碎，剁個稀巴爛，這麼想著，她恨恨地一刀又一刀，狠狠地砍去。

朱老三幾個只是為了錢，加上被人脅迫，才不得不下手，剛剛看顏寧殺人的狠勁，心裡已經怕了一截。別看顏寧只是一個十多歲的小姑娘，對上她這不要命的打法，他怕了。

朱老三閉著眼睛，胡亂揮刀，顏寧的手臂被他劃開一道口子，可是睜開眼，他卻看到小四被顏寧砍斷了胳膊。

「救命！救命啊！」小四慘叫著往後退，朱老三不自覺地往後轉身想要跑。

他一跑，小四和刀疤也跟著轉身跑。

顏寧也不追，奔到左邊的弓箭處，拿起三枝箭，拉足弓弦，三枝齊發。

楚謨終於見識到她的箭術，三枝齊發，竟然能射中那三人。那弓弦的彈力也很好，木頭削尖的箭竟然穿入人體。

三人倒地後，顏寧終於也力竭了，一下蹲坐到地上。

楚謨撐起身子上前，檢查了一下，看到刀疤還有氣，又補了一刀。

顏寧看他的動作，覺得自己還是經驗不足。這要是漏網了，再招來人對付他們，那真是等死的分兒了。

一地死人，楚謨和顏寧一樣力氣用盡，也顧不得什麼形象，一下坐到地上。

等有了些力氣，他轉頭對顏寧叫道：「妳剛剛那什麼打法，手不要了嗎？」

「和手比起來，當然是命重要啊，我那是棄車保帥。」顏寧理所當然地道。「若是斷一隻手能殺了那個刺客，我們就安全了。」

「妳……妳是個姑娘家，斷了手，誰會要妳！」楚謨氣急敗壞地叫道。

女子若是斷了一臂，她還怎麼嫁人？

「若真心娶我，難道我少了隻手就不要我了？若因為我少了隻手就不要我，那種人他肯娶，我還不肯嫁呢。反正我大哥和二哥說了，他們願意養我一輩子。」顏寧毫不在乎地道。

楚謨張了張嘴，無話可說。

那種形勢下，顏寧的選擇是對的，可是一想到剛剛那個情景，他只覺得一陣緊張。顏家的顏寧，果然不是尋常的閨閣千金啊。

除了這句感慨，他不知還能用什麼話來形容。

刺客死了，兩人反而更不敢大意。能派來第一批，誰知道後面有沒有第二批、第三批？解決這六個，除了智慧，還有很大的運氣成分。

人總不能靠運氣活著，所以，緩過一口氣後，顏寧和楚謨都覺得趕緊離開這山谷才行。

顏寧毫不避諱地走上前，想將刺客搜一遍。剛剛看到他們拿金瘡藥，她手臂上的傷得處理一下。

她已經死過一次，當然不忌諱死人。至於男女授受不親這話，反正都死人了，是男是女有區別嗎？

楚謨看她打算摸上死人的胸口時，連忙拉開她。「妳到旁邊看看去，我來找。」說完蹲下，剛想翻找，看到自己手背上也多了一道口子，可能是剛剛攔阻刺客時被刺傷的。再一翻，看自己手心是滿手鮮血，這手剛剛抓了顏寧的手臂。

剛才打鬥躲閃，顏寧身上又多了不少污泥，若不刻意，根本看不出她受傷，這下知道她想翻找什麼了。楚謨連忙加快速度，很快將兩個刺客身上「洗劫一空」。

楚謨站起來，唰一聲撕下自己的袖子，走到正忙著收拾弓弦的顏寧身邊。「顏寧，妳不知道要包紮一下傷口嗎？那邊有個水坑，快點洗一下上藥。」

他不耐煩地催促著，拉著顏寧到水坑邊，洗乾淨手裡的布頭後，又幫顏寧仔細擦拭傷口，然後將金瘡藥倒在傷口上，拿布頭紮緊。

顏寧猝不及防，痛地嘶了一聲。傷口受傷後有些麻木了，金瘡藥一倒上，倒是痛起來。不過還好，還在忍受的範圍內，有了前世那樣的疼痛，她覺得現在這種痛根本沒什麼。

楚謨聽到她的嘶聲，更放輕力道，包紮後看看她傷口的長度，安慰道：「等到南州後，我讓大夫開些藥，不會留疤的。」

「沒事，留不留疤沒關係。」

「有關係，這是救我受的傷。如果留疤了嫁不出去，本世子會覺得這人情沒法還。」

顏寧奇怪地看他一眼，因眼神太過清亮，楚謨有點不好意思地低下頭去。他看到水坑裡，自己那張臉上，下巴上竟然有三個烏黑的指印，再看看指印大小，又狐疑地看了看顏寧的手。

顏寧被他詭異的目光一看，忍不住低下頭，看到坑裡的水面平滑如鏡，能清楚看到自己的面容，再看到楚謨不善地盯著自己。「那個……你昨晚昏迷，我給你吃東西，你不會張嘴。然後……你知道的，要讓你張嘴，只有這個辦法。」

「妳用這麼大力幹麼？若明日下山，讓我怎麼見人？」

這下巴上的指印，怎麼看都像美人被登徒子調戲時留下的。要不是顏寧躲得快，他真想狠狠地……狠狠地……心裡想要想些狠招，可心思轉了一圈，自己好像沒辦法報復回去，畢竟她當時是好意。

楚謨悻悻地站起來，走回平臺去。就像那晚在顏府被她潑了一杯茶，不也只能認了。

「沒事、沒事，明天就消了。」顏寧沒底氣地安慰兩句。

這幾人身上有乾糧、碎銀子、金瘡藥。楚謨找了塊布做包袱皮，將這些東西全包了，往背上一揹。「我們走吧。」

顏寧本想說我來揹，看楚謨一臉寒意就算了。傷勢如何他自己總知道，要逞強就逞強吧。不過到底怕他走不穩，早上找到的粗木棍被當兵器用了，她又找棵樹砍下一段枝幹，將木刺削了削，遞給楚謨。

這一走，又到了天黑，沒再找到山洞，只好找個岩石凸出的地方過夜。

顏寧看地上還算乾燥，先找些枝葉墊在地上，看楚謨臉色蒼白如紙，額頭上全是冷汗。「你先坐這兒歇息吧，我去找些木頭生火，再去找找周圍有什麼吃的？」

「我來生火吧，妳去找找吃的。」楚謨看她也是又累又傷，連忙搶下生火的活兒。

顏寧也不多話，扯了些乾燥的枝葉丟地上，自己就走了出去。

「顏寧，妳去幹什麼？」

「找吃的啊。你不是說你生火，我找吃的嗎？」

「夜裡山中不安全，妳別走遠了。若是附近找不到，我們兩個就喝水將就一晚，明天天亮再找吧。」楚謨看山林寂靜，顏寧一人走出去，又遠離火堆，萬一遇險怎麼辦？「要不……要不算了，妳就別出去了吧。」

「昨日我就是一個人去找吃的，沒事，我帶著刀呢。」顏寧揚揚手中的刀，安慰道。

「昨日我不知道，若是知道，怎能讓妳一個人去冒險？」楚謨有點內疚地說。

「你囉嗦。生好火，等我回來。」顏寧不耐煩地揮揮手，背身走了。這荒山野地，他還受了傷，不找點吃的怎麼行？

「我就轉轉，找到吃的馬上回來。」

生好火？等她回來？

顏寧走了半天，楚謨忽然覺得，這話怎麼像丈夫出門時，交代妻子的話呢？

他恨恨地磨牙，又砍斷手中的樹幹，很快就生起了火堆，卻忽然聽到顏寧一聲驚叫。

楚謨聽到顏寧的驚呼，連忙抄起一根火把，順著聲音傳來的方向，跌跌撞撞地跑過去。他知道顏寧也算膽大心細，能讓她驚呼的，肯定不是小事。

難道是遇到山中野獸了？或者是蛇蟲？

他這時只恨自己受傷，不能快點趕過去。他顧不得自己暈眩的感覺，急忙往前走。慌不擇路之下，還被樹根絆倒，火把也熄滅了。

幸好下過雨，比較潮濕，不然引起大火燒山，那他和顏寧可要被困在火裡了。

楚謨不敢再大意，定定心神，藉著月光看清腳下的路，又繼續往前走，手中拿了一支火摺子。

萬一顏寧遇到的是殺手，那他不能亮起火摺子，得出其不意才好。

顏寧這時很後悔自己的大意。她把後背緊緊靠在一棵大樹上，雙眼直視前方。

山中黑暗，今夜沒有雨，天上甚至還掛著一彎月牙。

可是月光太微弱，山中樹高林密，遮擋了大半的光亮，偶爾有月光透過斑駁的樹蔭落下，只能照亮一點點地方。她知道前方草叢裡有東西躲著，卻無法看清是什麼？剛才她又上樹掏鳥窩，剛從身後這棵大樹滑下，腳才碰到地，就感覺有東西從樹後竄來，撲向自己。

她低叫了一聲，本能地低頭彎腰，拔出剛才插在地上的刀，幾個動作一氣呵成。等她再轉身面向前方時，什麼都沒看到。

習武者的本能，讓她感到有東西盯著自己。是人？還是野獸？

萬籟俱靜，僵持得越久，顏寧就越不敢亂動。現在她雖然看不見前方，可好歹後背是安全的，背後這棵樹夠大夠高，能完全遮住她的身形，若是移動，萬一被人前後夾擊，那真要死在這裡了。

「什麼人？裝神弄鬼的算什麼英雄！」她高聲呼喝，給自己壯壯膽，右手捏緊刀柄，手心都汗濕了。她把左手慢慢伸進袋中，拿出剛剛上樹掏到的兩個鳥蛋，要是有個火把能讓自己看清前方就好了。

她的呼聲傳出，前面還是一片寂靜，只有黑魆魆的暗影。山風吹動時，草葉搖晃，好像有黑影在後面若隱若現，左右也有窸窸窣窣的聲音傳來。偶爾還有不知名的動物發出嗚叫，在暗夜中聲音特別清晰。

顏寧只覺得寒毛倒立，後背發涼，有冷汗流下額頭，也顧不得擦拭。

「顏寧！顏寧！妳在哪裡？」楚謨趕到附近，什麼聲音都沒了。不知往哪裡找，也不知顏寧是否已經遇險，只好扯開嗓子大呼。

顏寧鬆了口氣。剛才她真的嚇到了，未知，最讓人恐懼。

「我在這裡，楚謨！我在這裡！」她叫了兩聲，竟然不自覺帶著點哽咽。

太好了，他找過來了。在這種時候，這種地方，又是白天攜手對敵過的夥伴，聽到他的聲音，她有了莫名的信賴。

顏寧回應兩聲，稍稍安心後，理智回來了，她不敢放鬆也不敢離開大樹，提氣大聲提醒：「楚謨，這裡不知道有什麼東西，你小心！繞過來，從我身後繞過來！」

楚謨聽到顏寧的回應，暗暗鬆了口氣。「我這就過來，妳在那兒不要動！」他根據顏寧的指點，慢慢移動過去。

前面卻還是沒有動靜，難道是自己想像的？顏寧有點拿不準了，但是那種被盯上的感覺還在，所以她不敢移開視線，還是死死盯著自己的眼前，生怕給人可乘之機。

楚謨走到她旁邊，只見顏寧臉上都汗濕了，嘴唇可能剛剛咬得太緊，留下了深深的齒印。他扶住顏寧的手臂。「沒事了，我過來了，妳別怕！」說著點亮火摺子。

有了火，顏寧立時覺得那種被盯上的感覺輕了。「讓我看看，到底什麼東西裝神弄鬼！」她恨恨地一把搶過火摺子，往前面的草叢走去。

難道她是害羞了？楚謨看著顏寧那賭氣似的神情，忍不住笑了。好強的顏寧啊。

「啊！」顏寧這下是真的驚叫了，她往後一跳，剛好靠到走在她後面的楚謨懷裡。這時也顧不上羞澀了，她用力靠到楚謨的懷裡，拿著火摺子的手顫抖地指向前面。

楚謨連忙一手攬住她的腰。「怎麼了？別怕、別怕！」

他一手接過顏寧手中的火摺子，舉高後往前一照，連他自己都嚇了一跳。白天被顏寧當胸刺死的刺客，竟然倒在前方草叢裡，仰面朝天，一雙眼睛直瞪瞪地看著，臉色青白，面無表情。

饒是顏寧死過一次，也被嚇住了。

不怕！死人是動不了的！顏寧穩住心神，慢慢站直。這時，她嗅到空氣中有血腥味。從那屍體往旁邊看，竟然有一雙綠油油的眼睛！

顏寧抓住楚謨的手。「你看左邊的草叢裡，有東西！」

楚謨看她不怕了，慢慢鬆開攬住她腰部的手，往左邊看去。

一雙綠色的、發光的眼睛！

透過草叢，若隱若現地看到了虎紋。

老虎！一頭斑斕大虎！

竟然有一頭老虎躲在草叢中，而且這麼長時間居然不出來！

楚謨知道，山中老虎這種野獸，都善於伏擊，牠們一定會等到最佳的伏擊時刻，才會給獵物致命一擊。

顏寧這時也看清了。刺客的屍體，應該是被老虎叼過來的。

沒遇到刺客，遇到老虎！這運氣，真是差到極點了。

「我們慢慢退開，行不？」老虎有食物，未必會攻擊他們。

「不行，你看牠的樣子，此時我們若是轉身，牠一定會從背後撲向我們。」楚謨冷靜地道。

「我先待著看住牠，你去找些枝葉，我們燒火嚇退牠吧。」看清是什麼，顏寧就不怕了。既然他們不能退，就只能嚇退老虎了。

楚謨也覺得這是當下最好的主意，答應了一聲，慢慢往後退開兩步，開始找尋枝葉。沒想到，那老虎此時竟然站起來，緩緩移動，好像知道再不下手，就沒有機會了。

顏寧不敢大意，死死盯住牠。

那頭老虎從草叢中鑽出來，步伐優雅緩慢，四肢矯健有力。

牠站在顏寧對面，「吼」地低吼一聲，那聲音傳出，讓人心神震動。

楚謨揀了一些枝葉，正拿著火摺子引火，聽到這聲吼叫，轉頭，卻看到那老虎前肢伏地，後肢用力一蹬，彈跳著向顏寧撲去。

他顧不得引火，拿出匕首，就想上前。

「你快點火！」顏寧沒有回頭，看到地上楚謨的影子站起，叫了一聲。她一揮手中的刀，在老虎撲到自己面前時，往左邊移動兩步，揮刀砍去。

那老虎身姿靈活，竟然避開刀鋒，轉頭向顏寧咬過來。

顏寧來不及抽回刀，只能往旁邊滾開。可是白天一番打鬥，晚上找吃的又是一陣忙碌，她的體力也到極限了，動作早就沒有往日靈活。

而且現在躲閃的地方不對，地上不僅有草根，竟然還有樹藤，她剛剛倒下，就發現她的腳給勾住了。

那老虎看到這麼好的機會，當然不會客氣。牠尾巴一甩，反身一撲，直接撲到顏寧身上，低頭咬過來。

虎牙森森，顏寧甚至聞到老虎嘴裡的腥氣，她手中的刀這時就嫌刀身太長了，無法翻轉。憑著本能，她兩手直接抓住虎頭往上托，一腳蹬起，踢向老虎肚子。

楚謨看到顏寧被撲倒，顧不上什麼引火，丟下火摺子，直接跳上老背，抓起匕首就刺下來。

那頭老虎的腦袋被顏寧抓住，無法躲開，匕首刺到牠脖子裡。

老虎痛得一聲大吼，山林好像都被震動了，牠使勁甩頭扭身。

顏寧抓不住，手裡只留下幾根虎毛，那老虎已經轉了方向。楚謨左手死死抓住老虎脖子穩住自己身形，右手拔出匕首，也不管是刺到哪裡，狠命刺下拔出，再刺下再拔出。

老虎吃痛地亂轉想要把人咬下來，又往樹上撞去，想把人撞下來。

顏寧一下不知哪來的力氣，衝上去拖住老虎尾巴，硬是讓老虎不能大力撞上樹幹。

這時，楚謨好像刺到了老虎要害，一股鮮血衝出，那老虎漸漸力竭，又「吼——吼——」叫了兩聲，卻是一聲比一聲輕，終於，撲通一聲倒地了。

過了好一會兒，顏寧才鬆開手中的老虎尾巴，只覺得自己手臂都僵直了，踢了老虎一腳，確定不動了。

「死了！楚謨，老虎死了！楚謨——」

顏寧叫了幾聲，楚謨才低聲嗯了一聲，卻沒有動作。

她連忙走上前兩步，看到楚謨還是剛才那姿勢，嘴角有血流出，一隻手想撐起身子，卻沒能撐起來，老虎把他一條腿壓住了。她連忙把老虎推開，將楚謨拉到地上，只見到他臉色更加蒼白。

「你怎麼樣了？」

楚謨內傷本來就不輕，白天打鬥耗費力氣，剛才大力跳上虎背殺虎，將力氣耗光，可能內傷也加重了。

「我還好，妳有沒有受傷？剛才……咬到妳了嗎？」他一邊大聲喘息，一邊盯著顏寧打量，看她全身沒有傷口，才真的鬆下一口氣。

「我沒受傷，我們先回去……我扶你吧？」顏寧也喘息著坐下來，伸手想要扶楚謨起來，卻用了兩次都沒能用上力。

兩人歇了會兒，才算有點力氣，互相扶著回到過夜的地方，也顧不上地上的死老虎了。

兩人都粒米未進，顏寧還想找點吃的，楚謨一把拉住她。「不要出去了，少吃一頓餓不死，妳要是再遇險怎麼辦？」

剛才，他要是動作再慢點，或者沒及時趕到，顏寧可能就要落入虎口了。

顏寧只好在附近找了些清水，兩人都喝了點。

「你放心睡會兒，我不出去找吃的了。」

聽見顏寧低聲保證完，楚謨才放心地合眼睡去。

到了後半夜，顏寧聽到他低聲的哼哼聲，叫了兩聲沒叫醒，伸手一摸，原來又發燒了，昨日的動作肯定加重他的內傷。

顏寧又是餵藥又是燒水，照顧了一夜。

待在山上，缺醫少藥。她一心急著下山，所以翌日就揹著楚謨上路。

一路上擠出野果汁水給他喝，只要楚謨能吃的都餵進他嘴裡。當然，下手也輕了，沒再留下指印。

第十五章

一直到第四天中午，楚謨才清醒過來。

他睜開眼睛，看到腳下正在移動，回過神，才知道顏寧正揹著自己。山風吹來，拂過顏寧的頭髮，幾縷髮絲調皮地拂到他的臉上。

「顏寧，放我下來，我自己走吧。」這一開口，他覺得喉嚨疼痛、聲音沙啞。

「你醒啦？」顏寧高興地轉頭，沒能看到他的臉，連忙走兩步，在一棵大樹下將他放下，又摸摸他的額頭。「太好了，燒退了！你沒事啦！」

她撲得太近，近到楚謨都能看清她臉上細小的茸毛，膚如凝脂。

楚謨感覺臉頰都熱了。「我好了，這幾天辛苦妳了。」

「沒事，你醒了就好。我們快走到官道了，你看，我們能看到官道了呢。」顏寧高興地抓著他的手，另一隻手指著山腳下的白線給他看。

楚謨反手用力握住那隻玉手。幾日辛苦，只覺得那隻手上又多了好幾道傷痕。

她頭髮凌亂，頭上珠花落水時掉了。可能是因為不會梳頭綰髻，這幾日都是隨便拿剩下的髮帶綰了綰著，衣服更是像泥地裡滾過一樣，還有不少地方勾破了。

臉上甚至還有幾處黑印子，流下的汗水衝開了沾著的泥灰，有點髒。

楚謨忍不住伸手，幫她把臉頰上的泥點抹去。這麼狼狽的女子，他卻覺得是自己見過最漂亮的女子。

「呀！」顏寧感覺到手中的力道，才發現自己離得太近，連忙抽回自己的手。饒是大方灑脫，也不禁紅了臉頰。

一時之間，兩人都不知該說什麼，各自紅著臉。

「謝謝……謝謝妳又救了我。」楚謨一開口，真想給自己一巴掌。

傻子，你不是知道女孩子都喜歡聽些好話嗎，怎麼又說這個？

「沒事，你也救了我。那夜要不是你，我真要被老虎吃了。」顏寧也清醒過來，剛才自己在他的目光下，竟然羞得說不出話來。

「那夜？」楚謨以為只是昨夜的事。

「是啊，你昏迷兩天了，我怕再耽擱，你的傷情會加重，只好揹著你走。你看，我們能看到官道了，快點下山，你也好早點看大夫。」顏寧又指著山下道。

「這幾日，辛苦妳了。」楚謨沒想到自己居然昏迷兩日，而這兩日，顏寧竟然一直揹著他走山路。看到她髮絲被汗黏在臉上，紅撲撲的臉頰，他囁嚅了一下卻沒出聲。

顏寧恢復了常態，站起身。「你現在能走嗎？走不動還是我揹你？」

「不用了，我能走。」楚謨醒過來了，怎麼還肯讓她揹，連忙跟著站起來。

幸好這兩日休息，有了點力氣，雖然腳下還有點虛浮，但是扶著樹幹還是能走動。

顏寧看他能站起來了，自己走在前面探路。

「顏寧——」楚謨看她走在前方，忍不住叫道，看她回頭，一雙黑亮的眼睛帶笑地看著他。「顏寧，你心裡有喜歡的人嗎？」

「沒有。」

「那就好！」楚謨笑開了花。

那笑容太燦爛，竟然讓顏寧都晃了眼。她很想問問他為什麼這麼高興，卻又不知該說什麼？心裡隱隱察覺到什麼，卻又不知該如何說，只好假裝沒有聽到、看到，回身繼續往山下走去，走著走著步子就加快了。

楚謨也不多說，只是跟在她後面走著，暗暗拿定主意，等下山碰到顏烈，一定要和他打好關係。

嗯，明年進京時，得給顏大將軍送些好禮。聽說顏大將軍喜歡喝酒，自己可以收集些南方佳釀送過去。

以前太大意了，早知道，就跟顏寧的大舅——南州州牧秦紹祖好好相處一下，這次回去，可得跟秦府打打交道。

楚謨一邊心裡盤算著，一邊走著山路，只覺得腳下都輕快多了。前面那個姑娘，像朵綻放的薔薇，倔強多刺，卻是嬌美可人。

顏寧不知道楚謨的心思，只覺得他看著自己的眼光太過專注火熱，害得她採摘野果時，都差點失手摔了。

望山跑死馬，他們能看到山腳下的官道，可真走起來，卻還是耗費了大半天時間。終於走到官道邊，兩人蹲在路邊，足足又等了半個時辰，才看到遠遠的一團黑影。

原來是一輛牛車，趕車的老漢是給興安驛送柴禾的，看兩人年紀不大，不像壞人，接過楚謨給的碎銀，高興地揮起牛鞭，趕起車來。

楚謨和顏寧騎過馬、坐過馬車，卻是第一次坐牛車，只覺得晃晃悠悠，慢得很。不過，總算不用自己兩條腿走路了。

「我說年輕人啊，你們出來，家裡大人知道不？」趕著車，老漢忍不住暗示道。「這外面壞人多，若真互相喜歡，回家讓父母主持，不比兩個人跑出來好啊？」

「老丈……我們不是私奔……」一聽私奔，顏寧連忙說道。

「是啊，老丈，我們只是遇上事了。」楚謨也連忙附和。

不過，他看看顏寧，再看看自己，還別說，乍一看挺像私奔的。

老人家嘴碎，聽了他們的話，還絮絮叨叨說著離家的壞處，兩人聽了真哭笑不得。

興安驛是在荊河官道上的一個小驛館，老漢把兩人送到驛館，楚謨拿出代表鎮南王府身分的權杖。

驛站的小吏一看權杖，嚇了一跳。

那老漢聽說是什麼世子也嚇了一跳。他不知道世子是什麼官，可是管理驛站的小吏平時都被稱為老爺，能讓老爺行禮的人，那肯定是大官啊。

他還說大官和他老婆私奔……老漢嚇得撲通一聲跪下來。

楚謨和顏寧被他嚇了一跳，待到說清楚後，那老漢才放心了。楚謨又送了一塊碎銀感謝，老漢樂得差點連柴火錢都忘了拿。

興安驛的小吏看到鎮南王世子的權杖，不敢怠慢。

鎮南王世子和顏大將軍的女兒落入荊河的事，在他們這種靠近荊河的地方，早就傳開了。詢問後知道正是楚謨和顏寧，連忙收拾兩間乾淨房間，又安排洗浴。

驛館裡沒有女子衣服，這個劉管驛倒也機靈，從在驛館落腳的女眷手裡買了件新的，給顏寧換上。

等兩人收拾好走出來，楚謨那張臉，一驛站的人皆看呆了，幾個小媳婦看得紅了臉。這些人哪見過如此貴氣又俊美的男子啊。

倒是顏寧，長得雖然也好看，可是站在楚謨邊上，明顯是黯然失色不少。她穿著一身粗布衣裳，梳了丫髻，乍一看就像楚謨身邊的丫鬟。

楚謨看到大家打量的目光，轉頭看到顏寧一臉大方地被人看著，暗暗皺眉，拉著她一拐，走進小吏安排的客廳。

桌上早就收拾好了一桌酒菜，飯菜做得不精緻，但是兩人這幾天沒好好吃飯，哪還會挑剔。

楚謨請劉管驛派人到京城和南州都送個信，再找顏烈一行人傳話，他和顏寧趕到荊楠碼頭去會合。

顏寧不耐煩官樣文章，居然也能耐著性子應酬。

楚謨有點好奇。顏大將軍的寶貝女兒，誰能逼她虛與委蛇？看顏寧應該是順風順水長大的，父兄又視她如珠如寶，難道是幼時在京城受委屈了？

「劉管驛，這兩天有沒有京城的人來過興安驛啊？」顏寧看楚謨將報信的事安排得差不多了，插嘴問道。

「回姑娘的話，這幾天沒有京城的人來過。」

「那離興安最近的驛站是哪裡啊？」

「往北方向，兩百來里路，有個興全驛；往南方去，也是差不多兩百來里，有家福安驛。顏姑娘，您是要找人嗎？要不要小的……」劉管驛討好地問道。

「多謝劉管驛了。我不是找人，是擔心家裡人著急，派人沿途找過來，既然沒有就算了。」顏寧連忙回絕道。「對了，從興安到京城送信，快的話要多久啊？」

「用驛馬的話，最快兩天就能送到京城。」劉管驛說的驛馬方式，是指換馬不換人的幾百里急報。這種送信辦法，一般都是用於朝廷急報，比如天災啦、軍情啦，楚謨和顏寧自然不可能用這麼顯眼的方式。

「要是不用驛馬呢？」

「那可能要三天吧。」劉管驛這輩子都沒機會和京城有過瓜葛，自然也不知道平時騎馬入京要幾天了。

楚謨看顏寧急切的樣子，離開客廳後，看左右無人，低聲道：「妳若有急信的話，我可以幫妳安排，兩天也能送到。」

顏寧知道鎮南王府肯定有死士等負責密信往來，甚至還可能有他們自己的送信密道。可是動用密道，就得欠下一個大人情了，到了南州找神醫還要指望他呢。

楚謨見她神色猶豫，又道：「妳要找神醫的事我一定幫妳，送信的事我也能幫妳。」

「我們在山裡待了四天，我怕那人已經跑了。」顏寧暗示道。

「你是指那四個水匪說的人？」楚謨一聽她的話意，想起那四個水匪說京城來的人，還可能是太監，知道顏寧是擔心這四天水匪沒回去，那個人已經離開返京。

「是啊。只是就這麼放過去，實在難消我心頭之氣。」顏寧恨恨地道。

「不試試怎麼知道？」

「嗯，那麻煩你幫我送一封信到京城去。」顏寧也不忸怩。

「好，妳放心吧。」楚謨笑得一臉燦爛，簡直要迷花人的眼。能幫顏寧做事，他很高興。

顏寧想著事情，沒留心眼前的美色，回屋去拿了筆墨書信一封，遞給楚謨。

楚謨一看信封都未封上，更高興了。她不封口，將信遞給自己，顯得非常信任。但是以他對顏寧的瞭解，知道她是示人以磊落，其實是有心人真要偷看，封口壓根兒沒用。

顏寧也的確這樣想的。而且，信中她報了平安，提到殺了水匪，擔心京中姑姑擔心，會派內侍出來打聽，萬望家人莫為她亂了規矩云云。

若不是知道買凶殺人的事，光看信的內容，她一點也不擔心。若是父親和楚昭恒看到這信，卻會知道她強調有內侍離京之事，自然會三思。

當日，楚謨就將信送了出去。

翌日一早，劉管驛安排馬匹送楚謨和顏寧離開，又派人搭商船沿荊河南下。

興安驛派出報信的人，在鬼見愁下段找到了顏烈一行人。

此時顏烈在荊河岸邊已經待了四天，急得滿嘴水疱。他一聽說顏寧沒事，高興地大聲說：「太好了、太好了！我就知道……」嘴裡說得大聲，眼睛卻又紅了。他從身上摸了一個錢袋，也不看多少，直接塞給差役。「辛苦你了、辛苦你了，這些你拿去買酒吃。」

那差役一看錢袋，手都抖了。這些錢比他一年的薪俸都多啊。他激動得連連作揖，說了一大車「吉人自有天相」之類的吉利話。

顏烈心情好，越聽越高興。

趙大海聽說兩人沒事，也是高興。這幾日找人，兩艘船上的人心情低落，這一下子好消息傳來，變得比過年還熱鬧。

趙大海叫來船工，問了接下來的河道情況，吩咐直接發船，到荊楠碼頭去。

顏寧和楚謨兩人騎馬南下。驛站裡的馬雖然不錯，到底不是千里馬，加上楚謨和顏寧都還帶傷，兩人也沒有一路狂趕。

走到第四天，眼看還有一百來里路就到荊楠碼頭，兩人看到路邊有兩人站在那兒，仔細一看，原來是孟良和清河。

顏寧戴著帷帽，楚謨一身粗衣。

清河遠遠看到馬上的人，就認出是楚謨，高興地上馬狂奔過來，一下馬就撲過來跪下，喜極而泣。「世子爺，還好您沒事。小的就知道您沒事，吉人自有天相嘛。」語無倫次說了一堆。

幸好楚謨下馬動作快，不然他沒撲到楚謨身前，倒是要被馬腿給踢了。

孟良是個實在人，看到顏寧只是高興地笑出一口白牙。「姑娘沒事就好，沒事就好。二公子他們都急壞了，還有虹霓……封先生他們。」

顏寧看孟良提到虹霓時，語氣明顯停頓了一下，才好像不好意思地接了「封先生他們」幾個字，眨了眨眼。

「綠衣呢？」

「綠衣姑娘也急壞了，知道您沒事，大家趕緊趕到碼頭來等您。」孟良高興地說。

清河對楚謨說完話，又轉過來走到顏寧面前跪下，砰砰砰磕了幾個響頭，顏寧聽著都覺得疼。

清河磕完頭。「小的要謝謝顏姑娘對我們世子的救命之恩，以後但凡小的能做到的，赴湯蹈火在所不辭。」

興安驛送信時，並沒有提到顏寧救了楚謨的事。顏寧看了含笑而立的楚謨一眼，知道應該是鎮南王府的暗衛送的消息。

鎮南王府世居南方，居然在這裡也能如此快速地傳送消息？

顏寧暗暗心驚。楚元帝防備鎮南王倒也不是沒道理的事。

「別站路上了，我們快點去和靜思他們會合吧。」楚謨看顏寧站在那裡，好像若有所思的樣子，連忙提醒道。

顏寧回神，連忙讓清河起身，四人上馬前行。

「去京城送信的應該把信送到了，另外我的人見到了一個疑似太監的人。等到了荊楠碼頭，我再告訴你。」楚謨策馬到顏寧邊上，輕聲說道。

顏寧微微頷首，也不多打聽他是如何傳送消息的。有了山裡的救命之恩，只要楚謨不是忘恩負義的人，相信以後他總會顧念這份恩情，偏向顏府和太子多一點了。

自從確認重生以來，她做事總是不自覺地帶了幾分謀算，少了以前的熱血。比如在山中與楚謨同舟共濟，她並不全是為了救人，而是希望這份恩情，能徹底將楚謨拉到太子哥哥這邊來。雖然結果都是救人，到底少了幾分磊落，可是她顧不得了。

直到兩人合力殺虎，到後來下山時，她才覺得自己對楚謨好像有些不同。可到底是哪裡不同，也說不上來，只能說信任更多了吧。

四人騎馬很快就趕到荊楠碼頭，遠遠就有人站在碼頭上落腳的客棧外等候，看到孟良和清河帶著兩人回來，連忙回去稟告，趙大海、顏烈等人都奔出來。

顏烈一看到顏寧，就奔近來看個不停，一迭連聲吩咐。「虹霓，快，快帶妹妹到房裡洗漱休息；綠衣，快給妹妹準備衣裳……還有吃的。對了，墨陽，快去準備些點心吃食……」又拉著顏寧往客棧裡走，別人是全然不顧了。

顏寧知道他是擔心自己，對趙大海行了個福禮，脆聲道：「這段時日耽擱了趙將軍的行程，又麻煩良多，先行謝過了。」

「顏姑娘不用客氣，您能平安歸來就好。」趙大海爽朗地道。

顏寧謝完，轉頭向楚謨點頭示意，才跟著顏烈走進客棧去。

楚謨也向趙大海表示謝意後，跟著清河和洛河入內休息。

荊楠碼頭是荊河和楠江的交匯處，此處商船往來密集，往來人流一多，客棧飯館等等就多了，不知不覺就成了一個集鎮。他們落腳的是這裡最大的客棧，包下了客棧兩層。

虹霓和綠衣幫顏寧換洗，解開衣裳，就看到胳膊上一長條傷口。「姑娘這是落水時受傷的嗎？」

雖然傷口已經上過金瘡藥，可是一路沒有好好休息，食宿不潔，傷口還是有點紅腫。

「這個傷口可不是，我們在山上遇到刺客了。」顏寧也不隱瞞，畢竟等下楚謨過來，虹霓和綠衣也要知道的。「妳們先不要告訴其他人，免得他們無謂擔心。」

「怎麼會有刺客？刺客怎麼找到姑娘的？要不要找封先生過來商量？」光知道顏寧落水遇險，沒想到還遇上刺客了。

顏寧失蹤這段日子，顏烈六神無主，都是封平幫著拿主意安排事務，大家都覺得封平是個有主意的人。

「現在也不知道，等下就知道了。妳們別擔心，先幫我包紮吧。」顏寧輕描淡寫地道，看著手臂上的傷口，大概兩個巴掌長，傷口中間結痂了，兩邊都腫起來。

刺客的事，顏寧回來後就告訴了封平，請他與楚謨的人一起去查這事，封平的行蹤，也沒與府中眾人說。現在虹霓和綠衣提到封平，顏寧倒也不好說他有要事。

「這裡都有點化膿了，這要留下疤可怎麼好？」綠衣一邊拿乾淨的毛巾擦拭，一邊低聲說。

「沒事，綠衣。只要活著，留個疤算什麼啊。」

「姑娘千金之體，留疤怎麼行？姑娘也太不在意了，我這就讓孟良去鎮上藥房買些祛疤的藥來。」虹霓急得跺腳，走出去找孟良傳話了。

顏寧看虹霓一副理所當然吩咐的樣子，忍不住笑起來。

「姑娘您不疼啊，笑什麼？」

「沒什麼、沒什麼。綠衣，妳有沒有喜歡的人啦？」

「啐！姑娘真是的，奴婢總是要跟著姑娘的，什麼喜歡不喜歡的。」綠衣被她大刺刺一問，惱羞成怒紅了臉，手下一沒輕重，讓顏寧痛得吸了口氣。

「奴婢一時沒注意力道，姑娘沒事吧？有沒有出血？」她急著想把剛包好的傷口再解開查看。

「沒出血、沒出血，放心吧。綠衣，妳要是有喜歡的人，一定要告訴我喔。」顏寧真心地說。她希望虹霓和綠衣這輩子能嫁人生子，好好過日子。

綠衣知道姑娘是好意，點點頭。

虹霓推門進來，手裡提了個食盒。「姑娘先吃些點心吧，二公子說等晚上一起吃飯。對了，剛剛楚世子身邊的洛河碰到奴婢，問候姑娘呢，還說他們世子吩咐晚點要帶人求見姑娘。」

「妳去告訴洛河一聲，就說我洗漱好了，請楚世子一見。」顏寧知道楚謨指的是見過買凶太監的人已經到了。那個太監是誰，顏寧還是很好奇。

虹霓和綠衣看姑娘不肯歇息，只好幫她整理妝容。

楚謨來得很快，身後跟著清河和一個陌生男子。

顏寧看他進來，站起來迎客，請他上座後，拿起紙筆，問那個男子。「你且將見過那人的形貌，還有遇見的經過詳細說來。」

那男子看楚謨點頭後，詳細說了。

他是在興全驛見到這人的。那人一身普通人穿戴，說話聲音尖細，很像宮中太監的聲音，而且沒有鬍鬚。要不是那太監在打聽顏府姑娘有沒有從水裡撈到的消息，自己也不會特別注意他。

顏寧聽他說了事情經過，猜測那太監應該是在等待四個水匪。久候不至，驛站中南來北往消息最雜，忍不住打聽她有沒有獲救。

聽男子說了太監形貌，她一手捋起袖子，一手拿起毛筆，在紙上細細勾勒，不時問一、兩句，很快畫出那人的樣子。

「姑娘真是神了，就是這個樣子，簡直一模一樣。」那男子一看顏寧筆下畫出的人，誇獎道。

楚謨也是一臉讚嘆。在京城時他聽說過顏寧的畫技，這世上會畫影圖形的小吏很多，但是顏寧肯定是其中的佼佼者。她筆下所畫的不僅有人之形，還有人之神，形神皆備，才是高手。

顏寧看著筆下的人，卻是意外了。當聽到水匪說像太監的人買凶殺她時，她第一個想到的就是楚昭業，可是前世今生，楚昭業身邊的太監內侍她幾乎都見過，當年做太子妃時沒少見他的心腹，卻沒有這個人。

這人會是誰？

楚謨見她沒有要問的事，對那男子擺擺手，示意他先出去。「妳沒見過這個人？」

「是的，世子見過嗎？」

「妳都沒見過，我自然更不可能認識。妳本來以為是三皇子？」留在房中的人，都是兩人的心腹。

顏寧未回答這問題。自己的信已經送到京城，只要太子哥哥看到這信，查查宮中內侍出入檔案，應該就能找出來，畢竟現在皇子們都還住在宮中，所以她只要耐心等京中回信即可。

楚謨看她默默思索的樣子，越看越覺得顏寧長得很好看，同時也聯想到在京城那夜，楚昭業醉酒時的喃喃醉語。

綠衣看楚世子直盯著自家姑娘看，覺得他太失禮，上前為他續了杯茶，隔斷他直勾勾的視線。「世子爺，您喝茶。」

楚謨收回視線，看綠衣一臉恭順地倒完茶，退回顏寧身邊站立。

這兩個丫鬟對顏寧可真維護，還能做得如此得體，不知顏府是怎麼訓練出來的？

外面墨陽走進來。「姑娘，二公子說晚飯準備好了，您若不累的話，讓您一起去用餐。」

顏寧也被拉回神思。「好的，我這就去。」轉頭向楚謨道：「多謝楚世子幫助。」

「好歹我也是受害人，若有消息可要告訴我。」

「那是自然。」顏寧隨口應道。

楚謨看她沒邀請自己一起去用餐的意思，只好起身告辭。

這幾日失蹤，鎮南王府的消息往來堆積不少，他其實也要忙著聽彙報，只是想到顏寧急著想知道買凶者的訊息，才先帶人過來。

「對了，妳是我的救命恩人，老是稱呼我世子太生疏，不如叫我名字吧。我也叫妳名字可好？」他一腳踏出廳外，忽然轉身問道。

「我稱呼世子名字自然可以，不過女子閨名，外男不能隨意稱呼。」顏寧想也不想地拒絕了，看到楚謨的臉色立時黯淡下來。

「好吧，那妳以後叫我楚謨吧。」沒想到她會在意這種規矩細節，有點小失望啊。

他當然不知道，顏寧知道南方禮教比京城更嚴，而經過清河、洛河的閒聊，楚謨可是不少南州貴族少女的夢中情人。

她不想無謂惹人反感，畢竟此行還有不少事要做，該避嫌的地方必須避嫌。

第二日一行人棄船坐上馬車，往南州行去。

一路上顏烈就怕再出意外，每日嚴加防護，而且只肯讓顏寧坐馬車，一路上侍衛守得跟鐵桶似的。顏寧體諒二哥的心意，也不想讓他擔憂，只好忍著。

一路上住的大致是客棧或驛站，在顏栓的安排下，秩序井然。為了不讓人看輕顏家，嚴守男女有別的規矩，顏寧出入必戴帷帽，飲食必定分桌而食，若有事則李嫂出面安排。

楚謨再沒和她說話的機會，每次看著後面的馬車，不自覺地摩挲右手虎口處的刀痕。

這刀傷，是在山上打鬥時，他為了阻止刺客砍傷顏寧而留下的。一看到這傷口，就會想起當時那姑娘果決的身影。

終於望到了南州城牆，顏寧掀開馬車車簾一角，看著前方那恢宏的灰色城牆，長吁一口氣。終於到了，她在馬車上悶得都快長蛆了。

從京城出行，一路緊趕慢趕，到南州城時已是九月初四，還有幾日就是秦老夫人的壽辰。

顏烈驅馬走到馬車邊上。「寧兒，外祖母和大舅派孫嬤嬤來接我們了。」

顏寧掀開車簾，前面站著幾個僕婦，一個管事模樣的嬤嬤站在前面，看到顏寧露臉，連忙上前來行禮。

「姑娘沒事就好，姑娘長得真像大姑娘。老夫人派奴婢來迎接公子和姑娘，家裡人都盼著你們早點到呢。」孫嬤嬤顯然是秦老夫人眼前伺候的老人，看著秦氏長大。看到眼前的顏寧，想起秦氏當年，不由感慨幾句。「看老婆子這碎嘴，寧姑娘、阿烈公子，我們快進城去。」

顏寧的大舅秦紹祖，如今是南州州牧，秦府在南州城城南，而鎮南王府在南州城城北。兩撥人馬進城後，一南一北就要各自回去。

楚謨驅馬走近顏烈和顏寧一行人。「靜思，你們到了南州城是客，我也算是南州城的主人，等你們安頓下來，一定要請你們喝酒接風洗塵，到時莫要推辭啊。」

顏烈一路上覺得楚謨這人不錯，好相處，說話和氣又有見識，倒是樂於結交。聽到他的邀請，高興地道：「那我就不客氣了，等你下帖子啊。」

楚謨看了顏寧的馬車一眼，看車簾紋絲不動，摸了摸虎口處的刀痕，知道是沒機會和顏寧面辭了。

顏烈一行人跟著秦府的人往城南而去。

一路上，顏寧明顯感覺南州與京城的不同。大街上行走的女子不多，看著路兩旁的脂粉店、首飾店等女客為主的店裡，門口都有女子迎客，光顧出入的女子都戴著帷帽或面紗，果然禮教比北地森嚴。

她不禁暗暗叫苦。要想入鄉隨俗，她就得時刻謹守男女大防，出入都得透過馬車，這要是去找神醫，多不方便啊。只希望外祖母是個開明的人，不要管她太嚴，不然……她眼珠一轉，不然只好拖著二哥當掩護了。

想起二哥，不由想起這一路上二哥的表現，到底是未經磨練，相較之下，封平處事做人可老練多了。想到顏家的未來，顏寧決定以後有些事不再瞞著二哥，讓他知道顏家的危機，他也好提防。

一行人到了秦府，顏烈和顏寧才走進主院，秦老夫人不等他們行禮，一手拉過顏烈，一手拉過顏寧，左看右看，不由老淚縱橫。「好孩子，外祖母可算見到你們了。」

顏烈和顏寧都從未見過外祖母，看到老夫人富態的臉上滿是皺紋，但是一臉慈祥，看著自己兩人的目光滿是慈愛，尤其是和秦氏相似的臉形，自然感覺親切。

血脈相連，看老夫人高興得哭了，顏寧不由也紅了眼睛；顏烈雖不至於哭，但也是一臉孺慕之情地看著老夫人，齊齊叫了一聲「外祖母」。

秦老夫人捨不得一刻鬆開手，一手一個拉到主榻上，一迭連聲吩咐傳吃的。

「老祖宗，看您高興的，這是有了外孫，把我們都抛一邊啦。」一個爽朗的聲音說笑道。

剛剛忙著和老夫人見禮，顏寧這一打量，發現外祖家果然是大家族，這一屋子滿滿當當站了很多女眷，還有幾個孩子，她和顏烈都未見過，也不知怎麼稱呼？

「妳這孩子，還吃妳表妹的醋。寧兒，別理她。阿烈、寧兒，來，到大舅母這裡來。」一個和秦氏年紀差不多的婦人說道。

秦老夫人笑起來。「這一屋子人，兩個孩子都看花眼了。阿烈、寧兒，去吧，那是你們大舅母，讓她帶著你們認認人。」

秦紹祖的妻子王氏，出自寧城的望族，顏寧也聽母親提過，當時大舅母過門時她還未出嫁，對這嫂子評價不錯，說她管家理事都好，不過人有點好強好名。

顏寧看秦家人雖多，但是大家滿屋說笑，知道和顏家一樣，也是和睦之家，不過人口比顏家多了些。

顏烈拉著她的手，一起走到大舅母王氏面前，王氏給兩人一人一份見面禮，又帶著他們認識家人。和顏烈、顏寧同輩的人裡，只有秦紹祖的女兒秦婉如、秦妍如和自己年紀相當，其他秦家孫輩裡最大的也才八歲。

因為剛好要到老夫人壽辰之日，所以這次連駐紮南陽郡的秦永山，小舅舅的兒子也全家回來了。

小舅母蘇氏，自從小舅舅去世，女兒秦可兒嫁給顏煦後，一直在家吃齋帶髮修行，今日也在座，送了顏烈和顏寧一人一串開過光保平安的手串。

顏寧特地看了秦婉如一眼。這位大表姊一看就是膽小靦覥之人，前世怎麼有勇氣自殺呢？

秦婉如看顏寧盯著自己，友好一笑，又羞澀地低下頭。

顏寧從小只有哥哥沒有姊姊，對秦婉如和秦妍如格外關注。

顏烈聽說表哥他們回家，在這裡便待不住了。

「孫嬤嬤，快讓人帶他去前院吧，和一幫女眷在一起，他不自在呢。」王氏笑道。

「晚點再來陪外祖母吃飯，我先去啦。」顏烈笑著作揖告辭。

秦老夫人也不留他，吩咐人帶到前院，又囑咐把秦擇、秦揮幾個孫兒一起送過去。「讓他們一起說話聊天去。等會兒告訴下人愛吃什麼，早點回來吃晚飯。」

顏烈一迭連聲答應著跑了，後面跟了四個小男娃，引得屋裡人看了都笑起來。

秦婉如和秦妍如一直聽說姑母家的小女兒生性頑劣，自小如男孩一樣。如今見了面，只覺得顏寧活力十足，面如朗月細腰長腿，比自己姊妹們都小，個子卻差不多高，眼如點漆雙眉修長，帶出一股英氣。一身紅色衣裙，站在那兒身姿挺拔，笑起來也不像南方姑娘講究笑不露齒。

三個年紀相仿的姑娘一見如故。

屋裡大姑娘、小媳婦說個不停，顏寧也很高興能與外祖家的人多親近點。

前世秦家的下場不好，不過這除了被顏家連累外，大舅母王氏的好強、好面子，也帶累了秦家。

王氏一心想讓秦婉如做四皇子妃。沒想到秦婉如上京途中死了，對外說是意外，他們家人都知道真相是自盡。由於這件事，秦家平白得罪了四皇子，惹了楚元帝厭棄，楚昭業視秦家想要投靠四皇子，也是厭棄不已，等顏家一倒，秦家也是樹倒猢猻散，被抄家了。

現在由於她的努力，林家和三皇子楚昭業的威脅小了，秦家這邊也要約束一下才行。只是她初來乍到，不能說太多，接下來只能見機行事了。

秦老夫人看著顏寧，如同看到多年未見的秦五娘一樣，捨不得她遠離，便吩咐讓人在這松榮院收拾屋子，讓顏寧就和自己住一塊兒。

到了晚間，秦紹祖下衙後，因為都是家裡人，直接在松齡堂擺兩桌，男女各一桌，熱熱鬧鬧用了一頓晚飯。

席間說起南詔使臣要帶著南詔瓊玉公主進京，過幾日就要到南州，讓秦建山注意安排守衛。秦紹祖兩個兒子，大兒子秦曆山駐守南詔邊境，二兒子秦建山在南州守軍裡做校尉。秦永山是小舅舅秦承祖的兒子，秦紹祖生怕弟弟的遺腹子有個好歹，所以想方設法讓他駐守南陽郡，留在家中。

這次南詔使臣前來，秦曆山也會跟著沿途護送，剛好回到南州給祖母祝壽，秦建山則要負責使臣團在南州的安全。

顏寧在京未曾聽到南詔使臣進京的風聲，搜索了一下記憶，好像也沒有這南詔瓊玉公主，難道因為自己重生，事情變化了嗎？

「大舅，南詔為什麼派使臣來大楚啊？」顏寧忍不住問道。

秦紹祖耐心地說道：「南詔前幾年與大楚征戰不休，去年遇上旱災，今年遇上蝗災，國內顆粒無收，所以想派瓊玉公主來和親，順便希望大楚能賣些糧食給他們。」

原來是這樣，那這瓊玉公主不就是被送過來換糧食的？這公主也挺倒楣的。

顏寧在秦府休息兩日，秦婉如和秦妍如姊妹倆，還有二表嫂韓氏和三表嫂雲氏也會來看她。顏寧除了閒聊，經常旁敲側擊詢問南州城中有沒有名醫之類。

「名醫啊，南州最有名的就數孫神醫了，不過被鎮南王府請去看病後，不知出了什麼事，都不怎麼肯出診了。」雲氏性子爽利外向，又是待在南州城內的，消息最靈通。

顏寧一聽去鎮南王府出診過，猜測可能就是前世楚謨帶進京城舉薦給楚元帝的那個神醫，她盤算著還是得見見楚謨，請他幫忙引薦。

自從發現多了個沒在記憶中的瓊玉公主後，顏寧很怕前世的事情會改變。太子哥哥的病不容耽擱，唯一安心的就是她接到家書，顏明德寫了家中種種，又特地說明顏皇后沒有派內侍出來找過。

隨信而來的還有一封，顏寧一看是太子楚昭恒寫的，他提到如今賢妃和四皇子生母劉妃協理宮務，與柳貴妃一起幫皇后分憂，後宮井井有條，幾位皇子準備要離宮建府，目前帶出宮的內侍名單還待定，未曾派人出去云云。

顏寧看後，知道楚昭恒是想告訴自己，當初她提議給顏皇后多找幫手的主意，已經實行了。如今宮中皇后統管，柳貴妃、賢妃和劉妃三人協助，宮務已在顏皇后的掌握中。說到皇子們離宮建府的事，那自然是為了說明宮中沒有太監內侍外出逗留。

這倒奇怪了……

不過也不急，有人想要自己死，那就不會只出手一次，她等著便是。

她倒要看看來者何人！

——未完，待續，請看文創風607《卿本娘子漢》2

2018年1月出版

獵獲美人心

文創風 600～601

「胎穿」為王府女兒，該是上輩子燒了好香吧？
看來老天爺對她的作弄還真是沒完沒了呢！

愛情是身子與心靈都化不開的蜜／十七月

侯遠山，高大健碩的俊朗男兒，身懷絕世武功卻隱身山村為獵戶；
沈葭，粉妝玉琢的絕世佳人，身世不凡卻險些命喪雪地狼爪下。
原以為，剋親剋妻的傳聞，會讓他此生注定孤身一人，
沒想到，雪地中救回的傾城美人，卻主動開口願委身於他！
拋開他無法坦白的過去，成親後的生活是美滿且饒富情趣的，
婚前一見她就結巴的夫君，婚後竟成了「撩妻」高手，
總是三言兩語就逗弄得她臉蛋羞紅、身子發熱、暈頭轉向，
在甜甜蜜蜜的小日子背後，他力守的一方幸福，真能固若金湯嗎？
一紙縣城的公告，昭示他們平靜的生活將起波瀾，
他為報救命之恩，冒死入京尋找失蹤師姊的下落，
她則因棲身之處曝了光，再次陷入王室紛擾，險些丟了性命。
經過一番波折，曾經渴望的生活伸手可及，但如今她竟毫不戀棧，
只求回歸平淡，與摯愛的夫君和孩子離開這是非之地，
然而，那始終惦念著她的人，真能就此放手嗎？

巾幗本色，萬夫莫敵／鴻映雪

2018年2月出版

卿本娘子漢

身為傭兵界翹楚，穿越來竟然變成一個乾癟的小丫頭?!
既不受寵又軟弱，弄得她只能在遙遠的祖宅裡窩著，但真不甘心，
既然一身絕活還在，不如就來個劫富濟貧，順便賺點錢！

文創風 606 1

想她顏寧堪稱坐擁一手好牌的天之驕女，
怎料，卻敵不過薄情郎和閨密的心機算計，
最終他倆成雙成對，她卻遭廢后棄屍荒野……
憶及前世之荒謬，重生後她可是火眼金睛，
識破三皇子的虛假情意，也看清閨密把她當槍使，
反正他們郎有情、妹有意，
她便耍耍心機佯裝忍痛割愛，博個成人之美的名聲……

文創風 607 2

南州這地方肯定與她天生犯沖：
半路落水遇上刺客也就罷了，
喝個茶水還有丫鬟要投毒，坐個馬車也會失蹄出事……
好在她不是一般養在溫室裡的黃花大閨女，
這點糟心事於她非但不足懼，反而激起她的雄心鬥志！

文創風 608 3

顏家上有太子和皇后撐腰，儼然是天朝第一家，
表面看似風光，實際上卻讓當今皇帝有諸多猜忌，
如今太子乃真龍的流言甚囂塵上，
連帶將整個顏家置於風尖浪頭的險境，
顏寧只能劍走偏鋒，以「刺殺太子」的戲碼來化解危機。
古言：「禍福相倚，吉凶同域」，
她深諳任何錦上添花的美事，一不小心就會淪為滅頂之災……

文創風 609 4

為了使未來媳婦能心悅於他，他可是煞費苦心啊，
除了讓她一點一點欠下還不清的人情債，
還為了保住世子妃的位置不被閒雜人等所奪，
他堂堂一個世子爺不惜拋頭露面，以招親選妻作幌子，
文也比、武也比，橫豎這檯面上的輸贏由他來定，
這般費周章繞一大圈，還不就「弱水三千，只取一瓢飲」嘛……

文創風 610 5 完

重來人世一回，她成功翻轉了顏家的命數，
卻萬萬不想認命走妻妾成群的老路。
眼看著嫁娶的良辰吉日越來越近，
要想讓一個世子爺與她一世一雙人，
為今之計就是祭出顏家老祖宗的那套規矩：
「比武勝之，讓他立誓永不納妾！」

2018年1月出版

偏愛俏郡守

文創風 594～595

不是說嫁不嫁隨她嗎，怎麼這麼快就打臉了？
那個自以為是的皇子，真是讓人恨得牙癢癢的……
好啊，就看看誰有本事吧，她非得讓他跪地求饒不可！

文思獨具　抒情寫手／卿心

一場精心策劃的謀殺，讓寧禾穿越成為安榮府的嫡孫女，
正當她打算接掌家裡的產業，好當個小富婆時，
皇上居然下了道聖旨，要她嫁給那個老是用鼻孔看人的皇子……
行，為了家族上上下下幾百條人命，她能忍辱負重出嫁，
但是可別以為這樣就能讓她低頭屈服、乖乖聽話！
一個小小的意外，讓寧禾掌握了天大的祕密，
也使她得以與顧琅予進行交易，只要幫助他達成心願，
她就能重獲自由，再也不用看旁人的臉色過日子！
誰知，一條不起眼的線索，竟在轉瞬間讓他們的命運緊緊相繫，
當分別的時刻到來，她真能瀟灑離去，不帶走一片雲彩嗎？

屬於我的開心果

第269期：阿默　LAN

第一次見阿默時，牠在約三尺的籠子裡。中途說，阿默很兇且不親人。和牠對上的第一個眼神，確實不太友善，可當我用逗貓棒和牠互動後，默默的眼神立即從防備轉為渴望，我驀地想起牠只是一歲半的貓，還是小朋友呀！現在我仍常想起那個眼神，正因為那個眼神，我才決定帶牠回家。

我花了很多時間陪牠、等牠適應。起初，牠一見到人就躲起來，靠近牠就揮舞牠的貓拳，而現在，牠願意讓我摸摸、抱抱牠，無論是牠多討厭的事牠永遠不會出爪，甚至喊牠名字也會過來，也會等門、陪我一起睡覺。

當我收到編輯請我分享和阿默的小故事時，我發現，只要關於牠的事我都覺得有趣，像是牠有時會偷撈魚、有客人來就消失在家裡之類的；然而，讓我最高興的是牠的轉變。我覺得，只要阿默在我家能感到快樂，我就開心了！直到現如今我都很感謝中途沒有放棄牠，所以我才能和阿默相遇。

我也想當開心果

第276期：白白

白白這隻「好漢」，有著漂亮的臉蛋，身材也很健壯，雖然個性有些好強，但是有顆善良的心，懂得保護、照顧弱者，甚至也懂得分享食物。白白很期待可以找到專屬牠的主人喔～

第278期：Sun

想要可愛的米克斯汪汪作伴嗎？想要天天紓壓，趕走生活中的疲憊感嗎？可以選擇帶Sun回家唷！Sun很活潑，不怕生，極為聰明靈巧，相信Sun也能像阿默一樣，讓主人每天都感到開心唷！

第279期：黑美

溫柔的黑美，個性很開朗，也很親人，對人較為倚賴，體型亦算是嬌小玲瓏；而牠最喜歡做的事，就是「求抱抱」。所以，快來給黑美一輩子「愛的抱抱」吧！

（以上三期聯絡人：陳小姐→leader1998@gmail.com／Line：leader1998）

第280期：小八

小八是隻個性很穩重、親人，又十分乖巧的成貓，連剪指甲都能輕鬆搞定，很適合沒養過貓貓的新手們喔！快來給可愛的小八一個安心的家～（聯絡人：林小姐→dogpig1010@hotmail.com）

為流浪貓狗加油 和貓寶貝 狗寶貝

廝守終生(一定要終生喔！)的幸福機會

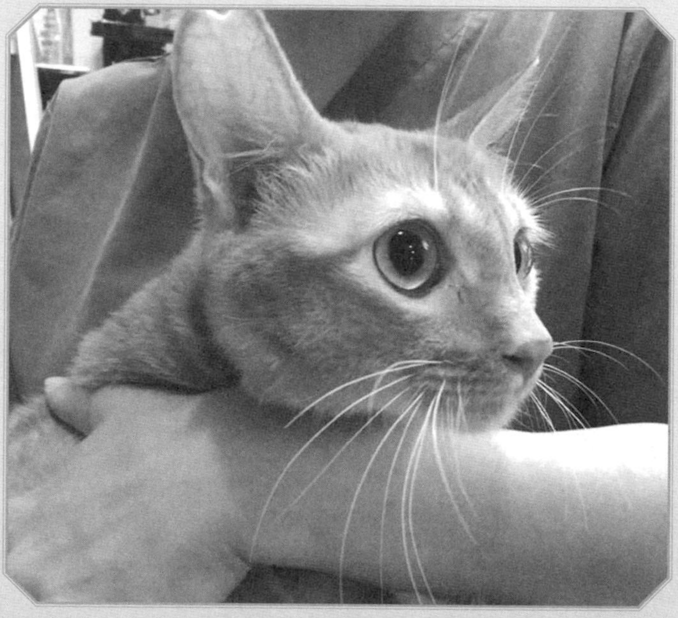

對人來說，貓寶貝狗寶貝只是生活的一部分，但妳(你)對牠們來說，卻是生活的全部，領養前請一定要考慮清楚──

▲ 慢熟卻開朗的橘子貓　小金桔

性　　別：女生
品　　種：米克斯
年　　紀：1歲
個　　性：慢熱，熟了以後很好動
特　　徵：閃亮亮無斑紋橘橙毛
健康狀況：已結紮，已施打二合一疫苗呈陰性，
　　　　　兩次三合一預防針。
目前住所：台北市信義區

『小金桔』的故事：

會遇見小金桔，是有一天，牠突然出現在中途慣常餵養的地方。當時的小金桔有些怯生生的，但很惹人憐愛；後來中途發現，小金桔並未結紮，因此就將牠帶去做絕育手術。

和小金桔相處一段時間後，中途察覺，牠的個性很溫和，雖然有些怕人，但若是摸摸牠、抱抱牠，小金桔都不會排斥。之後，中途的朋友過來幫忙照顧小金桔，更進一步發覺到，小金桔是隻非常聰明的貓咪，且很會跳上跳下，就像飛天小女警一樣！

中途這才了解，原來小金桔是隻「慢熟」的毛小孩，不但很喜歡人的陪伴，且偶爾也會調皮淘氣，甚至有古靈精怪的模樣。中途表示，如果想要帶小金桔回家的拔拔或麻麻，要有耐心慢慢跟牠混熟相處唷！歡迎來電0918-498-029，或來信yinchen2007@gmail.com（陳小姐）。

認養資格：

1. 認養者須年滿20歲，有穩定經濟能力，以雙北市為主，家庭尤佳。
2. 須同意簽認養寵物切結書（附身分證影本）及合照，並核對身分資料。
3. 須做居家防護，並讓中途家訪，瞭解小金桔以後的生活環境。
4. 同意送養人日後之追蹤探訪（回傳照片及能接受訪視）。
5. 須讓小金桔每日至少一餐濕食。

注意事項：

☆認養流程：電話訪談→面談看貓→家訪並溝通防護→防護完成→送貓到府並簽訂同意書→認養後聯繫。

來信請說明：

a. 個人基本資料：姓名、性別、年齡、家庭狀況、職業與經濟來源等。
b. 想認養小金桔的理由。
c. 過去養寵物的經驗，及簡介一下您的飼養環境。
d. 若未來有結婚、懷孕、出國或搬家等計劃，將如何安置小金桔？

文創風
606

卿本娘子漢 1

國家圖書館出版品預行編目資料

卿本娘子漢 / 鴻映雪著. --
初版. -- 臺北市 : 狗屋, 2018.02
冊 ; 公分. --（文創風）
ISBN 978-986-328-827-5（第1冊 : 平裝）. --

857.7　　106023733

著作者　鴻映雪
編輯　黃鈺菁
校對　黃薇霓　簡郁珊
發行所　狗屋出版社有限公司
地址　台北市104中山區龍江路71巷15號1樓
電話　02-2776-5889～0
發行字號　局版台業字845號
法律顧問　蕭雄淋律師
總經銷　知遠文化事業有限公司
電話　02-2664-8800
初版　2018年2月
國際書碼　ISBN-13　978-986-328-827-5

本著作物由起點中文網（www.qidian.com）授權出版

定價250元
狗屋劃撥帳號：19001626
網址：love.doghouse.com.tw　E-mail：love@doghouse.com.tw